# RALPH WALDO EMERSON

愛默生散文精選集

# 人但有追求，世界亦會指路

SELECTED ESSAYS

# 愛默生

鄭煥昇——譯

R.W. Emerson

# 目次
# CONTENTS

# 論自立

# SELF-RELIANCE

世事不假外尋。[1]

人是照耀自己的明星；靈魂若能，
點化出一個誠實且完美無瑕之人，
則其亦能包攬全數的光芒、影響與命運；
於他將沒有什麼為時過早或時不我予。
我們的舉措或云我們的天使，抑良或窳，
是以悄然步履與我們結伴同行的命運投影。

——波蒙與弗萊徹開本的《誠實人的命運》結語

棄幼於群巖，
哺兒以狼乳；

1 典出波西藹斯（Persius）之諷刺詩（Sat. I. 7）。

凜冬同鷹狐，
力壯亦俊足。[2]

前些日我拜讀了某繪畫大家的若干詩韻，深感其獨樹一幟而不流俗。且不論其為文旨在何種題材，人的靈魂總能受字裡行間的告誡而茅塞頓開。那些字句所灌輸的情操，其價值更甚於其內含的任何思考。對自身的想法秉持自信，相信一件事若在此心中屬實，亦復在廣大世人之間屬實——此即天才。蟄伏於心中的信念一旦經你吐實，便有成為普世認知的一日；須知始之於極內，必終之於極外，曾經發軔於一己的念頭，終將復歸在最後審判的號角聲中。心靈的聲音無人不熟悉，但我們賦予摩西、柏拉圖與米爾頓[3]的至高榮譽，是因他們將典籍與傳統棄如敝屣，暢言其內心有別於世人的道理。相較於詩人與賢者散發的蒼穹天光，我們更應學著去察覺並審視那道發自內在、劃過心靈，餘燼般的閃光。惟人總覺得自身的想法不值一哂，只因為那是他自

2 出自愛默生的四行詩〈力量〉（Power）。
3 Milton, 1608-1674，《失樂園》作者。

己的東西。在每一尊天才的作品裡，我們都能辨識出自己遭拒的思緒：它們會挾著某種疏離的威望回到你身邊。偉大藝術能授予我們最大的啟發，莫過於此。藝術傑作會要我們氣和而理直地去遵循自己未假思索的印象，尤其是當喧嘩眾聲皆支持另一端之時。不如此，明日便會有素昧平生之人以妙不可言的至理，分毫不差地講出我們一直都有的心得與感受，而我們只能被迫含著屈辱，聽得自己的見解自旁人的口中說出。

每個人都會在受教育的過程中得到一個結論，那就是羨慕代表無知；模仿形同自尋死路；不論好壞，他必須接受此身是自己分到的命運；且不論這廣袤的宇宙中有多少的美善，沒有一顆滋養的穀粒會無來由地降臨，唯一可能的途徑就是在自己被交付的那方土壤上辛勤耕耘。居於他體內的是一種嶄新的力量，因此除了他自己以外，沒有人知道他有哪些本領，事實上連他自己，都要試了才會知道自己有多麼犀利。一張臉、一副人格、一項事實，給他留下了深刻的印象，另一組臉蛋、人格與事實卻讓他毫無印象，這不會是沒有原因的。這種存在記憶之中的雕像，不能說沒有預設的和諧。他的眼睛會因此被預先安置在某個特定的落點，好讓他能見證那一道果然出現的光線。我們已表現出的，還只不過是一半的自己，甚至我們每一個人所懷抱的那種神聖概念，還讓我們自己引以為恥。我們或許感覺那代表我們謹守本分而且用心良善，所以便忠實地將之傳達了出去，但上帝可不會讓懦夫去把祂的作品發揚光大。人只有一心投入工作並毫無保留，才能因為鬆一口氣而喜形於色；要是說出來的話或是行出來的事並未全力以赴，那他就無法心安理得。這是一種半途而廢，一種功虧一簣。在這樣的嘗試中他會被天賦拋棄；沒有繆思女神會與這種人為伍；在他身上，創新付之闕如，希望蹤跡杳無。

相信自己：每顆心的共振都唱和著那根鋼弦。接下神聖天命為你找到的空間，那是你這一代人構成的社會，那兒有相互關聯的各種事件。偉大之人一向都是如此，他們像孩子一般，天真爛漫地對著他時代的過人天才表明心跡，傾訴著他們是如何相信絕對值得託付的一切就坐落在他們心中、實踐在他們手中，他們的全副生命都交由其統籌。如今長大成人的我們，必須要在至高的心靈中接受那同一款超絕的命運；我們已不再年幼無知，也不是在角落需要人照顧的傷患，更不是在革命陣前逃離職守的懦夫；我們是嚮導、是救贖者、是施恩之人，我們要遵循著全能之神的大業，朝著混沌與黑暗開拔。

在其篇章上，透過孩子、嬰兒，甚至是粗野蠻人的臉龐與舉措，自然是給了我們何等瑰麗的曉諭啊！那些分裂與叛逆的心靈，那種因為我們在算計下已經得出了違抗我們目的之力量與手段，而產生的內心猜忌，上面那三種人是沒有的。他們擁有一副完整的心靈，外加尚未被征服的眼睛，而看著他們，內心動搖的反倒成了我們。嬰兒不會照著誰的規矩行事：而是所有人都要按著嬰兒的規矩行事，所以說一個寶寶，就可以讓四五個大人陪他玩得雞飛狗跳。同樣地，上帝也武裝了兒童、青少年與成年人獨具的辛辣與魅力，並使其感覺令人羨慕，感覺優雅，也讓他們只要還能站得住腳的主張，都不會被遺忘。別只因為他們不敢在你我面前大放厥詞，就以為他們沒有力量。聽吶！隔壁房間的他們聲音可嘹亮清澈，可當仁不讓了。只要對著平輩，他們就能口若懸河。所以說不論天性羞怯或是大膽，他們終將摸索出方法，讓我們這些老頭變得一文不值。

不愁吃穿的少爺所表現出的那種吊兒郎噹，那種跟個大老爺一樣不想在行為或言談上拍人馬屁的氣質，正是人性中的健康態度。客廳裡的少年，就像買便宜票進到劇場，並在舞臺前席地而坐的野觀眾；這樣的他會天不怕地不怕，口無遮攔地從角落看著跑馬燈一般的人事物經過，然後一一審酌他們的功過，用少年獨有的那一針見血的風格宣判他們或好、或壞、或有趣、或傻氣、或能言善道、或是個麻煩鬼。他絕不會因為牽涉到利益而瞻前顧後；他會給出獨立而發自內心的判決。你必須要討好他：因為他不會討好你。相反，大人則被自我意識匡噹一聲，關進了心牢裡。一旦他跋扈飛揚地做出什麼事或說出什麼話，他就會第一時間成為負罪之身，此後他就會成為千百人抱以同情或懷有恨意的眾矢之的，而千百人的觀感也將自此成為他的顧慮。這裡可沒有忘川[4]供人重新來過。啊，他多希望能拾回他的心無罣礙！誰可以藉此避開束縛的誓言，並就已經觀察過的目標，再一次以中立、客觀、清廉、無懼的純真去評論，誰就可以自成不容誰小覷的一家之言。他將能對各種時事發表意見，而那些被認為並無私心而是必須為之的評論，也會如飛鏢一般刺進人人的耳裡，讓人聞之生懼。

這些就是我們在獨處時會聽到的聲音，但這些聲音會隨著我們走入這世界而愈來愈微弱，愈來愈不可聞。這個社會是一場無孔不入的合謀，而他們要對付的就是社會上每一分子的男子氣概。社會就像一家合股的企業，當中每一個股東都為了確保大家

4 Lethe，《失樂園》中的遺忘之河。

能領到麵包，而同意將麵包消費者的自由意志與人格養成給犧牲掉。由此最受推崇的美德成了從眾，自立變成了大逆不道。社會捧在手心的不再是現實與創新，而是虛名跟傳統。

誰想成為真正的人，誰就先不能去做個隨波逐流的順民[5]。誰想收集永垂不朽的棕櫚，誰就必須不受制於良善的名義，而必須實事求是地去調查那良善的實情。唯一終究能保持住神聖的，只有你的無愧於心。赦免自己去當真正的自己，你就能獲得這個世界的認可。我猶記得年少時，身邊有一名用心良善的諍友總習於拿被教會當成寶的教義來纏著我領受，最後我被逼著不得不這麼回答他：如果我打算全然按著自己內心想法生活，那我拿這些傳統作何用呢？對此吾友回說：「但你內心的那些衝動有可能不來自頭上的天堂，而來自你腳下的地獄。」對此我回答說：「它們在我看來並非如此。但假設我真是惡魔的血脈，那我毋寧就活出內心的惡魔好了。」不合乎我本色的法則，於我而言沒有什麼神聖可言。好或壞只不過是隨隨便便就可以加諸於此或於

5 愛默生認為從眾與求穩是讓我們怯於自立的兩大阻礙。

彼的名稱[6]；正確，只存在於構成我的秉性當中；錯誤，只會是因為與我的秉性相違。身而為人，我們必須要挺住各種反對而守住自己的立場，必須要視自己以外的一切都只是稍縱即逝的虛名。我引以為恥的是我們隨隨便便就跪在了徽章與名號的面前，也跪在了龐大的社團面前，或死氣沉沉的體制面前。每個衣冠楚楚，出口成章的仕紳，都影響我、左右我得太過份了。我理應要抬頭挺胸、氣宇軒昂地用各種方式說出禮數或許不夠周到的真相。難道說惡意與虛榮穿上了慈善的外衣，就可以暢行無阻了嗎？若有人咄咄逼人地秉持廢奴的偉大理念，然後帶著他來自巴貝多[7]的最新消息來向我示威，我豈能不告訴他：「去愛你襁褓中的嬰兒吧，去愛你的伐木工人吧：請你要和藹、要謙遜，要展現風度；但可千萬別用這種對待數千里外的黑人朋友，這令人難以置信的溫柔，粉飾了你堅定而不懷好意的野心。你在遠方的愛，就是在家鄉的恨。」這麼不留情面的問候或許粗魯無禮，但實話實說總比虛情假意得體。你的善良

---

6 「沒有什麼好或壞，一切都是人的想法為之。」出自《哈姆雷特》第二幕第二景。

7 巴貝多是大西洋上屬於小安地列斯群島中的一個島，其以黑人為主的人口原本多為奴隸，一八三三年才在英國通過《廢奴法案》後，停止了島上的奴隸制度。

必須帶點鋒芒，否則就是空話一場。當慈愛在那裡嗚咽呻吟，你就必須搬出仇恨論出來提振士氣。每當天才召喚我，我就會避而不見自己的父母妻子與兄弟，我會在自家門楣上寫下那是：靈光乍現。最終我會希望那不只是靈光乍現，但我們總不能把整天都耗在解釋之上。別期待我會說明自己為什麼想與人為伍，或是為什麼尋求孤獨。反之也別像當今許多體面的人一樣，跑來說我有義務拯救窮苦於水火。難道他們是我的窮人嗎？聽清楚了，你們這些愚蠢的慈善家，哪怕是一塊錢、十分錢、一分錢，我都捨不得施捨給那些不歸我管也管不到我的傢伙。確實有一個階級的人與我氣味相投；為他們我可以赴湯蹈火，只要他們有需求，我就算身陷囹圄也不為過；但我就是不想隨你搞那些五花八門，籠絡人心的慈善活動，不想隨你辦那些誤人子弟的大學教育，建那些如今東一座西一座，只為滿足虛榮的聚會所，或是給酒鬼幫把手；我還不想隨你搞那些疊床架屋的救濟會；雖然我也得汗顏地承認自己偶爾會失了原則地捐了錢，但那錢捐得絕對站不住理，而我也會慢慢拿出拒絕的勇氣。

美德在公眾的評估中，總是例外而非常態。人歸人，美德歸美德，它們是兩碼子事情。人去做所謂的好事，不論是見義勇為或樂善好施，基本上無異於他們不想去參加日常的遊行而罰錢了事。他們如此交差了事，只是當成自己活在這世上的一種道歉或辯解，就像身體不方便或精神出問題的人得花大錢找住宿。他們的美德形同懺悔。比起辯解，我只想好好生活。我的生命是為了自己，而不是為了供人觀賞。比起光鮮亮麗而談不上穩定的日子，我寧可它沒那麼了不起但真切而平等。我希望活得健全而甜美，同時不用飢餓或流血。我希望你就你是個人這點提出直接的證據，我不想看到誰顧左右而言他地扯到人的行為。我心知做或不做那些被認為高風亮節的行為，於我本人並無差別。我無法苟同與生俱來的權利變成一種必須付出代價去交換的特權。我或許才疏學淺，但我的存在十分確切，為此我不需要間接證據去讓我或我的同伴獲得安慰。

我必須要做的，只有跟我有關的事情，而別人怎麼想與我無關。這條原則在現實與精神生活中都同樣艱鉅，所以可以用來鑑定偉大與卑微之間的區別。這條原則之所以會如此難以落實，就是因為你身邊總會有人覺得他們比你更知道你活在世上有什麼職責。在世間隨波逐流活著，不難；在孤獨的時候做自己，也不難，難能而偉大的是身處於人群裡，仍巧妙地把持住孤獨時的完美獨立。

我們之所以不該順服於那些於你而言了無生氣的習俗，是因為那會分散你的力量。那會浪費你寶貴的時間，模糊了你個性的輪廓。你若去相挺一座名存實亡的教會、去貢獻心力給槁木死灰的讀經社團，隨著大型政黨投票去支持或反對政府，像個拙劣的管家把餐桌擺得一塌糊塗，那我實在很難在這眾多的場景中看清你究竟是何許人也。而當然，你正常的生活會耗費你極大的心力。但只要你好好從事你的工作，我就能認識你。做好你的工作，你就能充實自己。身而為人，你必須理解到這場名為順從的遊戲，就像在捉迷藏。若知道你的派系，我就能預期到你的論點。我聽過有牧師宣布他佈道的本文與題目，是關於他所屬教會中某種制度的合理性。這麼一來，我還能期待他在佈道時說出任何一條新鮮自然的語句嗎？我難道不知道即使他無所不用其極地替這種制度說理，他下了臺也完全不會照著去履行嗎？我難道會不曉得他發了誓只看事情的其中一面、被准許的那一面，且不是站在人的觀點，而是站在教區牧師的立場去看？他就如同一名受人之託的律師，而法官擺出的態度是再空洞也沒有的矯揉造作。嗯，多數人都用手絹綁起了一隻眼，玩起了這場捉迷藏，讓自己隸屬於這些意見社群中的某一個。這種歸順並非讓他們只在特定細節上不老實，讓他們成為某些謊言的作者，而是讓他們滿嘴鬼話連篇。他們口吐的每一個真相，都談不上是真相。他們說二不是真的二，說四也不是真的四；他們說的每一個字，都在混淆我們的視聽，我們連要從哪裡糾正他們都沒有頭緒。在此同時，天性也沒慢點幫我們穿上所述黨派的囚衣。我們會開始戴上某種剪裁的臉蛋與身材，然後一點一滴地顯現出再聽話也沒有了的驢樣表情。那當中有一種格外讓人難堪的體驗，可沒少在歷史長流中對人施加毒手。我這指的是「那種拍人馬屁的蠢臉」，那是我們在話不投機的人群中，在我們不感興趣的話題中，硬是擠出來的笑容。我們臉上的肌肉無法自由動作，而是被一種低劣而僭越的意志強逼著扭動，結果就是我們臉孔的輪廓愈來愈緊繃，內心說多難過就有多難過。

因為你不隨波逐流，世界便會對你拿出她的晚娘面孔，當成鞭來抽。由此人只好學著看臉色，包括大街上或朋友的廳堂，都可能有人斜眼瞪他。而若這種冷眼以對跟他一樣，是因為鄙視什麼或抗拒什麼，那他大可帶著愁容返家自省。惟眾人的臭臉，跟他們喜孜孜的臉一樣，其實都並沒有什麼深刻的緣由，而只不過是見風轉舵或受報紙評論的左右。只不過，這種群情激憤仍比議院或學院的不滿更能震懾於人。一名久經世事的強者若想承受上流階級的怒火，倒是不難，因為這些人的怒火只是花拳繡腿而且瞻前顧後，須知他們的膽子不大而且本身又弱。惟當這些娘兒們的怒火被加入了民粹的憤慨，當無知貧民的情緒被撩撥起來，當社會底層那些智識未開的粗野力量被激出了怒吼而齜牙咧嘴，那可就需要寬大的胸懷與宗教信仰拿出神的氣度，來將之大事化小小事化無。

除了順從以外，另外一種嚇得我們怯於自信的恐怖，便是我們總希望自己能一路走來始終如一，那是一種對過往言行的尊敬，因為旁人捨此便沒有其他的資料可以計算我們的行事軌跡，而讓他們失望我們將是千百個不願意。

可你為什麼要一直頻頻回首呢？你為什麼要因為擔心自己跟之前在這個或那個地方公開說過的話有一丁點矛盾，就到處拖行著這具記憶的屍首呢？假設你真的自我矛盾了，那又如何？智慧有條準則，就是記憶永遠不可靠，尤其不要信任純粹的記憶，而要把過往帶到現今的眾目睽睽下鑑定，然後永遠活在新的一天。在抽象的形上學裡，你固然已經拒絕賦予神一種人格，但當靈魂的虔誠舉措來臨，你還是可以把心靈跟生命託付給它們，即便它們竟然為上帝裹上了形體與色彩。就像約瑟把大衣拋在了淫婦的手裡[8]，你也應該拋下理論，逃離理論。

愚蠢的始終如一，就像是心胸狹隘的惡靈，身邊圍繞著追捧崇拜它們的小家子氣政客、哲學家與牧師。偉大的靈魂拿前後一致這玩意一點用都沒有。他還不如去關注牆上的陰影。今天想什麼，就大聲說出來，明天想什麼，就再一次大聲說出來，就算那違反了你今天所說也沒有關係。「啊，這樣你肯定會被誤解。」但被誤解了，真的就那麼糟糕嗎？畢達哥拉斯被誤解過，蘇格拉底被誤解過，耶穌、馬丁路德與哥白尼、伽利略與牛頓，還有其他每一位純淨而有智慧的靈魂所寄居過的肉體，都曾經被誤解過。不被誤解，怎麼偉大？

我認為沒有人可以違逆其本性。他意志的所有突出，都會被其存在的法則給團團包圍住，就像安地斯山或喜馬拉雅山的高低起伏在整個地球的弧度上，也顯得微不足道。你換各種辦法去衡量它或考驗它，也都沒有差別。個性就像一首離合詩或亞歷山

8 《聖經．創世記》第三十九章第十二節（和合本）：「婦人就拉住他的衣裳說：『你與我同寢罷。』約瑟把衣裳丟在婦人手裏，跑到外邊去了。」

大詩行[9]；不論你正著念、倒著念，或是斜著念，拼出來的都還是同一個字眼。在這舒爽到令我有點過意不去，但是上帝應許我的林居生活中，就讓我既不瞻前也不顧後地日復一日，記錄下我誠實的想法吧，而我雖然並非有意為之，自己也無法察覺，但無疑地旁人會覺得我的思想中有種協調對稱。我的著書會散發松香，並與蟲兒的哼唱共鳴迴響。我窗上的飛燕會用嘴啣著絲線或稻草，將之也交織在我的網中。別人看見的，會是我們真正的模樣。人格的感染力，不是我的的意志可以望其項背。人以為他們只能經由外顯動作來傳達他們的美德或罪惡，卻不懂美德或罪惡會時時刻刻發散著某種氣息。

各式各樣的動作之間，存在著一種默契，如此它們才能各自表現得坦蕩蕩而不做作。因為系出同一支意志，所以各種行動雖然看似各行其是，但實際上卻有一種和諧。不同行動中的差異只要拉出一點距離，踮起一點思想的高度，就看不出來了。某

9　離合詩（acrostic poem）是一種每行詩句第一或最後一個字母可以串連出意義的文字遊戲，近似中文裡的藏頭。亞歷山大詩行（Alexandrian stanza）有十二音節（六音部）。惟不論離合詩或亞歷山大詩行都沒有愛默生此處說的特質。真正正念反念都會一樣的是迴文（palindrame）。

種趨勢會將它們團結在一起。最棒的船航行起來，會是由上百條軌跡組成，海上一條曲折的閃電，從足夠遠的地方看過去，那曲線又會變回一條平直的線。你發自真心的動作，就已經說明了一切，也一併說明了你其他真誠的舉措。相對之下你的隨波逐流卻什麼也說明不了，只能讓你百口莫辯。獨立去行動，你做過的一切就能獨立地替現在的你辯護。偉大訴諸的是未來。如果今日之我可以堅定地擇善固執，並蔑視那些質疑我的眼神，那必然是我之前累積了足夠的正義來充當我今日的盾牌。但不論將來會如何，現在的你還是要做正確的事。而只要你鄙視外貌一天，你就永遠不會走錯了路。人格的力量是累積出來的。過往秉持美德的每一天，都會把它們的裨益累積到今天。議場或沙場上的英雄何以能威風凜凜地滿足著人的想像力？那都是因為過往一連串偉大的歲月與勝利，存在於人的意識裡。那些豐功偉業彙集成一道聚光燈，打在向前挺進的行動者身上，就像他身側有天使隊伍伴行。正因如此，查塔姆伯爵[10]方得以聲如雷電，華盛頓的儀表才得以不怒而威，美利堅這個國家才得以映入亞當的眼

10 Chatham, William Pitt, Earl of Chatham, 1708-1778，政治家與雄辯家，有「偉大的平民」稱號。

簾[11]。榮譽令我們肅然起敬，正是因為其並非過眼雲煙、物換星移。古老的美德仍是美德。我們今天崇拜它，正是因為它不會只屬於今天。我們愛它，尊敬它，正是因為它並非如陷阱一般在誘捕我們的敬愛，而是獨立自主而不源於外，因此即便在年輕人身上，它也能身懷一種古老而無瑕的血脈。

我希望那些要人順服從眾且從一而終的呼籲，能夠在不久之後就難以為繼。就讓它們的荒謬可以見報讓所有人知道。讓我們聽到的不再是通知晚宴就緒的鑼響，而是斯巴達橫笛那勇敢堅毅的哨聲。讓我們再不用鞠躬道歉。偉人要來我家用餐了，可是比起由我來以客為尊，我更希望他能客隨主便。我會為了人性的尊嚴挺立候客，但雖然我會拿出親切仁慈的待客之道，我也不會為此就變得虛情假意。讓我們無所避諱地去指正當代各種鄉愿的俗庸，以及汙穢卑賤的自鳴得意，讓我們拿著事實朝著習俗、商賈與為官之人的臉砸過去，讓他們認清歷史的沿革，讓他們知道但凡有人揮汗工作的地方，就有偉大而負責的思想家與行動者在努力著；讓他們知道一個真正的人不屬

11 可能是指 Samuel Adams, 1722-1803，提倡美國自由的政治家與演說家，為大陸會議之成員與美國獨立宣揚的簽署者之一。但也有可能是指美國第二任總統約翰・亞當斯（John Adams, 1735-1826）。

於其他時間或地點，而一直是萬物的中心。他在哪，自然就在哪兒。他是你、是所有人、是所有事件的尺度。平日社會上的每一個人，都會讓我們聯想起某件事或某個人。但人格或真實的一切，則不會讓你聯想到任何東西；它就等於上帝所造的萬物。真正的人就是要做到如此的頂天立地，就是要讓外在的一切動搖不了他。每個真正的人，就是一個為首的起因、一個國家、一個時代；他需要無限的空間、數碼與時間去充分實踐他的設計；後代子孫則如同一隊隨扈，跟隨著他的腳步。一個名喚凱撒的人誕生了，而那之後的千秋萬代，我們見證了羅馬帝國。基督的降生，使得千千萬萬顆心靈得以成長，並緊抓著他的天賦不放，以至於祂與美德還有人的潛能被混為一談。一種制度，便是某人被拉長了的身影；就像獨身修行源自於隱士聖安東尼[12]；就像宗教改革源自於馬丁路德；貴格會源自於福克斯[13]；衛理宗源自於衛斯理[14]；廢奴源自

12 St. Anthony, 251-356，羅馬帝國期間的埃及教父，基督徒隱修的先驅。
13 George Fox, 1624-1691，公誼會，也就是貴格派的創辦者。
14 John Wesley, 1703-1791，新教衛理宗的創辦者。

於克拉克森[15]。西庇阿[16]，米爾頓口中的「羅馬之巔」；總歸歷史的一切，都可以不費吹灰之力地融入少數卓爾不群之人的傳記裡面。

所以請讓人認識到自己的價值吧，讓他把萬物踩在他的腳下吧。別讓他在為了他而生的世界裡偷窺或竊取，或是鬼鬼祟祟活像是受善堂施捨的孤兒、來歷不明的私生子，或是探頭探腦的閒雜人。惟街上一個路人，只因找不到自己身上有價值可與那豎起高塔或雕出大理石神像之力量相提並論，所以便望之而自慚形穢。對他而言，宮殿、雕像、價值不菲的書籍，都有著非我族類的氣息，令他不敢妄加靠近，彷彿那些精雕細琢的精品在對他說：「先生，您是哪位啊？」但其實這每一樣東西都屬於他，都是希望得到他青睞的追求者，都在祈願著能被他的感官注意到。繪畫真偽靜候著我的判決：並非事實對我發號施令，而是它們值不值得讚許有待我拍案論定。那個家喻戶曉的寓言講的是一名酒鬼被發現爛醉在街上，帶到了公爵的公館，盥洗更衣後被安在公爵的床上。醒來之後，他受到眾人的前呼後擁，宛若他真的是一名公爵。他不相

15 Thomas Clarkson, 1760-1846，英國慈善家與廢奴主義者。

16 Scipio, 235-184 B.C.，擊敗漢尼拔，決定了迦太基命運的羅馬名將。

信，旁人還不斷向他保證他只是一時神智不清[17]。這個故事之所以受到歡迎，是因為其象徵的無異就是人類身處的境地。人生在世就像個酒鬼，但時不時我們會醒過來操使理性，然後赫然發覺自己是皇親國戚。

閱讀書本，就像我們在化緣或過著乾癮。回顧歷史，想像力糊弄了我們。王國與爵位、權柄與封地，對於尋常人家的約翰或日常操勞的艾德華，都是一些天高皇帝遠、飄渺的字彙；但人生在世其實不分貴賤，那當中的總和是相當的。為什麼我們要畢恭畢敬地面對阿弗烈大帝、阿爾巴尼亞的英雄斯坎德培[18]，還有瑞典國王古斯塔夫二世[19]呢？就算他們英明神武，澤被天下吧，難道他們就能窮盡了世間的美德嗎？你私下的行為會牽涉到的賭注，一點也不遜於世界追隨那些大人物公開而知名的腳步；

17 在《天方夜譚》裡有個主人翁叫阿布・胡珊（Abou Hassan）的故事叫〈被喚醒的睡者〉（The Sleeper Awakened），故事裡的胡珊一覺醒來發現自己在各方面都被當成哈里發款待。莎士比亞在《馴悍記》（*Taming of the Shrew*）中用上了類似的橋段，劇中的醉漢角色克里斯多福・史萊（Christopher Sly）也先倒臥在富貴人家的房間中，醒來後便受到尊貴的待遇。

18 Scanderbeg, 1404-1467，擁抱基督教的阿爾巴尼亞部族首領，成功力抗土耳其人。

19 Gustavus Adolphus, 1594-1632，瑞典國王，三十年戰爭中的基督新教英雄。

平民百姓按照自己獨特的見解行動，那璀璨的光輝就會從將相王侯身上移動到它們身上。

這世界的走向始終掌握於帝王，他們如磁鐵一般吸引了諸國的目光。此一巨大之象徵性格局所教導我們的，是人與人理應相互尊重。地不分東西，人不分南北，我們和顏悅色地以忠誠去接受帝王、貴族、偉大的地主行在我們當中，用他們自創的法律行事、用他們自創的標準度人，用他們的權威推翻別人的想法，用榮譽代替金錢作為支付之物，去以個人意志凌駕於律法之上。這樣的忠誠就如同一種象形文字。人類就是用這種象形文字去模糊地表述他們意識到自身該合宜擁有的權利，也就是普世的人權。

所有原始行動所展現的魅力，都可以在我們去探究自信的理由之時，得到合理的解釋。獲得信賴的都是什麼人？那種普世信賴所奠基的原始自我，又是生得什麼模樣？當那顆不存在視差[20]，也沒有可觀測元素，讓科學界一頭霧水的恆星靠著所展現

20　天文學上的距離單位。其原理一如人用左右眼去看同一樣東西會有些微差別，天文學家會分別在地球處於公轉軌道上不同兩點（如春秋兩季）之際來觀察同一顆恆星，並藉由所觀察到背景的差異來計算出該恆星與地球的距離。

出的那一丁點獨立痕跡，就把美麗的光束射進瑣碎亦不純淨的行動之餘，是帶著什麼樣的本質與威力？這樣的探索會領我們到達天才、美德與生命本質的三合一源頭，也就是我們稱之為自然而然或本能的東西。我們把這種原初的智慧命名為直覺，而之後獲得的都是某種教誨。在那深沉的力量中，在那我們窮盡一切分析也到達不了的終極事實中，存在著萬事萬物共同的本源。因為在平靜的時分，會以我們不得而知的方式興起於靈魂中的那種生命感受，並不異於萬物、空間、光線、時間、人類，而是既與它們同為一體，也與它們的生命與存在明顯系出同源。我們先是共享了萬物賴以存在的生命，而後視它們為自然現象，最後忘卻了我們共享同一個起因。那裡有行動與思想的泉源，那裡有除非你信仰不虔誠或搬出無神論才能否認，把智慧呼進人體內的肺葉。我們躺在無窮智慧的懷裡，靠著這些智慧，我們成了其真理的接受者與其用來活動的器官。我們辨識出正義、辨識出真理時，本身並沒有做任何事情，我們只是任憑智慧的光束通過而已。想去追問那智慧來自何處，想去撬開那做為一切起因的靈魂來窺探，只會讓哲學徹底停擺。我們唯一確知的，只有它的存在或不存在。每個人都能辨別心靈的自發行為與非自發知覺之間的差別，也知道自己應該要對非自發的知覺懷有一種完美的信仰。他或許在表達這些知覺的時候不夠精確，但他知道這些事就跟日與夜一樣無可爭辯。我有意為之的舉止與斬獲，只如游俠一般居無定所，這些東西如無所事事的遐想與薄如蟬翼的原始情緒，對我們的好奇心與尊敬發號施令。沒有思想的人在表述客觀知覺時，就跟他們表述主觀意見時同樣容易自我矛盾，甚至於他們表述知覺比表述意見更容易產生矛盾，因為他們無法區別客觀知覺與主觀概念的區別。他們自以為看到這個或看到那個，都是出於自己的選擇。但知覺並非莫測隨機，而是命定。我看到一個特徵，我的孩子也將隨我看見該特徵，並且假以時日，全人類都會看到這個特徵，只不過確實有可能在我之前，從沒人看到過它。這是因為我對這個特徵的知覺，就跟太陽高掛天上一樣是明擺著的事實。

靈魂與神靈之間有著至為純淨的關係，以至於想要硬加援手是一種褻瀆的行為。當上帝開口，祂要溝通傳達的必然不會是單一件事，而會是所有的事，祂會用祂的聲音注滿整個世界，祂會以當今思想為中心，向外散播光明、自然、靈魂；祂會讓萬事萬物的時間歸零，重新創造。每當心靈在單純的狀態下接獲了某種神聖的智慧，舊有事物就會開始凋零——途徑、師尊、典籍、廟宇，都會一一頹傾；這種神聖智慧會存活在此刻，並吸收過去與未來到其當下之中。萬物都會因為與它有所牽扯而變得神聖，而且這種神聖並沒有高低之分。萬物都會消融在其起因的中心，而在普世的奇蹟裡，個別的奇蹟將顯得微不足道而消失殆盡。因此如果某人宣稱他認識上帝，並在談起上帝時的用語讓你彷彿回到過去，那些來自另一個世界、另一個國度，某個腐朽民族，請你別信他。橡實，不會比做為其完成體的橡樹更好吧？為人父者，也不會比被他灌鑄以自身成熟生命而誕生的孩子強吧？所以究竟是從何時，我們開始崇拜起了過往？以世紀為單位的過往，是以健全的靈魂與權威為敵的陰謀家。時間與空間不過是眼睛能辨識出的生理色彩，但靈魂卻是光；光存在的地方，就是白晝；光離開的地方，就是黑夜；而歷史就算不是一種魯莽的行徑，就算不是一種對人的戕害，也頂多只是一種以我的存在與變化為題，供人尋開心的寓言。

怯懦的今人總怕得罪人；他已經挺不直腰桿，也不敢一開口就是「我覺得」、「我是」，而是一股腦引用聖哲的名言。眼前一片草葉或盛開的玫瑰，都能使他汗顏。而我窗下的這些玫瑰可沒有三句不離以前的玫瑰，或是更好的玫瑰；它們是怎樣就怎樣；它們與今日的上帝同在。時間於它們並不存在，存在的只有玫瑰本身；其存在一個片刻，就完美一個片刻。在花苞未綻開前，其生命整體便已欣欣向榮；在盛開的花朵中，其生命未增一分；在無葉的根部，其生命也未減一毫。玫瑰的天性獲得了滿足，而它也反過來滿足了自然，分分秒秒皆然。但人會拖沓，會記得過往，這樣的他不活在當下，而是會頻頻回首為了過去難過，或是無視身邊的種種豐美而踮腳眺望未來。除非他也能與自然共存而活在當下，並超脫在時間之上，否則他將永遠無法出落得歡悅而強大。

這應該是淺顯易懂的道理。但看那些理應身為強者的智者竟怯於聽得上帝的現身說法，除非祂說的是不知道是哪根蔥的大衛或傑瑞麥亞或保羅之言。我們可不能老是那麼看得起幾篇經文或幾則傳記。我們就像從奶奶或家教老師那兒領到句子要死背的小孩，長大了碰巧遇到某個誰、某個才子或某個狠角色，又得背誦這些人的話語，千辛萬苦地把他們口吐的字句背得一字不差；等有朝一日他們能感同身受言者的觀點了，他們才會真正理解這些話的意義，也才會願意不拘泥於原文，畢竟此時的他們已經能信手拈來，便展現不輸給當年那些言者的文采。活得真實，我們就能看得真實。強者要展現其強大，就跟弱者要示弱一樣簡單。一旦獲得了新的知覺，我們便會樂於從記憶中卸除囤積的寶藏，就像丟棄陳年的垃圾。人若與上帝生活在一起，他的聲音便會甜美如潺潺的小溪，或是如田中發出沙沙聲的玉米。

而事到如今，關於這個主題的至高真理仍舊未被論及，恐怕也無法被論及，因為我們所能說的，都是對直覺的遙遠回憶。那個思想，依我如今盡可能逼近實情的說法，只能是如此表述：若你身旁存有某種良善，若你體內存有生命，那並不是靠著任何已知或習慣的手段而達到的成果；你不可能從中辨別出誰的足跡、瞥見誰的容顏，或聽聞誰的姓名；那種手段、那種思想、那種良善，必然會全然陌生而新穎。它會排除掉所有的範例與經驗。你要循著前人的來時路往前走，而不是朝著他們走回頭路。所有存在過的人類，都是生命被遺忘了的執行者。生命之下有著恐懼與希望，而希望之下還有別的東西。眼光放遠，則沒有什麼東西可比被稱為感激的東西，也沒有什麼能名符其實被稱為喜悅的東西。被提高到熱情之上的靈魂，能瞧見身分與永恆的因果，能理解真理與正義的獨立存在，能知道所有的事情都順利在進行著而不感焦躁。廣大的自然空間、大西洋、南海，時間的漫長間隔、一年年、一個個世紀，都無足輕重。我所想與所感覺的一切，奠定了我之前每一人生狀態與環境條件的基礎，一如其奠定了我當下存在的基礎，奠定了所謂人生，與所謂死亡的基礎。

有用的只有當下的生命，之前活過的則已經不能算數。力量在其歇息的瞬間便已不復存在了；它存在於從某個過去過渡到一新狀態的瞬間，在海灣的波濤洶湧中，在飛鏢飛向標靶的過程中。這作為一項事實，是在等候著靈魂的未來，但它遭受的卻是舉世的憎恨；只因為它們永遠在貶低著過往，在將所有的財富變成貧窮、將所有的聲譽變成恥辱、將聖者與惡人混為一談、將耶穌與猶大一併推開。只是既然如此，我們為何還要拿自立一事來大做文章呢？只要靈魂存在，你就會看到有一種不具自信的力量在為人作嫁。談「依賴」只是一種粗糙而表面的講法，我們應改談「是什麼東西在依賴」，因為這才可行且符合現實。比我更懂得順從的人，反而是我的主人，但他不應該對我指指點點。我必須要靠著精神的引力，才有辦法圍著他運轉。說起顯赫的美德，我們會想到的是言論，我們尚未看出美德其實就是高度，也還沒看出一個或一群面對原則能展現出彈性與吸收力的人會藉由自然的規律，力壓並駕馭所有不具備高度的城市、國家、帝王、富人、詩人。

這就是我們不費吹灰之力就能在此一議題上，就像在任一議題上，所得出的終極事實，亦即萬物會消解於永世蒙福的唯一當中。自立存在是至高成因的一個特質，而至高成因根據其滲入各種低階形式的程度，便能對良善進行量測。所有真實的事物之所以為真，都要看他們當中蘊含著多少的美德。經商、畜牧、狩獵、捕鯨、驍勇善戰、個人的影響力，都有一定程度的真實性，由此他們也以自立的範例與一種不純粹行動的身分，贏得了我的尊敬。我在各種生物求取生存跟成長的過程中，看到了同樣的法則在自然裡運作。力量在自然裡，是衡量正義最重要的標準。自然容不下任何無法自立的生命在她的王國中苟存。一顆行星的誕生與長成，其軌道與平衡、從強風中復立的彎曲樹身、每種動植物的努力生存，這都是自給自足、因此稱得上自立自強的靈魂寫照。

所以說萬物都在朝著一地集中：讓我們別再漂泊、讓我們與這起因一起安居家中。讓我們直率地宣告那神聖的事實，好讓所有不請自來還說三道四的閒雜人、書本與體制在震撼中噤聲。讓我們喝令那些擅闖者脫鞋以示尊敬，因為上帝就在房裡[21]。讓我們的質樸成為他們的判官，讓我們對自身法則的馴順去凸顯在我們原生的寶藏旁

21 伊斯蘭的習俗是進清真寺要先脫鞋。

邊，自然與財富是如何之貧窮吧！

但此刻的我們，是旁人眼中的一群暴徒。我們不會服氣地讚歎他人，也不會讓自身的天才一經訓斥便老實待在家中，只與內在的海洋進行溝通，我們會讓這波濤去從其他人的罈中討一杯水。為此我們必須隻身前往。我喜歡在禮拜開始前無聲的教堂，勝過佈道開始後的任何一篇演講。佈道前的教眾看來是多麼的離塵、多麼的高冷、多麼的貞潔，用一片轄地或聖殿將彼此圍成圈！所以讓我們好生坐著。我們何必要去認領朋友、妻子、父親或孩子的過錯，只因為他們會在我壓家中的壁爐前取暖，或因為他們跟我們有相同的血脈？所有人都有我的血脈，而我也有每個人的血脈。我不會光因為這樣就去承接他們的脾氣或愚蠢，更不會退讓到自己感到羞恥的地步。但你的孤絕不能是物質上的，而必須是精神上的，換句話說，必須要是高度上的提升。時不時你會感覺整個世界都在合謀著用沒什麼好大驚小怪的瑣事來糾纏你。朋友、顧客、孩子、身體微恙、恐懼、生活所需、慈善團體，全都一起敲上你的房門說「出來面對」。但此時請你處變不驚，萬不要出來蹚他們的渾水。對於人這種擾人清修的能力，我只能冷處理。除了觀察我的行為，我謝絕其他任何接近我的方式。「我們會將所愛佔為己有，但佔有慾又會反過來讓我們痛失這份愛。」

若我們無法立即提升到對自身順服與堅信的神聖境界，那至少讓我們抗拒誘惑；讓我們進入戰爭狀態，喚醒我們薩克森胸膛裡的索爾與沃登[22]，勇氣與堅定。非戰時想要做到這一點，靠的就是要口吐真言。別讓假情假意繼續囂張。別再活在那些與我們對話，被騙又騙人者的期待裡了。對他們說：父親啊、母親啊、愛妻啊、兄弟啊、摯友啊，我已顧全著表象與你們生活至今。此後我將是歸屬真理的人。你們聽清楚了，此後但凡是低於永恆律法之物，都休想獲得我的遵守。親近我可以，但約束我不行。我會努力扶養雙親，照顧家庭，對妻子當個忠貞不貳的丈夫，但我必須用前所未見的嶄新作法去實踐這些倫常關係。我會申訴你們的習俗。我必須做自己。我無法繼續為了你們而傷害自己，或是傷害你們。如果你們可以照我真實的模樣來愛我，我們的幸福將會更進一步。如果你們做不到這點，我也還是會努力成為你們值得的那個親人。我不會掩藏自己的好惡。我會堅信深刻代表神聖，會全力以赴在蒼天的面前完成讓我衷心感到喜悅的事情，或內心指派我去做的事情。你們若高尚，我會敬愛你們；

22 沃登就是奧丁，斯堪地那維亞神話的主神。

你們若談不上高尚，則我不會用虛情假意去傷害你，也傷害我自己。若你們也算得上真實，只是跟我真實得有點風格不同，那就請你們去與你們的同伴為伍；我會去找自己的同志。這麼做不代表我自私，反而是出於我的謙遜與真實。不論我們已經在謊言中生活了多久，從現在起，活在真實中都同時符合你們的、我的，還有全人類的利益。這話在今天會讓人聽不下去嗎？你很快就會愛上你與我的天性所要求的一切，而若我們追隨真理往下走去，它終將把我們毫髮無傷地帶出去[23]。惟你也或許會在這過程中帶給朋友痛苦。沒錯，但我總不能為了顧及他們的感受而出賣自己的自由與力量。此外，每個人都會有理性的片刻，等他們望進絕對真理的區域，他們就會諒解我的苦衷，然後做出跟我相同的事情。

普羅大眾會認為你對於主流標準的排斥，等同於對全數標準的排斥，而那無異於是一種反律法論[24]，就像縱情逸樂者會假哲學之名行犯罪之實。惟意識之法則永遠適用。告解有兩類，我們必須擇一才能在認罪後獲得赦免。為了完成這樣的職責，你可

---

23 《約翰福音》第八章第三十二節：「你們必曉得真理，真理必叫你們得以自由。」

24 反律法論，主張信仰是得到救贖的唯一條件，遵守道德律或摩西律法並非得到救贖之原因。

以直接，或是用反省的方式來證明自己的清白。其中後者意味著你可以去思索自己是否扮演好了你在與父親、父親、親戚、鄰居、故鄉、貓狗關係中的角色，且不論這些對象有沒有能力斥責你。但我也可以忽視這種反省式的標準，直接由自己來赦免自己。畢竟我自有嚴格的自我要求，有我獨樹一格的完美循環論證。意識法則認為許多職務並無職責之實，而只要我能清了與這法則的債務，那它就能反過來令我不用去顧慮俗世的規則。要是有人以為這種法則並不嚴苛，那還請他自己去試著遵守其誡令，看他撐不撐得過一日。

實際上，這法則是用要求神的標準，來要求那個拋下了人類普遍動機的他，那個冒險去信任自己，由自己指派任務給自己的他。他的心思必須高尚、他的意志必須堅定、他必須有清澈的目光、他必須能發自內心擔任自己的教義、社會、法律，以至於他只要立下一個單純的志向，其效果就可以如其他人面對的鋼鐵需求一樣地強！

任誰針對所謂社會這東西，去思索它當下的各個層面，他都能看出前述倫理有其必要。人就像被抽掉了筋肉與膽識，變成怯懦而徬徨失落的愛哭鬼。我們怯於面對真理、面對命運、面對死亡、面對彼此。年歲增長無法讓我們更偉大、更完美。我們希望男男女女能跳出來一新我們的生活與社會，但眼前的光景卻是多數人的精神入不敷出，他們沒辦法滿足自身的需求，他們眼高手低到難以想像的地步，他們不怎麼動手努力，卻從早到晚祈求個不停。我們的持家之道就是當一名化緣的托缽僧，我們從事的藝術、職業、乃至於步入的婚姻跟投身的宗教，都不是自身所選，而是社會替我們做了選擇。我們是客廳裡的士兵，我們規避了那能催生出力量的、與命運的惡戰。

我們的年輕人一旦初試身手創業未成，就徹底喪志灰心。年輕人從商失敗，就被一堆人說他這輩子就這樣了。若有一等一的天才就讀我們的某所學院，而畢業了一年都還沒有在波士頓或紐約市內或郊區謀得一官半職，他自己與友人就會覺得他灰心、怨天尤人到死也是剛好而已。出身新罕布夏或佛蒙特的一健壯小子輪流嘗試了三百六十五行，他趕過隊、務過農、叫過賣、辦過學、講過道、編過報、進過國會、買過地皮，以此類推，年復一年，且都像貓一樣平安落地，那他就值得上一百個那些城市娃娃。他比肩齊步與時代走在一起，一點也不因為「沒學過一技之長」而感到羞愧，須知他並沒有延誤自己的人生，而是老早就開始了生活。他有的不是一次機會，而是上百次機會。讓堅忍不拔的斯多噶主義者[25]開啟人儲備的才能，讓人知曉他們不是隨風而倒的柳枝，而有能力也必須將自己從環境中抽離出來；讓他們知道藉由自我信賴的練習，新的力量將會出現；讓他們知道人是成了肉身的道[26]，知道人生來就是要醫治萬民[27]，知道他應該要以受到憐憫為恥，知道他什麼時候按自己的意志行事，什麼時候把律法、典籍、偶像、舊習拋到窗外，我們就什麼時候會從可憐他變成感謝他、尊敬他，這名導師將恢復人生命的璀璨，讓人的名號永垂青史。

我們不難看出，不管在人類所有的職業與人際關係上、在他們的宗教裡、在他們的教育裡、在他們的各種追尋裡，在他們的生活模式裡，在他們的團體關係裡，在他們的財富上，在他們的想像力上，自立的提升都是革新的成功要件。

---

25 Stoicism，希臘哲學家芝諾所創門派，教導人要擺脫激情重獲自由，不要為喜悅或哀愁所動，而要沒有怨言地接受不可避免之事。

26 《約翰福音》第一章第十四節（和合本）道成了肉身，住在我們中間。

27 《啟示錄》第二十二章第二節（和合本）在河這邊與那邊有生命樹，結十二樣果子，每月都結果子；樹上的葉子乃為醫治萬民。

§

人縱容讓自己做的，都是些什麼樣的禱告啊！這些禱告比起所謂的聖職要勇敢陽剛得多了。有些禱告放眼海外，開口就是要求加入某種屬於舶來品的美德，結果就是讓自身迷失在看不到終點，夾在自然與超自然，妥協與奇蹟之間的迷宮裡頭。渴求特定商品——任何一樣談不上完美的商品——的禱告，這是邪惡的。禱告是從至高的觀點，對人生各種事實進行的沉思。禱告是由觀察著、雀躍著的靈魂所做的獨白。禱告是上帝的神靈在宣告著他的作品甚佳。但禱告若作為一種圖利自身的工具，則無異於卑劣與偷竊的行徑。這種禱告的假設，是自然與意識的本質是二元而非一體。人一旦與上帝合而為一，他就不會去乞求什麼。他會在所有的行動裡看到禱告。農夫在田中跪地除草，是一種禱告；槳手跪著在滑動船槳，也是一種禱告。這些人所求固然看似雞毛蒜皮，但都是通過大自然而能夠聽聞的真實禱告。卡拉塔克[28]作為在弗萊徹所著

28 Caratach，約翰・弗萊徹（John Fletcher, 1579-1625）悲劇邦杜卡（Bonduca）中的歷史人物角色。

《邦杜卡》劇中的主角，曾在被勸告要詢問奧達特[29]神之心意時如此答道：

他不為人知的心意，藏在我們的嘗試裡；
我們的果敢，就是我們最理想的神祇。

另外一種虛假的禱告，是我們的懊悔。有所不滿，代表我們不夠自立，是意志的孱弱。不要為了災難懊悔，除非那能藉此幫助到受難者，否則就堅守你的崗位，把你份內的工作做好，這麼一來，禍害的亡羊補牢就啟動了。同樣卑劣的，是我們的同情。我們來到淚眼婆娑的他們身邊，只是坐下來陪著他們哭泣，卻沒有能振聾發聵地對他們曉以真理與健康的心情，讓他們與自身的理性恢復聯繫。我們歡欣的手裡，藏有幸福的祕密。諸神與眾人最歡迎的，永遠都是懂得自助的人。自助者面前，永遠是一道道敞開的大門：他會得到每張嘴的問候、每項榮譽的加冕、每一雙欽慕眼睛的追隨。我們的愛會朝他而去，擁抱住他，只因為他不需要。我們會殷勤地、深怕打擾到

29 Audate，神祇之名諱。

他地撫摸他、稱頌他，只因為他能做到自行其是而鄙視我們的非議。諸神愛他，是因為眾人恨他。「對於那些堅忍不拔的凡人，」瑣羅亞斯德[30]言道，「蒙福的天神從不怠慢。」

人的禱告若是意志力的疾病，那人的信條就是智慧的疾病。那些信條讓愚蠢的以色列人相信「別讓上帝對我們說話，免得我們因此而死。你可以說，或是讓任何人跟我們說，我們都會聽話遵從」。[31]不論在何處，我都無法在我的兄弟身上看到上帝，因為他已經關閉了他的廟門，而僅僅是複誦著他兄弟的上帝寓言，或是他兄弟的兄弟的上帝寓言。每個新的心靈，都代表一種新的分類。若事實證明某顆心靈裡蘊藏著非比尋常的活動與力量，像是洛克、拉瓦錫[32]、赫頓[33]、邊沁[34]、傅立葉[35]，那這心靈

30 祆教開創者。

31 《出埃及記》第二十章第十九節，以色列人對摩西做了這樣的表示。（和合本）「對摩西說：『求你和我們說話，我們必聽；不要神和我們說話，恐怕我們死亡。』」

32 Lavoisier, 1743-1794，法國化學家，發現了水的組成。

33 James Hutton, 1726-1797，蘇格蘭地質學家，撰述過地球理論。

34 Jeremy Bentham, 1748-1832，英國哲學家與司法改革者。

35 Fourier, 1772-1837，法國哲學家，社會主義者。

就會把它所代表的分類安到他人身上，然後看吶，一個新系統誕生了。這種思想有多深，它所能觸及並帶至其學徒伸手所及範圍內的事物有多少，那顆心靈就會有多自認不可一世。但主要能明顯看到這一點的，還是在信條與教會身上，此二者也各自是一種分類，也各自是某種強大的心靈作用在人最素樸的責任感，以及人與至高神靈的關係之上。新教中的喀爾文派如此，貴格派如此，史威登堡派亦復如此。他們的學徒會同樣開心地將用新學到的語彙去描述萬物，就像初識園藝的少女會覺得眼前看到的是一片新天地與新的四季。這狀態會維持一段時間，期間學徒會發現伴隨對其主人心靈的研究，自己的心智力量也會有所成長。但一如在所有失衡的心靈中，分類都會被視為目的，而非一種稍縱即逝且會耗竭的工具，以至於這些分類系統的圍牆，會與宇宙的圍牆一起融合在他們眼前那遙遠的地平線上；在他們看來，天上的日月星辰似乎就懸掛在他們主人所建的拱弧之上，他們無法想像你們這些外人有什麼權利去看見，或是有什麼本事去看見；「那一定是你想方設法從我們這兒偷走了光明。」他們還沒有領悟到光明，那沒有系統可言且桀傲不馴的光明，會射進任何任何一座小木屋，包括他們的。所以就讓他們如鳥兒般啁啾一會兒，說那光是他們的吧。只要他們光明磊落且為所當為，那不消多久，他們此刻還漂漂亮亮的新畜欄就會過於狹隘、過於低矮、就會裂開、就會傾頹、就會腐爛而消失，屆時那不朽的光線，那兼具青春與快活，由千百萬顆天體共組的斑斕彩霞，就會宛若第一個早晨的破曉，光芒萬丈地普照宇宙的每一角。

§

正因為自我培養的不足，才使得旅遊作為一種奉義大利、英格蘭、埃及為偶像的迷信，席捲了所有受過教育之美國人的想像力。這些美國人在腦海中覺得英國、義大利與希臘高不可攀，正是因為他們足不出戶，就像地表上的一根軸。身而為人，我們應當秉持職責是我們的歸屬之地。旅行並非靈魂所愛；智者會在家安居，而當他因為職責或某種原因，不得不動身離家，前往異鄉，他的心仍會留在故鄉，並且他會經由神色讓人理解他踏上的是智慧與美德的傳播之旅，他拜訪城市與人就有如帝王出巡，而非一名不速之客或隨從。

我不會不分青紅皂白地反對出於藝術、研究、慈善等目的而進行的環球航行，但前提是這人必須首先已經完成在家鄉的馴化，且並沒有奢望為了大開眼界而出國。為了尋歡取樂，或是為了得到我們未隨身攜帶的東西而旅行，只會讓我們與自身漸行漸遠，我們的青春會在古蹟間逝去。在底比斯，在帕邁拉（Palmyra）等歷史古城，他的意志與心靈會變得老朽。他等於是拖著廢墟，來到了廢墟。

旅行是愚夫的天堂。我們初次踏上旅途會讓我們頓悟的，就是地方改變不了什麼。在家時的我夢想著一旦到了拿坡里、到了羅馬，我就可以醉倒在美景當中，忘卻所有的悲傷。我裝滿行囊、擁抱朋友、航向海洋，最終在拿坡里醒來，結果在我身邊出現的仍是同一個毫不留情，我想要逃離的嚴酷事實與悲傷的自己。我尋找著梵諦岡與宮殿。我假裝自己沉醉於那裡的風光與氣氛，但實際上我清醒得很。不論行到何處，我的巨人都與我形影不離。

§

但旅行的狂熱做為一種症狀，指向的是更深層的不健全，而這種不健全會影響到思維行動的整體。思維是一名流浪漢，而我們的教育體系所培養的，是一種焦躁不安。即便身體被迫留在家鄉，我們的心靈仍會四處旅行。我們模仿；而所謂的模仿，不就是心靈在旅行嗎？我們的房屋以外國的品味建成；我們的架上陳列著外國的飾品；我們的意見、喜好、天賦，都在貧瘠之餘追隨著過往與遠方。靈魂創造藝術，都是在藝術已然繁盛之地。藝術家尋找他創作的原型，都是從他自身的心靈裡。在欲完成之作品與欲觀察之環境中，被應用的都是他自身的思想。所以我們何必抄襲多立克式（Doric），或是哥德式的建築式樣呢？思想之美、迅捷與偉大，還有古樸的表現，都離我們跟離其他人一樣近，而如果美國藝術家可以懷抱著愛與希望去研究他打算完成的作品，並在過程中考慮到氣候、土壤、一天的長短、民眾的需求、政府的習性與形式，他就能創造出一棟房子把以上種種都容納進去，且其好惡與感受都能獲得滿足。

堅持做自己；絕不模仿。你可以憑藉培養且蓄積了一輩子的力量，去隨時隨地表現出你獨有的天賦；但如果是從旁人處收養來的才華，你能依靠的就只有臨時性與半吊子的占用。每個人最擅長的事情，只能由造物主來教導。至於那件事是什麼，只有等那人將之展現出來，否則誰也不會知道，也不可能知道。莎士比亞之所以是莎士比亞，能夠是誰教出來的呢？法蘭克林之所以是法蘭克林[36]，能夠是誰指導出的呢？或者華盛頓，或是培根，還是牛頓？每名偉人都獨一無二。西庇歐的西庇歐主義，正是他無處可借到的東西。你再怎麼樣抽絲剝繭地去研究莎士比亞，也變不出個莎士比亞。做你受上天指派的事情，你懷抱的志向就永遠不會過高，你展現的膽識也永遠稱不上魯莽。這個瞬間，你會得到一個發聲的機會，而此聲中的勇敢與偉大，絕不會輸給菲迪亞斯的巨鑿[37]、古埃及人的鏝刀[38]、摩西的筆鋒[39]，或是但丁[40]，但這聲音又在其他方面與這些巨擘完全不同。滿腹經綸、辯才無礙，有著三寸不爛之舌的靈魂，是不可能屈就自己去重複同樣的話語，但如果你能聽見這些大老說的話，那無疑你將能用相同的語調去回應他們；畢竟耳朵與舌頭是系出同門的兩個器官。進駐你生命中那單純而高貴的區域吧，遵照你的內心，那麼你必然能重現出那個理想的往日世界。

36 Sir John Franklin, 1786-1846?，知名英國航海家與北極探險者。
37 Phidias, 500?-432? B.C.，希臘雕刻名家。
38 指古埃及金字塔的興建。
39 指律法書，也就是摩西五經。
40 Dante, 1265-1321，著有《神曲》。

一如我們的宗教、教育、藝術朝外望去，我們的社會精神亦復如此。沒有人不去沾社會進步的光，但也沒有人真正隨著社會一起進步。

§

社會從未真正前進，因為它某一邊前進了，另一邊也會隨之退潮。社會所經歷的是持續的變遷；它時而野蠻、時而文明、時而信仰基督教、時而富裕、時而科學；但這種改變並不等於進步。因為社會有一得，必有一失。社會獲致新的技能，就得失去舊的本能。形成強烈對比的其中一邊是衣冠楚楚、知書達禮且懂得思考的美國人，他們口袋裡裝著的是懷錶、鉛筆、匯票，另外一邊則是赤身露體的紐西蘭原住民，他們僅有的財產是一根棍子、一隻長矛、一張墊子、還有供二十個人睡覺時遮風避雨的通鋪！但認真比較這兩種人的身心健康，你會發現白人已經喪失了他原始的力量。如果旅者對我們所言非虛，那你用寬斧去砍一名蠻人，他的膚肉只消一到兩天就能癒合，就像你所劈進去的是不是人肉，而是柔軟的樹脂，但同樣的一斧頭將能讓白人一命嗚呼。

文明人造了馬車而失去了腳程。他有了拐杖可以支撐身體，卻少了肌力。他有了日內瓦造的名錶，卻失去了憑日照來判讀時間的技巧。他有一份格林威治的觀星航海年鑑可以在需要的時候提供可靠的資料，但街上的路人卻對天上的星辰一無所知。夏至與冬至他不懂得觀察，春分與秋分他也所知甚少，那一整張璀璨的年曆在他眼中看不到任何刻度。他的筆記本折耗了他的記憶力；圖書館的存在讓他的智力過載；保險公司的存在增加了意外；這讓人不禁想問機器到底是我們的助力還是阻力？我們究竟是否因為精緻的生活而損失了活力，是否因為在體制與形式上根深蒂固的基督教信仰，而失去了某些存於粗野德行中的生命力。斯多噶主義裡人人都是斯多噶主義者；但在基督教世界中，基督徒卻又該到何處去尋？

古今道德標準上的偏移，也就大致等於一路以來高度或容積標準上的偏移。比起古往今來的所有人，現代人並沒有比較偉大。在遠古與現今的偉人之間，我們能觀察到的是一種絕對的平等，再者，十九世紀集所有的科學、藝術、宗教與哲學之力，也教育不出兩千三四百年前，由史家普魯塔克[41]所記下的英雄豪傑。人族並沒有與時

41 Plutarch, 50?-120? B.C.。希臘史家，為知名的立傳者。

俱進。福基翁[42]、蘇格拉底、阿那克薩哥拉[43]、第歐根尼[44]，都非等閒之輩，但他們並沒有留下堪稱典範的分類。真正稱得上典範之人，不會被人以姓名相稱，而是會自成一格，然後隨著時間過去而慢慢成為一派宗師。每一個時代的藝術與發明，都僅僅只是該時代特有的裝扮，並不是該時代的生命力所在。機器的進益，搞不好是弊大於利。哈德遜[45]與白令[46]用其簡陋漁船所達成的偉大成就，震驚了派里[47]與法蘭克林，因為他們的設備可是集當時科學與工藝之大成。伽利略靠著看歌劇用的小望鏡，就發現了比之前任何發現都耀眼的一系列天體現象。哥倫布[48]發現新世界，靠的是一艘連甲板都沒有的船。看著工具與機器的定期汰換，總能讓人感覺不可思議，畢竟短短的幾年或幾百年前，這些工具才在一片叫好聲中橫空出世。偉大的天才會回歸為人的本

42 Phocion, 402-317 B.C.，雅典政治家與軍事將領。
43 Anaxagoras, 500-426 B.C.，希臘知名哲學家。
44 Diogenes, 400?-323?，希臘犬儒派哲學家。
45 Henry Hudson, ?-1611，英國航海家與探險者，紐約的哈德遜灣便是以他命名。
46 Bering or Behring, 1680-1741，丹麥航海家，白令海峽發現者。
47 Sir William Edward Parry, 1790-1855，英國航海家與北極探險者。
48 Christopher Columbus, 1445?-1506，熱拿亞探險家與美洲大陸發現者。

質。我們總將戰爭藝術的進步列為科學的一項勝利，但拿破崙征服歐洲靠的卻是野營，是被剝除了各種輔助，赤裸裸的勇氣。這名歐洲皇帝認為想要打造一支完美的軍隊，其回憶錄作者拉斯卡斯[49]說：「就必得先廢黜我們的武器、彈藥、糧草與車輛，然後模仿羅馬軍團的傳統，讓士兵想吃麵包，就得靠手把領到的穀粒配給磨成麵粉。」

社會是一道波浪，波浪不斷翻湧向前，但構成波浪的海水位置未變。同樣一顆粒子不會從山谷升至山脊，所以山體的看似團結只是一種假象。今天構成這個國家的人，明年就會死去，而他們累積的經驗也會一併消亡

因此，對於財產的依賴性，包括對保護財產的政府存有依賴性，都代表著人不夠自立。人已經把視線從自己身上撇開太久，他們的眼裡只有財物而沒有自己，以至於他們將宗教、學術與政府機關尊為財產的守護者，同時貶抑外界對於這些機構的攻擊，因為那等同於對自身財產的攻擊。他們打量彼此，看的是各自的身價，而非各自的為人。但有教養之人在慢慢產生對自身本質的尊重後，便會對財產引以為恥。尤其他會憎恨自己名下那些意外之財——遺產、餽贈或是贓款；接著他會感覺那是不該擁

49 Comte de las Cases, 1766-1842。

有的東西，是不屬於他，沒有扎根在他身上，只是恰好躺在那邊，沒有被革命或強盜取走的東西。但身而為人，就得為了生存去獲取東西，而人獲取的東西就是宛若有著生命的財產。這些財產不會靜候統治者、暴民、革命、火災、風暴、破產的指揮，而會隨著人的每一次呼吸而不斷更新自己。「你全副或一部分的生命，」阿里哈里發[50]說，「在追尋著你；所以你就好生歇息，別反過來去倒追了吧。」我們對這些身外之物的依賴，導致了我們如奴隸般景仰數字。政黨召開了眾多大會，一次比一次規模更加宏大，一個個新消息宣布得震天價響，來自埃塞克斯的代表團[51]！來自新罕布夏的民主黨員！來自緬因州的輝格黨人！年輕的愛國者在數千隻眼睛與臂膀前，感覺被注入了力量。同樣地改革者也召集了會議，然後投票做成了大量決議。喔，我的朋友，如此上帝是不會紆尊降貴進駐你的，除非你能恰好反其道而行。只有當人推掉所有的外來奧援，卓然自立，我才能見證他的強大與繁盛昌榮。他每招募一個新兵到其麾之下，他就變弱一些。一個人難道不比一個鎮更強嗎？別對人有所求，那麼在無止境的

50 Ali，四大哈里發時期的最後一名哈里發，西元六六一年遇刺。

51 Essex，原為英國地名，但美國也有好幾個埃塞克斯。

突變中，你僅有的堅實支柱必將瞬時變成你身邊的一切支柱。那些知道力量生於內在的人，那些知道自己變弱是因為眼光從自己身上移開而望向他方的人，將能帶著這層領悟，毫不猶豫地奔向自己的思想，矯正自己的錯誤，昂然挺立地指揮自己的四肢，操使自己的肌肉，一如人憑著雙足站立，肯定強過人用頭倒立。

所以，把那些被稱為命運的東西都用個精光吧[52]。大部分人都與命運女神對賭，要麼全贏，要麼全輸，一切就看命運之輪如何轉動。但你可得把賭到的獎品當成非法之物擱下，然後去和作為上帝臣子的因果關係打交道。在意志中以勞力換取收穫，如此你就能用鏈條捆住機運之輪，就能自此坐看她的轉動而處變不驚。政治鬥爭的勝利、上漲的租金、疾病的痊癒，久別的朋友重聚，或是其他喜訊，都能提振你的精神，由此你會誤以為好日子就要來了。千萬別被騙了。能夠帶給你平和的，只有你自己。能夠帶給你平和的，只有原則的勝利。

---

52 羅馬神話中的福圖娜（Fortune）是幸運或機率女神，她的形象是站立在一顆球或一個輪子上。

# 論自然

# NATURE

賞心悅目的這個大千世界，
九轉十迴在奧祕之中折疊；
丈二金剛的觀者無法分享，
那祕密只能在他內心掙扎；
若此心與自然胸口同脈動，
就會有朗朗晴空從西到東。
在每個人內心潛伏的神靈，
會捎信給氣息相投的心靈，
每顆自燃的原子如此燦爛，
都是在暗示其隱含的未來。

幾乎一年四季，都有日子會以這樣的天氣，讓人見識到世界臻於完美之境。你看到空氣、天體與大地變得琴瑟和鳴，就像自然在寵溺她的子息；屆時在這荒蕪的地球北隅，沒有誰或什麼會希望我們聽聞哪個緯度最是幸福，也不會有誰盼望我們能沐浴在佛羅里達或古巴的光耀白日之下；每一件有生命的事物都會散發出心滿意足的面貌，連躺在地上的牛隻都看似懷著偉大且寧靜的念頭。這些小春日和在那些特別被賦予「印度夏天」[1]之名的純粹十月天裡尋找起來，或許把握會大一點。那種天氣裡，漫長的白日會沉睡在遼闊的山丘上，與溫暖的寬廣原野間。光是能度過那一整天陽光普照的分分秒秒，就能給人一種不虛此生的感受。杳無人煙的地點不再感覺那麼寂寥。在森林的大門口，世故之人也不得不在驚訝之餘，放下他從城裡帶來的那些對於偉大或渺小、睿智或愚鈍的估量。一踏進森林的地界中，裝著習俗的背包從他的肩上滑落。森林擁有讓我們的宗教也自慚形穢的神聖，是讓我們的英雄也失了豪氣的現實。自然在這裡，讓其他任何處境都矮上一截；她會審判每一個來到她面前之人，就像一尊神明。我們從自己窘迫而壅擠的房舍中爬出來，進入了黑夜與白晝中，我們看著各種莊嚴的美麗，日復一日將我們擁入她們懷中。要逃出讓這些美麗變得相對失色的障礙，要逃出各種世故與猜疑，然後任憑自然使我們目眩神迷，我們會有多麼樂意！林間那種溫馴柔和的光芒，就像永恆的晨光，給人啟發也雄偉得令人神往。這些

1 美洲大陸初秋的溫暖好天氣。

地方自古便傳誦至今的咒力，悄悄爬進了我們的身體。松木、鐵杉與橡樹的枝幹，用幾乎是鐵一般的光彩，刺激著我們的視覺。言語不通的樹木開始說服我們捨棄那被嚴肅瑣務給佔滿的生活，搬來與它們同夥。這裡的神聖天空與不朽歲月，不會有歷史、教會與國家硬是穿插其中。我們輕輕鬆鬆，就可以步入向外開展的地景，被嶄新的畫面、紛至沓來的緊湊思緒吸入其中，直到一步一步，我們對家的記憶被擠出腦海，所有的記憶都被暴君一般的當下所抹消而不復存在。最後，則是自然在前方帶領，我們在後頭加入了勝利者的遊行。

§

這些魔力具有可以讓我們清醒、讓我們獲得療癒的藥效。這些平凡的享受，讓我們覺得親切又自然，就像我們原本就生在此處。我們回歸了自己的掌握，並與物質相交為友，而那正是學校師長滔滔不絕，處心積慮要說服我們去鄙夷的行為。但我們永遠無法與自然一刀兩斷；因為心靈對其故鄉有一份熱愛：就像水才能止我們的渴，岩石與土地才能迎合我們的眼、手與腳。那是堅實的水面，是冷冽的火焰：多麼健康，又是多麼溫馨！自然永遠像個好朋友，就像親愛的友人與兄弟，它會在我們假意與陌生人閒聊之際，帶著一張真摯的臉蛋走來，與我們天南地北無話不談，讓我們都不好意思再繼續敷衍地廢話連篇。城市並沒有給人的官能足夠的舒展空間。我們晝夜不分地朝地平線登高望遠，是因為一如沐浴需要水，我們也需要足夠的眼界。自然的影響力分成不同層級，除了上述這些讓人離塵脫俗的能力，往上還有更高層級，也就是她對人的想像力與靈魂那貴重而誠摯的助力。自然中有地方讓人去打一桶冷冽的泉水，有讓受凍的旅者可以投奔避險的篝火，也有秋高氣爽與日正當中時的崇高啟示。我們棲身在自然中，就像寄生蟲一樣從她的根部與穀物中吸取生命。我們會接收到天體以眼神對我們示意，呼喚我們至僻靜無人處，向我們昭示遙不可及的未來。蔚藍的天空頂點是浪漫與現實相遇之處。我在想，若人在心神蕩漾中被席捲到夢想中的天堂，並得以與加百列[2]跟烏利爾[3]這兩位天使對話，我們就會赫然發現自己人在天空的最高處徜徉。

2 Gabriel，七名大天使之一。

3 Uriel，七名大天使之一。

§

似乎只要我們能用點心去留意某樣自然的物體，這一整天就不至於毫無聖潔可言。雪花飄落在靜謐的空氣中，每一片結晶都保留著完美的形狀；雨雪夾雜的霰吹拂在廣闊的水面與平原上；風行草偃的起伏麥田；一畝畝宛若波浪滔滔的的茜草，其不可勝數的碎花在眼前形成一片白茫茫的漣漪；林木與花卉在玻璃湖面上的映影；自帶音律而蒸溽的熏香南風，讓所有樹木都化身為由風撥動的豎琴；鐵杉，或是松木，在爐焰中劈啪作響、火光迸發，在起居室裡賦予了光輝給牆面與臉龐——凡此種種，均為遠古宗教中的旋律與畫面。我的家矗立在低地，展望有限，而且又位在村落的邊緣[4]。但我會偕友人[5]前往我們那條小河的岸邊[6]，然後只消船槳輕輕一划，我便能將村中的政治與人事——沒錯，就能將政治與人事所交織成的世界通通拋下，遁入由

4　愛默生從一八三二年到過世，大部分時間都住在麻薩諸塞州的康克特村。

5　友人指的是梭羅。

6　即康克特河。

晚霞與明月交織成的仙境，那兒澄澈明亮到簡直容不下未經見習或試驗就想進入、身上帶有汙點之人。我們通體滲進了此一令人無法置信之美；我們把手浸入了這如畫的環境裡；我們的雙眼沐浴在這些光線與形體中。由勇氣與美麗、權力與品味所妝點並享受過的一段假期、一季悠閒的鄉間生活、一場皇家歡宴，一次最令人自豪且內心雀躍的慶典，在一瞬間確立了下來。這些日落時的彩霞，這些隱約升起的明星，帶著它們私密而只能言傳的顧盼，將這慶典象徵了出來，並呈現給我們。我這才明白了人類創造力是多麼不足，也明白了城鎮與宮殿的不堪入目。藝術與奢華，早就知曉它們必須作為這種原始美麗的強化與延伸。我被再三呼喚卻流連忘返，也因此再難輕易滿足。我回不去那些玩具了。我已經養刁了嘴，懂得了箇中的滋味。我再也無法脫離優雅而獨立，唯有鄉村之人能擔任導師去領我歡愉。胸羅萬象的他，知道有哪些甜美與德行存在於地底、水裡、草木、天際的他，還有知道如何接觸到這些令人神往之物的他，才是富有的皇族。世界的主宰唯有把自然喚來做他們的奧援，才能真正達到至尊的地位。他們的空中花園[7]、鄉間別墅、花園洋房、私人島嶼、園林與獵苑，意義便

7 指世界七大奇觀之一，巴比倫空中花園。

在於此，須知他們有著缺陷的人格，就需要這些強大配件的支持。我一點也不懷疑地主階級在擁有了這些危險的附屬品後，會在國家之內所向無敵。有能力去行賄、去誘惑人的，不是帝王、宮殿、男人、女人，而是這些東西，這些滔滔不絕說著祕密承諾，溫柔而富有詩意的星星。我們都聽過富人的說法，都知道他名下的別墅、園林、酒藏與交往人脈，但那種能引誘我們的挑釁刺激，仍來自於這些旖旎眩惑的明星。在它們含情脈脈的視線中，我看到的是眾人努力想在凡爾賽宮、帕弗斯的神廟[8]、泰西封之皇宮[9]裡實現的東西。實際上，正是地平線上那奇幻的光芒，與充當背景的藍天，共同拯救了我們的藝術作品，讓他們不至於淪為廉價的飾品。當富人指控窮人總是充滿奴性跟愛拍馬屁時，他們應當去想想一個號稱擁有自然之人，能對具有想像力的心靈產生何種效應。啊！要是富人的富有，真是窮人所想像的那種富有就好了！男孩只要聽得軍樂隊在夜裡的平野上吹奏音樂，國王、皇后與名揚四海騎士就躍然於

8　賽普勒斯島上的一座美麗城市，市內有腓尼基人女神阿斯塔蒂（Astarte，相當於羅馬神話的維納斯）的神廟。

9　Ctesiphon，古代波斯的大城，有偉大皇家宮殿的遺址。

他面前。他只要聽見號角聲迴響在山野，比方說諾奇山脈[10]，將群山變成一架風弦琴[11]，那種人間難得幾回聞的清脆雀鳴，就會將他帶回到多利安[12]的神話裡，到太陽神阿波羅、到月神黛安娜[13]，乃至於到所有神聖的男女獵人之中。一枚音符竟能如此崇高，如此美妙！對尚未發達的年輕詩人來說，他眼中的社會就是如此絕妙；他忠心不貳，他尊敬富人，富人之所以富有，是因著年輕詩人的想像力之故；要是他們不富，那他的想像力會變得多麼貧乏！他們擁有由高高的籬笆圍起的樹叢，並稱之為園林。他們居住在他拜訪過最大也更華麗的沙龍，進出都乘馬車，結交都無俗人，去的都是供應酒水的俱樂部或招待所，是遠方的大城市。這些想像，便是詩人用以勾勒出浪漫園區的地基，而相較於那些想像中的基業，富人實際擁有的不過是簡陋的棚屋與圍場。繆思女神背叛了她的兒子，用出於空氣與雲朵、也出自於路邊林間的一道光

10 音譯為諾奇的 Notch 是「山口」之意，諾奇山脈指的應該是克勞福山口（Crawford Notch）附近的懷特山脈（White Mountains）。

11 Æolian harp，一種讓風吹過來產生音色的弦樂器，Æolus 為希臘神話中的風神。

12 多利安是多洛斯的形容詞形態，而多洛斯是古希臘的四個區之一，這裡用多利安代表整個希臘。

13 羅馬神話中的黛安娜是月神也是狩獵女神。

輝，強化了這種富裕且與生俱來的美麗天賦，那是一種彷彿由尊貴的守護神交到尊貴者手裡，崇高的賜予，是一種自然中的貴族地位，而他則是手握空氣中那股力量的王子。

§

輕而易舉能造出伊甸園與坦佩谷的那種抽象道德感性，或許感覺遠在天邊，但具體的地景則必然近在眼前。我們想要親炙那種神奇，不用大老遠前往北義那優美的科莫湖[14]，也不用跑去葡萄牙西南外海的馬德拉群島[15]。我們總是把世界各地的這些名勝誇得天花亂墜。但其實每一處風景的看點，不外乎就是天與地的交界，而那種東西從離你最近的圓丘上就可以看見，其壯闊一點也不會輸給西維吉尼亞的阿勒格尼山脈（Alleghanies）巔峰。公家黃土地上夜裡的星辰，低頭俯視著一點也不起眼，但這些星星在那兒灑下的偉大靈性，跟它們照耀羅馬坎帕尼亞平原或埃及的大理石色沙漠者，

14 Como Lake，北義的一個湖泊，以風景優美著稱。

15 Madeira Islands，葡萄亞西南方外海的大西洋島嶼，風景優美且氣侯宜人，葡萄酒也相當有名。

完全一致。層層疊卷的白雲與五彩繽紛的晨光夕照，讓楓樹與榿木出落得變化多端。景致與景致間的相異處幾希，真正天差地遠的是觀察者的眼睛。任何一幅地景，都沒有什麼值得大驚小怪的美麗。真正值得我們大驚小怪的，是那種規定每處風景都一定要美麗的必然性。自然不會因為美麗身著便服就大驚失色，美麗原本就是無孔不入。

§

但在這個話題上，我們一不小心就會在步伐上超越了閱讀者的共鳴。我說的是學者口中的「被自然化的自然」[16]，或者「被動成為自然的自然」。你幾乎無法直接觸及這個主題而不說得過頭，就像你也很容易在龍蛇雜處中捅到所謂「宗教話題」的馬蜂窩。敏感之人在讓自己的品味沉溺於這類討論時，一定都會忍不住為了一些不需要道歉的小事道歉，比如他去看了林地，巡了莊稼，從某個偏僻的地點採了植物或礦

16　Natura Naturata 或 nature natured，中世紀創造出的拉丁文哲學術語，斯賓諾莎（Baruch Spinoza）主要使用它來表示「自然化的自然」或「被創造出的自然」，亦稱「所產的自然」，意指自然作為一種被創造出來的主體或系統，也就是讓造物得以被彰顯出來的自然現象與力量。

物，或者帶了把鳥槍或釣竿。我想人會為了這些事情感覺丟臉，必然是良有以也。半吊子在自然裡無用也無價值。田野裡的蠢蛋，並不會好過他在百老匯的兄弟。人生來就是獵人，自然而然會對林間的事物充滿好奇，而我想像在地木匠或印地安人這類「地方導覽書」，應該會提供很多事實，也應該在書店裡那些至為豪華的接待室裡，取代所有題名為「花環」與「獻給花神的花圈」[17]，那些華而不實的「裝飾用詩歌」；只是一般而言，我們要麼是笨拙到無法應付這種敏感的主題，要麼就是一開始進行關於自然的書寫，就會莫名其妙開始拐彎抹角而不敢有話直說。輕佻隨便，是最不適合用來獻給山林之神牧神潘的獻禮，祂在神話裡應該是最懂得自制的神祇。我不會在時間那可敬可佩的保留與謹慎面前沉不住氣，但我也不會宣誓放棄自己常常回到這個老話題上的權利。虛假教會成群，正好認證了宗教的真實性。文學、詩歌、科學，都是人對此高深莫測之祕密所表達的敬意，而關乎這祕密，沒有一個神智清醒的人能假裝

17 在愛默生書寫散文的同時，社會上正好大肆流行著一冊冊正式而人工的詩歌，其作用比較像是室內的裝飾品，而不是真正的文學。其中兩本這樣的詩歌分別是《來自新英格蘭的野花花圈》（*A Wreath of Wild flowers from New England*）與《花的獻禮》（*The Floral Offering*），作者是新英格蘭的作家法蘭西斯・歐斯古德女士（Mrs. Frances Osgood）。

他們漠不關心。自然被我們最誠摯的內心愛著，我們愛它，是因為將它看作上帝的城市，雖然這座城市沒有公民，或者應該說我們愛它，正是因為裡頭沒有公民。日落不同於其普照之下的萬事萬物：日落裡少了人的存在。而自然之美肯定總是看似在嘲諷什麼東西的贗品，除非地景上有了跟自然可以平起平坐之人的身影。如果人也做得到完美，那我們根本不用對自然如此癡迷。就像國王如果坐鎮在宮中，那牆壁對在場者而言就沒什麼可觀之處。只有等他移駕到別處了，宮內只剩下滿滿的僕役與觀望者，我們才會把目光從人身上移開，轉而從繪畫與建築去聯想到偉人，進而從偉人身上獲取慰藉。埋怨自然之美與該做之事被一分為二是一種病態的那些人，必然覺得我們對如畫之物的狩獵無法從我們對虛假人際關係的抗議中分離出去。人墮落了，自然挺立了，並擔任起判別用的溫度計去偵測人內心存不存在神聖感情。無趣與自私等人類缺憾，讓我們仰慕自然，但有朝一日我們若能振作起來，則自然將反過來對我們馬首是瞻。看見溪流中翻騰著泡沫，我們在煎熬中心存愧疚；若是我們的生命能流淌著正確的能量，那就應該由我們讓溪流蒙羞。熱情洋溢的溪流裡閃動著真實的火花，而不是反射的日照或月光。自然或可被人自私地當成一門職業來研究。對自私的人而言，天文學成了占星術；心理學變成了催眠術[18]（意圖讓人知道我們的湯匙都去了何處）；解剖學與生理學則成了骨相與手相學。

§

及時警醒，且在這話題上保持沉默是金的我們，可別一併略去了致敬「效率甚高的自然」[19]，也就是「主動成為自然的自然」，這個動作迅速的萬物成因。在這個成因面前，所有的形體都會像吹雪一樣逃竄，而它自身雖然隱蔽，但其作品卻成群且眾多地被推到前面（就像古代海神波帝厄斯[20]曾化身為牧羊人，代表過自然），而且變化之豐富難以言喻。它將自身發表在造物中，從粒子與芒刺出發，通過一而再再而三

---

18 Mesmerism，此處的催眠術亦稱「動物磁性說」，由十八世紀醫師法蘭茲・麥斯默（Franz Mesmer）所提出，他認為包含人類在內的各種動植物都具有一種無形的自然力量，而這力量可以產生物理效果，包括療癒疾病。他再三進行的治療實驗都未能獲得科學界認同，但卻無意間創造出令人恍惚的效果，成為了催眠的先驅。愛默生說的湯匙哪兒去了，就是指這種磁性的效果。

19 Natura naturans（nature naturing），自行成為自然的自然，亦稱主動的自然或「能產的自然」。

20 Proteus，希臘神話中有變身能力的海神，但一旦被逮住，他就必須要以原形示人，並回答對方的問題。

的轉化，產生了至高的對稱，未經震撼或跳躍便達到了極上而圓滿的成果。一點點熱能，或者，一點點動態，就讓光禿、炫白、慘寒的地球兩極，與豐盛多產的熱帶氣候區分開來。靠著無垠空間與無盡時間這兩項基本的條件，所有改變的發生都全無暴戾之氣。地質學啟發我們進入了自然的世俗性，並教導我們捨棄在婦嫗學校[21]中學到的做法，拿《創世記》的摩西律法與托勒密的天動繞地說等宇宙觀，去交換她那更大的格局。我們之所以無法正確知悉任何事情，是因為視野不足。如今我們已知在漫長的歲月中，必曾有無數的時期以耐心更迭交替，期間岩石先是形成，而後碎裂，然後第一批地衣將最薄的外殼分解成土壤，早早為植物女神芙蘿拉[22]、動物女神法娜[23]、穀物女神希芮絲[24]與果樹女神波茉娜[25]開好門。三葉蟲還何其遙遠！四足動物還何其遙

21 Dame school，婦嫗學校是十六世紀宗教革命後在英國興起的學校，為平民教育活動之一種。此種學校是出已婚婦女將其年輕時所學之粗淺知識，利用家中之廚房或起居室教授鄰居兒童基本之讀、寫、算技能。由此婦女們收取一些費用，以補貼家計。此種學校後來傳至美洲各殖民地區，十八世紀時曾盛極一時。

22 Flora，羅馬神話中的春天與花卉女神。

23 Fauna，羅馬神話中的田野與牧羊者女神。

24 Ceres，羅馬神話中的古物與收穫之神。

25 Pomona，羅馬神話中的果樹與花園女神。

遠！人更是還遠在無法想像的距離之外！但一切物種都在該來的時候來了，然後是人類的一個種族接著一個種族。從花崗岩到牡蠣，是一條漫長的道路，更別說要到達柏拉圖，要到達靈魂不朽之說。但一切終歸會來，就像第一顆原子確定有兩端。

§

運動或稱變化、同一或稱靜止，是自然的第一與第二項祕密：運動與靜止。自然她全數的法典，可以在拇指指甲或一枚璽戒上寫盡。溪水水面的旋轉泡泡，帶我們通往天空中的力學奧妙。海灘上的每一片貝殼，都是那祕密的鑰匙。水杯中被攪動而出現的漩渦，解釋了較陽春之貝殼的形成；年復一年的物質積累，則造就了最為繁雜的貝殼形態；惟即便技巧如此嫻熟，自然的手頭還是如此貧窮，因為從太初到宇宙的盡頭，她都只有一樣材料——即便那是樣可以達成兩種效果的材料——來滿足她所有如夢似幻的變化。她不論如何將之排列組裝成星辰、沙粒、火、水、樹、人，那都還是同一種材料，只會表現出同一組性質。

§

自然永遠會保持一致，即便她偶爾會佯裝不按牌理出牌。她會遵守自身的定律，又作勢要凌駕在這些定律之上。她會武裝一種動物，讓其在地球上有生存的一席之地，但又同時武裝另一種動物來做為其天敵。空間的存在是為了將萬物區分開來，但藉由給鳥兒裹上有著幾片羽毛的外衣，她等於賦予了牠一種具體而微，無所不在的才能。雖然大方向不斷向前，但自然這名藝術家仍得回頭撿拾材料，並在生命最老邁的階段用最初的元素重新造過：否則一切都將歸於毀滅。觀察她的作品，我們似乎會瞥見一個在過渡中的體系。植物是這個世界的年輕人，是健康與活力的載體，但他們會不斷地向上朝著意識摸索；樹木是不完美的成年人，並似乎在哀歎著他們扎根在土裡而身陷囹圄。動物是在見習中或試用期，但層次較高的新手。人類固然以出現的時間來講算是年輕，但畢竟初嘗過思想之杯中的點滴，因此已經墮落：楓木與蕨類仍是完璧，但無疑若發展出意識，它們咒罵起來嘴巴也不會多乾淨。花朵完全是青春的代表，以致我們這些成年男人很快就會感覺到美麗的她們，將世世代代與我們毫無瓜葛：我們已經年輕過了，如今就讓孩子們去擁抱他們的青春吧。花朵與我們緣分已斷，我們這群年老體衰的單身漢只能無稽而荒唐地多愁善感。

§

不同的事物實則息息相關，因此只要倚靠眼力，我們便能從某件物體中找出線索，推敲出另外一件物體的組成與性質。眼光足夠的話，一小塊城牆的石頭就能讓我們不僅確信古城存在，更能一併確認居民曾經存在的必然性。這樣的同一性，讓我們沒有你我之分，全都屬於一個整體，並將我們習以為常之比例尺上的巨大刻度，縮減到蕩然無存。我們說起人事如何偏離自然生活，就好像人造的生活不是一種自然一樣。深宮閨房裡最舌燦蓮花的捲髮侍臣，有的就是一種動物的天性，莽撞原始有如一頭白熊，為了達成自身目的無所不能，並在身處於香精與情書之中的同時，又與喜馬拉雅山脈和地球的轉軸有著直接的關聯。想想自身多麼屬於自然的一分子，我們就無須對城鎮懷有某種迷信，彷彿自然那可怕或有益的力量在那裡找不著我們，就像擔心時尚會在大都市裡找不到我們似的。石匠既是自然所生，房子當然也是。我們很容易在鄉野的影響下耳濡目染。自然物體那冷冽而孤高的氣質，會讓我們被惹得臉紅脖子粗的造物羨慕不已，我們會以為自己只要跑去餐風露宿啃草根果腹，就能與了不起的自然物體相比而不輸，但我們還是做人吧，不要做土撥鼠，須知即便我們在綢緞地毯上的象牙椅子裡安坐，橡樹與榆樹還是會很樂於在我們身旁伺候。

§

這種能指出方向的同一性，貫穿在一篇文章裡的各種驚奇與對比，同時也是每一種法則共有的屬性。人把世界裝在了腦子裡，天文學與化學則懸於他的一道思緒。自然的歷史既已刻劃在他的腦中，他自然就成了她祕密的預言家與發現者。自然科學中每一項已知的事實，都在其獲得實際確認前，就已經由靈光乍現的某人所預見。一個人哪怕只是要把鞋帶綁緊，都必須要先認得是哪些定律在規範著自然界中最遙遠的一隅：月球、行星、氣體、晶體，都要知曉這些定律都是具體的幾何與數值。常識知道自己在做什麼，它一眼就能認出化學實驗中藏著的事實。富蘭克林、道爾頓[26]、戴維與布萊克[27]的常識，跟先知道怎麼做再去發現該怎麼做的，是同一款常識。

§

同一性所表達的若是有組織性的靜止，那其反向的動態也一樣會加入那個組織運行。天文學者說：「給我們物質跟一點點的動量，我們就能建構出宇宙。我們光有物質是不夠的，我們還必須要有一股衝力，由這股衝力去發動物質，創造出離心力與向心力的和諧。當我們把球從手中拋出，我們就能示範這一切強大的秩序是如何長成。」「這是個完全說不通的假設，」形上學者則說，「是一種顯而易見的乞題[28]。你可以不要自以為知道拋物線的起源，還有拋物線會往何處延伸嗎？」但在此同時，自然不會

26 John Dalton, 1766-1844，英國化學家，在十九世紀初完善了原子理論。

27 Joseph Black, 1728-1799，蘇格蘭化學家。

28 Begging of the question，乞題（petitio principii），又稱竊取論點，是在論證時把不該視為理所當然的命題預設為理所當然，這是一種預設不當的謬誤。

乾等著討論結束，而會不論是非對錯地賜予那股衝力，然後球就紛紛滾動起來了。那不是什麼驚天動地的事情，也就是輕輕一推，但天文學者為此大驚小怪是對的，因為那行動的後續無窮無盡。那眾所周知的首推，開始在系統中的所有球體中自我繁衍，在每顆球體的每一粒原子裡傳播，在所有的物種間傳播，也在每一個個體的歷史與表現中傳播開來。誇大是萬物的常軌。自然把物種與人類送到這世上，總是會在其該有的特質上再多加一點點。有了行星，衝力仍屬必須；就這樣，在每個人身上，自然都在其應有的路徑上施了一些額外而同向的力量，用這一推去讓他上路；在每個案例中，都有這些許的慷慨，都有這過量的涓滴。缺了電，空氣將會腐敗；少了男男女女所擁有的那股衝力，少了頑固與狂熱分子扮演香料來調劑，人間會變得極不刺激又沒效率。我們要往上瞄一點點，才能打中目標，正所謂取法乎上，僅得乎中，每個行動都內含有一點誇張的虛假。而當時不時來了個懷憂喪志的明眼人，看出了一場比賽有多麼不堪，他於是拒賽並爆出了真相，那會怎樣呢？鳥兒就飛走了嗎？喔不，眼觀四面的自然會重新派出一支形體更為婀娜、氣宇更為軒昂的青年，他們會有比過多再多一點的衝勁，將他們牢牢安在各目標的路徑上；那股勁道會讓他們在最正確的方向上悶頭硬闖，於是這場比賽又將帶著嶄新的氣勢重新展開，維持一兩個世代。討人喜歡的惡作劇小孩，是受其感官愚弄的傻子。他們在每一幅視覺畫面與每一道聲音聽覺的命令下，不具任何能力去為他的感受進行比較與排名，只能任由自己被一支哨子或一張畫片，或一名領頭的龍騎兵，，還是一隻薑餅狗，牽著鼻子走，期間他看待每樣事物都是一碼歸一碼，不會進行任何歸納，反正就是不斷的喜新厭舊，然後夜裡體力不支倒頭就睡，畢竟已經沒幹一點正事地瘋玩了一天。但自然其實已經用這一頭捲髮而臉上陷著酒窩的小瘋子，回應了她的使命。透過孩子所要的每一道脾氣跟玩的每一種遊戲，她已經操練了其每一種官能，確保了其身體骨架的成長對稱，那才是她重要性屬於第一等的目標，因此她必須親自操刀，不能輕易交由其他不夠完美的照顧者來代勞。這種閃光，這種蛋白石的色澤盤旋在他眼前每一個玩具的頂端，好確保他不會分心失神，而這麼拐騙他，是為了他好。我們獲得生命，保持活力，都是靠著同樣的這門技藝。禁慾刻苦的斯多噶主義者想怎麼說，就讓他們去說吧，但我們吃飯不只是為了存活，而是因為肉的鮮美讓我們食指大動。植物的生命並不會滿足於從某朵花或某棵樹上拋出僅僅一顆種子，而是會讓空氣與大地充滿不計其數的種子，如此即便衰亡的種子數以千計，落地生根的種子也同樣會數以千計，其中能發出枝枒來的將會數以百計，將有數十株能成熟，並起碼有一株可以繼承親株的生命。這種機關算盡的人海戰術，在萬物之上都能觀察到。如圍籬一樣架在動物骨架四周的那種戒慎恐懼，讓我們會遇冷即縮，見蛇或聞聲便如驚弓之鳥，而這種本能會保護我們，讓我們在哪怕無數的虛驚之中，逃過某一次真正的凶險。戀人在婚嫁中所追尋的，是他私人的幸福與完美，那追尋並無任何終極的目標可言；自然則在他自身的幸福中隱藏了她的目的，也就是繁衍，或是種族的存續。

§

但將這世界造就出來的這門手法，也同樣滲進了人的心靈與人格中。沒有人真正多麼神智清明，每個人骨子裡都有一條愚蠢的脈絡，都有些許執拗的血氣上衝，因為這才能確保他被按在自然放在心上的某個點上。偉大的事業永不會被送去審酌他們的功績良窳，否則這事業就會被壓縮到用細節去迎合特定黨派的格局，而無關緊要的瑣事就會成為唇槍舌戰的焦點。同樣不容小覷的還有人人都篤信他想做或想說的事情比什麼都重要。詩人、先知比聽者更看得起自己要說的東西，所以才把那些東西說出口。剛愎自負的路德煞有介事，不容混淆地宣告：「上帝也少不了智者。」雅可布・柏曼[29]與喬治・福克斯在其爭議性十足的宣傳手冊中，都以執拗的內容暴露了他們的自我中心，而詹姆斯・奈勒[30]曾讓自己被當成基督一樣敬拜。每一名先知都毫不遲疑地將自己等同於自身的思想，並把自己從頭到腳的鞋帽都視為聖物。這些做法或許會讓這些人在睿智者面前信譽掃地，卻總是能為他們贏得民心，因為那會讓他們的話語顯得熱情、辛辣且喧騰一時。類似的體驗並不少見於個人的生活裡。沒有熱血青年不寫日記，而當祈禱與懺悔的時刻來臨，他就會在日記中銘記下自身的靈魂。如此寫成的紙頁在他看來，熾烈而散發著香味：他會在夜半或倚著晨星，雙膝下跪拜讀這本日記；他會感動落淚而沾濕了那些字眼；那些文字是如此聖潔，如此不屬於這個人間，甚至還不能拿到最親愛的朋友眼前。那是靈魂所生的子嗣，而自然的生命仍在這嬰孩中循環，連臍帶都還沒有剪斷。在一段時間流逝後，他會開始希望讓友人一起分享這

29 Jakob Böhme, 1575-1624，十六世紀德國宗教哲學家。

30 James Naylor, 1618-1660，十七世紀英國宗教家。

神聖的體驗，於是在猶豫中帶著堅定，他將這些頁面嶄露在朋友眼前。那些字句不會灼燒了他的眼睛嗎？但友人只是冷冷地，三頁併兩頁地將之翻了過去，然後就若無其事地轉而聊起天來，讓他在驚異中感到惱火。他無法質疑文字本身。一段段熱切的生活，一個個與黑暗與光明天使有所交流的白日與黑夜，已經將它們幽深的字眼鐫刻成日記上的淚跡斑斑。他不禁懷疑起友人是否不夠聰慧或是沒血沒淚。還是根本不存在所謂的朋友？他尚且無法相信誰會明明有過難忘的經驗，卻不知道該如何將其化為文學；或許當我們發現智慧有著其他的唇舌與代言者，也發現了即便我們按兵不動，真理也不會少被表達出來一點之後，我們那股熱誠的火焰就會被生生地阻斷。一個人會開口，一定是他覺得自己的發言毫無缺憾與破綻。但其實他說的內容確實不夠完善，只是在說的時候自己看不出來。當他從本能與細節被釋放出來，看到了自身發言的偏頗之後，他就會立刻嫌棄起自己而閉上嘴巴。因為，一個人能寫出點東西，一定是因為他覺得自己筆下所寫就是當代的歷史，而一個人能做好些事情，一定是因為他認為自己的工作非常要緊。我的工作或許一文不名，但我可不能這麼想，否則我做起這工作就無法放手一搏。

§

同樣地，自然界中也遍布一種戲謔之物，在誤導著我們不斷向前，但卻達不到任何目標，而這玩意也不跟我們講任何信用。許諾這東西，永遠都是表現所追不上的。我們活在一個由近似物組成的體系裡。每種目的都在觀望某種其他目的，但這其他目的也只是過眼雲煙，完滿而位於終點的成功無處可見。我們乃是紮營在自然中，並非定居在那兒。飢渴會領著我們去吃喝，但拿著麵包與醇酒不論如何搭配烹調，我們都還是會在酒足飯飽後感覺到飢渴。這就如同我們所有的藝術與表演。我們的音樂、詩賦、語言本身都不代表真正的滿足，而只是種種暗示。對於財富的渴望，把地球降格成了一個花園，並愚弄了懇切的追求者。這種追求圖的是什麼呢？簡言之，就是要確保善與美不受到醜惡與粗俗的各種侵擾。惟這是多麼事倍功半的做法！如此大費周章只為了聊那一下天！這座磚石砌成的宮殿、這麼些僕役、這間廚房、這些馬廄、馬匹與馬車、這些銀行股票、這些房屋抵押文書、與全世界的貿易、鄉村別墅還有水濱木屋，全都只是為了聊那一會兒天，那一點高尚、清澈而靈性的對話！我們這些大馬路邊的叫化子就不能也得到這種體驗嗎？不，這一切正是經由這些叫化子不斷努力排除生活的阻力，並創造出機會而得來。交談、人品，是對外承認的目的；財富的好處，在於它可以撫平動物性的渴求，可以修好冒煙的煙囪，可以讓咿咿唉唉的破門安靜下來，可以把三五朋友聚集在一個溫暖而安靜的房間裡，可以讓孩子跟餐桌分屬於家裡不同的地方。思想、德行、美麗，都是這一切的目的，但我們知道具有思想與德行的人會偶爾頭會痛、腳會生膿，或是在冬日房間變暖的同時蹉跎了光陰。很不幸的是，在排除這些不便所必須進行的努力中，我們的注意力被轉移到了這些努力上；舊的目的落到了視野之外，排除阻力便成了新的目的。這就是對富人的揶揄，而波士頓、倫敦、維也納，還有如今全球各地普遍的政府，它們都是屬於富人的城市與政府，而普羅大眾與其說是人，不如說是窮人，也就是尚未富有之人；這是對上流階級的揶揄，因為他們咬牙受苦，滿頭大汗加上一肚子火，最終卻落得一事無成；做了這麼多，卻是一無所獲。他們就像是打斷了一群人的談話要高談闊論一番，最後卻忘記了自己想說什麼。那幅畫面讓任何一雙眼睛看了，都會想到漫無目標的社會與國家。自然所追求的目標真有如此偉大、如此具有說服力，可以要人做出這麼大的犧牲嗎？

§

宛若與生活中的詐欺系出同門，外在自然有種類似的效應，會作用在人眼之上，這點或許也是可以預期的。林間與水畔有某種誘惑與諂媚，卻又不能讓人當場得到滿足。自然中不論是哪一幅景色，都能讓人感受到這種失落。我見過夏天的雲朵如羽毛般飄在頭頂，柔軟又美觀，看似就像在享受著它們能運動在那種高度的特權，惟它們看來與其說是此時此地的錦繡佈景，更像是在瞭望著遠方那屬於喜慶的亭臺花苑。這是一種很不尋常的嫉妒，但詩人總覺得他不夠靠近自己的目標。那松樹、那河流、那在他面前的一排花卉，似乎都不能代表自然。自然仍在某個別處。要麼就是這樣，要麼這只不過是邊陲與遙遠的映影，只不過是一響回音。這映影與回音所反射的是方才逝去，其光輝與盛世正開始走下坡的勝利。那勝利或許就在鄰近的田野，若你人就站在田野，那它就在緊鄰的樹林。眼前的物體會讓你感覺到這種靜謐，彷彿現場剛剛通過一支節慶的隊伍遊行。多麼璀璨的距離感，多麼不可言說的堂皇與瑰麗，就藏在那西下的斜陽裡！但有誰能抵達這些瑰麗堂皇的所在地，伸手去觸摸或駐足於其中呢？

它們會周而復始，永永遠遠地從這球形的世間下落。身處在紅男綠女間如此，身在寂靜的樹木之間亦然，那永遠都是一種經人轉述的存在，是一種缺席，而永遠不會是一種能面對面給予人的滿足。難道說，美麗將永遠如此讓人緣慳一面嗎？不論在人身上或在風景裡都讓人無法觸及嗎？妙齡少女在接受了情郎，並對他許諾了終身的同時，就已失去了她對他那種最狂野的魅力。情郎曾經追求她像在追求天上的星星，那時她是天堂，但一旦她紆尊降貴到跟他一樣的高度，她天堂的身分也就不見了。

§

對於向外投射之第一衝動那無所不在的面貌，對於眾多善意生物那欲迎還拒的態度，我們能如何言說呢？我們難道不該懷疑有些微的叛意與嘲諷存在宇宙中的某一隅嗎？我們難道不該更認真地去憎恨這種對我們的利用嗎？難不成我們是自然的玩物或傻子嗎？讓人看一眼天堂的面容，地球就平息了我們所有的脾氣，勸慰我們接受了更識時務的信念。對於聰明人，自然會讓自己化身為一個廣大無邊，但又無法三言兩語解釋清楚的承諾。她的祕密不會為人所知。一個又一個的伊底帕斯[31]會接連到來：他腦中裝滿了謎團。哎呀，同樣的巫術擊垮了他解題的技巧；他雙唇連一個音節都吐不出來。她強大的軌道就像新鮮的彩虹一樣畫出一道拱形，進入了深空，但卻沒有大天使的雙翼強到足以跟上她的腳步，然後順利回報弧線的回歸。但換個角度看，我們的行動獲得了附議，並將在某種安排下得到比我們預期中更大的結語。我們在生命中的每一手牌裡都有神靈派員伴行，某種善意的目的會埋伏著要將我們偷襲。我們無法與自然拌嘴，也無法像面對人一樣去跟她打交道。拿自身的力量去與她的力量相比，我們只會覺得自己被難以超越之命運當成餘興節目。但如果我們不把自身等同於我們能完成的工作，讓工作者的靈魂在我們的體內流淌，那麼我們就將首先發現晨間的祥和進駐到我們心中，接著便是引力與化學那深不見底的力量，最後則是在這兩者之上，那以最高形態預存於我們內在的生命。

31 希臘神話中的底比斯國王，曾經解開斯芬克斯（獅身但人面、羊頭或鷹首之怪獸）的謎題。

§

我們在因果鏈中是多麼無助呀，這念頭會迫使我們陷入一種不安。而這種不安的源頭，就在於我們過於執著地看著自然的其中一種狀態，也就是其「動作」。但摩擦力是永遠不會從輪子上消失的。不論是衝動超越了靜止力，或是同一性暗示要獲得補償時，都是如此。在地表的廣袤平野上，滿滿生長著夏枯草[32]，也就是被稱為「自癒」的萬靈藥草。在每個愚蠢的一天之後，我們都是靠睡一覺來消除白天讓我們氣到生煙的怒火；而雖然我們總是割捨不下細節，甚至往往會成為它們的奴隸，但我們總是會帶著內在的普世法則前往每一場實驗赴約。這些法則存在於我們心中，或許只是抽象的觀念，但它們隨自然矗立在我們周遭，卻永遠是那麼的具體，就像是一種昭然的清智在揭露並治癒人類的瘋癲。我們對於個案的卑躬屈膝，會讓我們被拐騙進千百種愚昧的期許。我們會因為某臺火車頭、或某顆氣球的問世而期待新時代的降臨；但新引

32 Prunella vulgaris，夏枯草，又名夕句、乃東、東風、燕面、麥夏枯、鐵線夏枯草、麥穗夏枯草、牛枯草、地枯牛、鐵色……。歐美人視夏枯草為靈丹，其英語俗名為 Self-heal 或 Heal-all，謂其可用於治療多種疾病。

擎也會一併帶來舊的節制。有人說隨著電磁效應的發明，沙拉裡不可少的萵苣，將只需要你為晚餐烤好雞鴨的時間，就可以從種子長成菜葉：這代表的正是我們現代人的目標與嘗試，我們想要對物體進行壓縮與加速，但這麼做我們將一無所獲，因為自然沒得矇騙：萵苣長得快也好，慢也罷，人的壽命就大約是正常的七十個萵苣長。然而在這些節制與不可能當中，我們所能找到的優勢可不比能在衝動中找到的少。勝利願意落在哪裡，就讓它落在哪裡，我們一定會與它處在同一邊。知道我們走過了存在的整片範疇，從自然的中心到兩極，並插旗了每一種可能性，就能讓死亡染上那道崇高的光輝。哲學與宗教毫不遮掩且名符其實地在靈魂不朽的通行教義中表達的，正是這種光輝。現實要比報告更耀眼多了。這裡沒有毀滅、沒有間斷、沒有洩了氣的皮球。神聖的算計從來不停歇或徘徊。自然作為一種思想的化身，會重新變回思想，就像冰會變回水與蒸氣。世界是心靈沉澱出的產物，其揮發性的本質會持續不斷地逃逸而回復到自由思想的狀態。自然物體不分無機或有機，其對心靈之影響力的效益與刺激就是這麼來的。無法移動之人、結晶化之人、植物化了的人，對著人形之人在訴說著話語。那股不去理睬數量，並讓全體與粒子平等地擔任其對外通道的力量，將其笑靨授予了晨曦，並將自身的精華蒸餾進點點雨滴。每個瞬間都在啟迪著什麼，每件物體亦然：因為智慧被灌入了每一種形體中。那智慧化身為血向我們體內傾注，化為痛楚使我們抽搐，化為愉悅朝我們潛入，用困乏憂鬱或開心勞動的日子將我們包覆；那當中的本質，我們要遲至很久很久以後才猜得出。

# 美國學人

# THE AMERICAN SCHOLAR

這篇文章原為一次演說，於一八三七年發表於美國麻州劍橋市，斐陶斐學會的哈佛大學分會。斐陶斐作為文學性的大學兄弟會，限定每年畢業班的前二十五名始能為成員。該會的傳統是邀請社會賢達出席年會，由在學術與思想界執牛耳者對會員侃侃而談。

會長與各位先生：

我很高興能在這文學年的開端與大家齊聚一堂。一年一度的會慶之於我們，主要的意義在於希望，而實踐的成分則或許相對較少。我們見面不像古希臘人那樣，是為體能的競技[1]或技術的比拚，或史冊、悲劇與頌辭的吟誦；不像吟遊詩人是為愛與詩

1 Games of strength。古希臘的公辦競賽，包含各種體能與心智的比賽項目，其中最重要的賽事有四個：四年一度的奧林匹克運動會與皮提亞（Pythian）運動會分別辦在每四年奧運週期的第一與第三年，兩年一度的尼米亞（Nemean）運動會跟科林斯地峽運動會（Isthmian）則都辦在奧運週期的第二與第四年。這些盛大的全國性節慶在古希臘甚具影響力，主要用以團結眾多獨立城邦之間的臍帶，有助於希臘齊心擊退外敵。

歌的研習交流[2]；也不像我們在英國與歐洲首都裡的同輩，是為追求科學的進步。一直以來，我們的這節日單純只是一個友好的象徵，紀念著在這群忙碌到無暇為了文學提筆的民族當中，我們的文學之愛仍得以倖存下來。由此這場合做為我們某種直覺得以不朽的代表，不可謂不珍貴。但也許時候到了，是這場合應該、也終於將改頭換面的時候了；是時候在這片大陸上，偷懶的智慧要從鐵蓋下方探出頭來，用比機械技術的發揮更可觀的表現，達成我們推託許久，世界對我們的期待了。我們依賴別人的日子，我們長久以來以學徒身分向其他地區吸取知識的日子，即將告一段落。我們身邊千百萬正在展露頭角的新秀，已無法再靠外國莊稼的乾癟殘渣苟活。一系列值得歌頌，將來也將放聲高歌的事件與行動，開始方興未艾。誰曰詩賦不會捲土重來，在新世紀中引領風騷？就像誰敢說如今在我們的天頂上熠熠生輝，天琴座的那顆星辰，不會如天文學者所倡言，有朝一日將擔綱北極星[3]，展開它為期千年的輪值呢？

---

2　Trouadour。在十一世紀的南法，吟遊詩人會在城堡之間遊走，每到一處便吟誦由古普羅旺斯方言所寫成的情歌。封建領主們對任何能消磨時間的消遣都至為歡迎，而吟遊詩人也因此構成了南法文化中重要的元素。

3　北極星是最靠近北天極，繞著北天即繞極小圈的恆星，由於地軸的指向會在漫長的歲月中緩慢移動，北極星的本體也會有所更動。

秉持著這樣的希望，我欣然接下了我們協會不論從其功能到宗旨，都冥冥中指派給了這個時代的主題——美國學人。年復一年我們來到此處，就像在翻開他傳記中的新篇章閱讀。所以這次就讓我們去探索新的視角、新的事件與經過的歲月，究竟為他平添了什麼樣的性格、責任與期勉吧。

有種出處已不可考的遠古傳說，會為我們傳遞一則則意想不到的智慧，而其中一則說的是諸神在混沌的創世之初，將人的原型拆成了芸芸眾生，以便人可以發揮各自的力量來裨益整體；這就像人有五根分開的手指，為的也是讓手能徹底達成其存在的目的。

這古老的傳說乘載了一個歷久彌新的絕妙教義；那說的是有一種「全人」，他永遠只在個別的人類面展現部分的自己，或限制個人只能以單一官能感受他的存在；唯有透過全體社會的總和，你才能一窺全人的廬山真面目。全人不是某個農夫、不是某位教授或工程師，而是以上皆是。全人既是神父、是學者、是政治家、是生產者，也是士兵。在分工或社會化的狀態下，這些功能會分門別類地交到個人的手上，每個人的目標都是要把聯合作業中各司其職，把自己的份內工作完成。這故事蘊含的深意是個體為了找回自我，必須偶爾抽離自身的勞動任務，回頭去擁抱其他所有的勞動者。但很可惜，那原初的單位，那力量的泉源，已經被分送給無數人，也已經被一再地切分遞送，化為涓滴而無法破鏡重圓了。社會的狀態就是其成員從主幹上被切割開，並開始大搖大擺地四處遊蕩，有如靠兩隻腳走路的妖魔鬼怪——一整隻手指、一圈頸子、一個胃袋、一彎手肘，但從來不是個完整的人。

人就這麼變成了一種東西，或該說變成了很多東西。種植者，是被送去田野間獲取食物的「人」，而他鮮少會為了這種任命中的真實尊貴而感到欣喜。他眼裡只看得見自己的莊稼與推車，別無他物，由此他會深陷於其中的身分是農夫，而不是農場上的人。商人鮮少為把該有的理想性賦予他的職責，而是被其行業的例行公事騎在自己身上，其靈魂則受制於金錢。神父成了一種形式，律師是一部法條；技工是機器；水手是船上的一條繩子。

在此分工的過程中，學者是被指定的智能代表。理想的狀態下，他是有思想的人。在墮落的狀態中，作為社會中的受害者，他會傾向於變成一個單純腦袋在動的人，甚至更等而下之，成為複述他人思想的鸚鵡。

這是一種視他為有思想的人的觀點，而關於他職務的全副理論也盡在其中。對他，自然會用她勝過千言萬語的一張張警世畫[4]去循循善誘；對他，過去會加以指導；對他，未來會提出邀請。人人豈非都是學子，而萬事萬物豈非都是為了學習者而存在？而最終，真正的學者豈非才是僅有的真正主人？但正如古老的神諭所言：「凡事都有兩個握柄，小心選錯邊。」[5]在生活中，學者一不小心就會受到人類誤導，放棄了他的特權。所以就讓我們來看看他在其學習的處所裡是什麼模樣，並想想他接收到了哪些主要的影響。

---

4 用作指導與警告的圖畫，此處指大自然的風景。

5 這句話其實不是什麼「古老的神諭」，而是出自古希臘斯多噶派哲學家愛比克泰德（Epictetus）之口，並被記錄在其學生所編纂的《斯多噶主義手冊》（*Encheiridion*）中。意思是每個鍋子都有兩邊握柄，一邊被火烤得很熱而燙手，只有另外一邊才能握得起來。愛比克泰德以此比喻當你的兄弟對你行出不義之時，你要記住的不是他行事的不義，而是他是你的兄弟。

§

時間上最早出現，對人心智影響也最大的，莫過於自然。日復一日的太陽，以及日落之後，夜空與她的群星。風兒吹拂不止，綠草生生不息。每個新的一天，男男女女進行著對話，他們既看著人也被人觀看。學者必須佇立於這幅勝景之前，心懷嚮往與崇敬。他必須將其價值安放在他心間。自然於他是什麼？這片神所編成，無法解釋的連續之網，從來沒有起點，也永遠不會有終點，有的只會是永世歸向自己的循環之力[6]。在這層意義上，自然與他自身的精神有異曲同工之妙，他同樣遍尋不著後者的開端或終結——那精神是如此自成一格、如此無邊無際。同樣地，她的璀璨光輝無遠弗屆，照耀在一個系統又一個系統之上，宛如被射出的光芒，時而上、時而下，沒有所謂的中心，更沒有可名為周邊的東西——不分宏觀的物質或微觀的粒子，自然迫不及待地想要把自己描述給人的心靈知曉。分類工作於焉啟動。對於年輕的心靈而言，

6　此處可看出愛默生的泛神論思想，他認為那無法解釋的連續性就是詩人布朗寧（Robert Browning）詩中所說「我稱為神，而愚夫稱為自然」之物。

所有東西都是獨立的存在，各自站在那裡。但時間慢慢過去，年輕的心靈會開始把兩件東西連結起來，並從中看出它們齊一的本質；有二就有三，三又變成三千；就此，在其內部統合直覺的專制號令下，心靈會接連開始把事物連起來，削弱異象，發掘竄行於地底的根鬚，藉此明白看似矛盾與疏遠的東西是如何聚合成同一枝莖，綻放出同一群花朵。心靈會隨即了解到從歷史的黎明以來，事實的累積與分類就持續在進行。但所謂分類，不就是觀察到物體並不混亂，不就是看出物體與我們並非陌路，甚至與人類心靈適用同一套法則嗎？天文學者發現了幾何學作為人類心靈的純粹抽象產物，是行星運動的測量工具；化學家發現大小物質中有著各種比例尺與可理解的方法論；科學說穿了就是在最僻遠的空間中找到類比與身分。胸懷大志的靈魂會在每一個難解的事實前坐下，一一就所有怪誕的組成、新奇的力量進行拆解，直至知道了它們所屬的類別與運行的法則，就這樣永無止境地以抽絲剝繭後的見解，去賦予生命給哪怕是各種組織的最後一道纖維，及自然界的最外圍。

於是乎對他而言，對這個在天際弧頂下的學童而言，這隱含的意義是他與自然是同根所生；一個是葉，另一個是花；某種聯繫、某種同理，在每道葉脈中蠢蠢欲動。

而那個根是什麼呢？那不就是他靈魂的靈魂嗎？這想法會太大膽嗎？這夢想會太狂放嗎？但當這道精神之光有朝一日，揭露了更多地球的自然法則後，當他學會了去崇拜靈魂，去看見現存的自然哲學只是靈魂巨手的初次摸索後，他便會期待起擴張永無止境的知識，也期待起知識能化身為造物主。他將看見自然是靈魂的映照，彼此的各部分有著一對一，對稱的呼應關係。一邊是刻章，一邊是印出來的圖樣。自然之美就是他自身的美。自然的法則就是他內在心靈的法則。這麼一來，自然於他就會變成自身成就的量尺。有多少自然還沒有被他探知，就有多少自身的心靈還沒被他控制。於是乎，古人言說的「認識自己」與現代倡議的「研究自然」終於合而為一，變成同一句箴言的一體兩面。

§

進駐學者精神面的第二個重大影響力，是過往的心靈，不論以什麼形式，也不論出處是文學、藝術或體制、那顆心靈都被銘刻了下來。書籍是過往發揮影響力的最佳形式，而或許我們光是去評估書本的價值，就可以觸及真相，一舉得知這股影響力的分量。

書，是種神聖的概念。最初的學者把周遭的世界接納到體內，以其為材料進行思索沉澱，接著用自身的發想將其重新排列，最後再將其重述一遍。以作者為中介，進入的是生活，出現的是真理；進入的是稍縱即逝的行為，出來的是永垂不朽的思維。東西來到他面前是一板一眼的公事，離開他時是翩翩飛舞的詩詞。原本死氣沉沉的事實，轉眼成了活蹦亂跳的巧思。它可以停，可以動。眼看它咬著牙，眼看它拍動翅膀，眼看它給人啟發。寫書的心靈有多少深度，書的騰飛就能有多少高度，書的歌唱就能有多麼持久。

或者，我應該說，這都要視整個將生活轉換成真理的過程有多麼深入。蒸餾提取的完整性有多高，最終產品的純淨度與防腐度就有多高。但完美不存在這世上。就像絕沒有抽風機可以創造出完美的真空，世上也不會有哪個藝術家可以徹底排除傳統的、屬於地方特色的、會隨時間腐敗的東西在他的創作以外，或是用純粹的思想的寫出一本各方面的效能皆不受影響，可以讓遙遠的後人讀起來跟今人讀沒有兩樣，或者應該說跟作者的下一世代讀起來沒有兩樣的作品。事實證明每一個時代，都必須要有自己的書；或者應該說每一個世代，都應該為繼之而起的世代寫書。須知沒有哪一本來自舊時代的書籍，可以直搬到新時代適用。

但這就引發了一個棘手的麻煩。附著在創造、思想等行為上的聖光，會原封不動地移轉到歷史紀錄上。吟誦的詩人會宛若被封為聖者，進而讓詩句本身也沾光而變得神聖。作者若展現了公正而睿智的精神，則他寫的書也會無庸置疑地被認定為完美；這就像對英雄的敬愛，會腐化成對其雕像的崇拜。轉瞬間，那書就會產生毒性。嚮導由是變成了暴君。我們尋求的是兄弟，沒想到定睛一看，出現的是統治者。群眾那遲鈍且扭曲的心靈，總是無法及時接受理性的介入，反而一旦對書本敞開了大門，接受了書的內容，就會堅持書永遠是對的，並在他們認為書遭到汙衊時放聲疾呼。如大學便建立在書本上。但寫書的是思想者，而不是有思想的人，他們是有才華但錯在起跑點上，一開始就從被接受的教條上出發，而不是從他們自身對原則的見解出發的人。溫馴的年輕人成長在圖書館裡，一心相信他們的責任是要接納西塞羅、洛克[7]、培

7 John Locke, 1632-1704，英國哲學家，代表作為《人類理解論》（*Essay on the Human Understanding*）。

根[8]給出的觀點；卻忘記了西塞羅、洛克與培根在寫出那些書時，本身也就是圖書館裡的年輕人。

由此我們得到的不是思考的人，而是書蟲。由此我們得到的是一個透過書本去學習的階級，他們重視書的本體，而不在乎書所關係到的自然與人類組成。他們只是想把世界跟靈魂貶成三級會議[9]的底層。由此我們看到的熱中程度不一的古籍復原者、校正者、藏書癖。這不是好事，這是遠比看起來更嚴重的壞事。

書乃至善之物，前提是獲得善用；遭到濫用的書，則為大惡。但何謂善用？什麼是那本書千方百計要達到的唯一目的？書的存在，莫過於為了提供啟發。我寧可無書，也不要一本書的引力折曲到徹底脫離自己的軌道，從自成一個太陽系淪落為書本的衛星。這世上唯一一樣有價值的東西，就是生氣勃發的靈魂——自由、自主、活躍的靈魂。這東西理應屬於每個人，也確實蘊藏在每個人體內，只不過也幾乎沒有例外地，所有人的活躍靈魂都受到了阻礙而尚未誕生出來。活躍的靈魂會看見絕對的真

8 Francis Bacon, 1561-1626，英國政治家暨哲學家。

9 多數歐洲國家在十三世紀發展出議會的雛形，且多數將之分成三級：教士、貴族、平民。

實，說出絕對的真實，或者從事創造。而這種表現，可以被解讀為天才；這不是屬於少數幸運兒的特權，而是理應屬於每個人的樂園。其本質上是進步的。書籍、大學、藝術學校，與任何一種教育機構，則都在過往天才的發言中停下了腳步。這是好的，他們說：讓我們堅持這麼去做。但他們只是壓制了我。他們凡事顧後而不瞻前。但天才的目光永遠朝著前面。人的雙眼長在頭的前面，而不在後腦勺上。人會希望。天才會創造。人要去創造，去創造，才能證明神性的存在。不論具備什麼樣的天賦，人若是不去創造，則他就無法擁有神性的純粹淌流；餘燼與煙霧或許可見，但冒不出火焰。創意可以是一種態度、一種行動，或一款文字；重點是這些態度、行動與文字所顯示的，不能是習俗或權威，而必須要從心靈本身對何謂良善與公平的體會中，自然湧現。

另一方面，天才若不擔任自身的觀察者，而想從其他的心靈獲取真相，那就宛若身陷洪流般的光芒，沒有片刻可供其獨處、內省與自我發現，而那只會對天才造成致命的傷害。天才永遠都足以成為天才最大的敵人，因為其影響力難保不會氾濫成災。關於這點，每個國家的文學都可以為我作證。英國戲劇詩人的莎士比亞化，一晃眼已兩百個年頭了。

閱讀的方法，無疑有對錯之分，只有讀對方法，書本才能嚴厲地獲得控管。有思想的人，絕對不能遭到工具反客為主的壓制。書，是供學者閒暇時閱讀。若有空去直接閱讀上帝的文字，他就不該浪費寶貴的時間去閱讀其他人閱讀上帝的心得。但當黑暗的間隔來臨，一如黑暗必然會來臨，當靈魂冷卻，太陽被遮掩，群星光芒湮滅，我們便只能依託點燃的燈光，由它的光芒去指引我們重返旭日將再度升起的東方。我們先要聽見，然後才能發言。阿拉伯的諺語說：「無花果樹從旁看著另一棵無花果樹，然後就結出了果實。」

我們從一等一的好書上獲致的樂趣，有著令人讚歎的屬性。它們永遠能讓我們相信寫書的是一種自然，閱讀的也是同一個自然。我們閱讀著某個偉大英國詩人的作品，如喬叟[10]、馬維爾[11]，或者德萊頓[12]，都能從中獲得至為現代的欣喜，我是說帶

10　Geoffrey Chaucer，1340-1400，被稱為英國詩歌之父，代表作包括《坎特伯利故事集》（*Canterbury Tales*）。

11　Andrew Marvell，1620-1678，著名英國愛國者與諷刺作家。

12　John Dryden，1631-1700，著名英國詩人。

著愉悅，而那有一大部分來自於從他們詩句中擷取出來，跨越時間的抽象概念。我們的驚喜中參雜著讚歎，只因為這名活在兩三百年前，某個過往世界中的詩人，竟然能說出非常貼近我們內心的內容，或是我們也幾乎想過或說過的事情。但考量到這是可說明所有的心靈身分都適用同一套哲學法則的證據，我們應該要假設世上存在某種預設的和諧，某種對未來靈魂模樣的遠見，還有某種為未來靈魂之需求所進行的預備，這就像我們從昆蟲身上觀察到的，牠們同樣會在死前為無緣見上一面的幼蟲做好食物的儲備。

我不會出於對其他系統的熱愛或沒有根據的誇大直覺，就匆匆忙忙地去貶低書籍的重要性。我們都知道一如沒有哪種食物不能讓人體獲得滋養，包括草可以拿來煮、或皮鞋可以熬成湯，心靈也可以得到任何各種知識的餵養。史上一直都有偉人與英雄只能依靠印刷成冊的資訊來源。所以我只會說那樣的精神糧食需要強大的頭腦去消化。人必須要先是發明家，才能什麼都讀得下。西班牙諺語有言：「誰想去把東印度群島的財富帶回來，誰就要先帶著東印度群島的財富過去。」所以說只要有創意寫作，就會有創意閱讀。心靈若有勞動與發明能力的支撐，則我們翻開任何一本讀物，其頁面上都會閃耀著各式各樣的典故。每一個句子都會有跟原本相比雙倍的意涵，作者的意念則會有如世界一般寬廣。我們由此會看清一項向來如此的事實，那就是在月月天天繁重的生活中，觀察者只有短暫且罕有的視野窗口，而那些觀察所對應的紀錄，也或許只占他整本書的極少部分。懂得辨識的人，就會在他閱讀柏拉圖或莎士比亞時，只讀那吉光片羽，只有那些才是貨真價實的神諭，其他的都會被他拒絕，且不論它們在許許多多地方都確實是柏拉圖與莎士比亞的真跡。

當然，有一部分的閱讀是智者所必備的。歷史與精確的科學，必須由他努力去鑽研。大學，同樣地，也有其不可或缺的機能——傳授知識。但大學要真正對我們有高度的裨益，其目標就不可以是枯燥的反覆練習，而必須是去創造；那代表大學得四面八方地廣邀每一道天才的光芒到他們好客的廳堂，得用強烈的火勢點燃年輕學子的心。思想與知識，都是設備與排場所插手不了的東西。黑色的學位袍與校方獲得捐助的校務基金，雖然價值連城，卻連智慧的一個句子或一個音節都換不到。不牢記這一點，我們的美國學院就會失去在大眾間的地位，徒然每年累積更多的財富。

§

世間流傳著一種想法：學者應該要深居簡出，應該要弱不禁風，幹不了粗活，也沒辦法服務大眾，就像筆刀當不了斧頭。所謂的「實務派」對動腦思索之人嗤之以鼻，就好像只因為他們會動腦、會觀察，就什麼實事都做不成。我曾聽說神職者——他們比起任何一個階層，都更放諸四海皆準地是他們所屬時代的學者——會被當成女性應對；據說他們說起話來不是用男性那種粗獷自然的口吻，而是一堆咬文嚼字，做作空泛的言談。他們往往會宛若自絕於社會之外，而確實也有人倡議他們應該要清心寡慾。這種說法或許在某種程度上反映了治學階級的現實，但那仍稱不上公正與睿智。行動於學者而言固然不是主要的任務，但仍不可或缺。少了行動，他做為人就不夠完整。少了行動，思想就永遠無法熟成為真理。雖然世界懸於眼前有如一朵美麗的雲，但我們卻視而不見。行動的匱乏形同怯懦，但世上的學者絕對都擁有一顆英勇之心。思想的序言，那思想由無意識過渡到有意識的過程，就是一種行動。我知道的就是這些，因為那是我的親身經歷。誰說的話裡有生命的底蘊，誰的沒有，是一點也騙不了人的。

這個世界，這個靈魂的投影，或是另外一個我，就寬廣地圍繞在我們四周。這世界的魅力，就是解鎖我們思緒，讓我們更認識自己的關鍵。我縱情狂笑到騷動引發迴響。我執起身邊人的手，加入受苦與勞動的行列，而我的直覺指引著我，讓我內心的萬丈深淵都出聲言語。我破解了世界的秩序；我驅散了世間予我的恐懼；我將世界安排在我擴大的生命範圍中。只有這樣我才能靠經驗去最大限度地認識生活，才能去征服與開墾荒野，才能去拓展我的存在、我的範疇。我看不出有誰有條件，出於恐懼或為了保命，而可以放棄加入世間的任何行動。行動是論述的珍珠與紅寶石。操勞、災難、惱怒、匱乏，都是口若懸河與充滿智慧的人生導師。真正的學者，會因為錯失了任何一次行動而滿心懊悔，因為那剝奪了他獲得力量的機會。

那是智慧揉捏出她瑰麗產物的原物料。那也是一個奇詭的過程，經驗被轉化為思想，就像桑葉被轉化為絲綢。那是一個全年無休的製造過程。

我們兒時與青春歲月裡的行動與事件，可以供長大後的我們仔仔細細觀察。那些事件就像懸在空中清晰的圖畫。但我們近期的行動就不是這樣了——我是說我們手邊在忙的各種事情。關於這些事情我們幾乎無法臆測。我們的感情尚未流動於其中。我們對這些事情的感受，並不強於我們感受到自己的腳、手，或腦等身體部位。新的行為尚未成為我們生命的一部分，它們還沒有駐留夠長時間，在我們無意識的生活中浸潤。在某些思索的瞬間，這些行為的記憶會從我們的生命中脫離，就像成熟的果實落地，並由此成為我們心靈中的一道思緒。一瞬間它完成了提升與變形；原本將會腐壞之物，成就了不朽。此後不論其出身環境有多卑賤，它都會化身為一種美。我們同樣要觀察的，還有這種發展是如何難以預料。在其幼蟲的狀態下，它既不能飛翔，又黯淡無光，就是個枯燥無味的幼體。但轉瞬之間，在無人聞問之間，這同一樣東西舒展了美麗的雙翅，變身為智慧的天使。所以說在我們私人的歷史中，沒有什麼事實或事件不會有朝一日褪去其黏稠而疲軟的狀態，令我們驚豔地從我們的體內升起，進入到九重天際。搖籃與襁褓、校園與操場、對少年、狗兒與戒尺的恐懼，對小女孩與莓果的喜愛，還有許許多多充滿了整片天空的事實，都已經不存在了；朋友與親戚、工作與派對、城鎮與鄉村、民族與世界，必須要繼之升起歌唱。

當然，誰使出渾身解數去採取行動，誰就能回收最豐富的智慧。我不會把自己關在行動的世界以外，我不會讓橡樹被移植到花盆裡，任它在那裡捱餓歎息；我也不會只信賴某單一官能的輸入，讓某思想的脈絡被消耗殆盡。就像那些薩瓦人[13]，他們賴以度日的生計是為全歐洲雕刻男女牧羊人與抽菸的荷蘭人。我不想像他們一樣某天進到山裡去找材料，才發現他們已經削完了最後一棵松木。我們多的是作者寫盡了他們的靈感，然後在值得讚許的審慎心情推動下，出航前往希臘或巴勒斯坦，追隨陷阱獵人的腳步進入草原，或是漫步在阿爾及爾四周，只為了補充他們的商業原料。

即便只是為了擁有新鮮的字彙，學者都會非常渴望行動。人生是我們的一本字典。善用年月的方式包括在鄉野中勞動，在城鎮裡遊走，也在對貿易與生產的深刻觀察中，在與男男女女的坦誠對話中，在科學中，在藝術裡，而這一切都是為了在這所有的事實中精通一種語言，藉此來讓我們的感知變得更清晰、更具體。我一聽講者發言，就能立刻從他言談中的貧瘠或光彩，判斷出他活出了多少生命。生命在我們身後，就像是我們從中採取過原料的礦場，而用出自過往生命的磁磚與冠石[14]，我們才

13 Savoyards，瑞士日內瓦湖南方的民族。

14 copestone，一堵牆最後砌上，因此也處於最上方的石料。

得以完成屬於今日的石造工程。這，才是我們真正習得人生文法的方式。大學與書本，只不過是複製了誕生於田野與工坊中的語言。

但行動如同書本而更甚於書本的最終價值，在於它是一種資源。自然中那宏大的「波動」原則，你可以看到那原則體現在一呼一吸間、在欲求與滿足間、在海潮的漲落間、在日夜更迭之間、在冷熱變換間，更深深蘊涵在每一顆原子與每一滴液體中，而那也就是我們所知的「兩極」。這些牛頓所稱的「一陣陣的輕快的傳送與反映」，即是自然的法則，因為它們也是精神的法則。

心靈一會兒思考，一會兒行動，而每一波的靜與動都會又再彼此帶動。當藝術家窮盡了材料後，當繪畫的想像力難以為繼、當思想再難被掌握理解、當書本只讓人覺得乏味，他都還是會有資源可以繼續生活。人格的位階高於智力。思想是體，生活為用。流水總有源頭，偉大的靈魂既在生活中強韌，也在思想中強韌。他欠缺傳述他真理的工具與媒介嗎？無妨，他仍能退回到這股原始的力量，活出這些工具與媒介。這才是一整套的完成行動，相對於此，思想只是行動的一部分而已。讓公義的偉大閃耀在他的行事當中，讓情感之美鼓舞他低落的屋簷。那些「沒沒無聞」但與他一同居住與行動之人，都會感覺到他的一舉一動與日常生活中，人格組成的力量，那不是任何公開或設計好的展示可以衡量。時間會教導他，讓他知道學者不能浪費生活的片刻，他會在那當中開展其未受外界影響、過濾，直覺的神聖胚芽。在外觀失去的東西，會在內在力量中被補回。有本事破舊立新的巨擘，不出自教育體制窮盡力量的培育，而出自欠缺稟賦的野蠻自然，出自可怖的德魯伊[15]，也出自北歐的狂戰士[16]，最終才有了阿弗烈大帝[17]與莎士比亞。我因此欣喜於聽聞有人開始討論，關於勞動之於每個公民所具有的尊嚴與必需性。不論是對讀書人或白丁而言，鋤頭與鏟子裡都存有美德。而勞動無處不受歡迎，我們永遠都會收到工作的邀請，只是我們要遵守一項限制，那就是人不應該為了做大事，而在主流的意見與行為模式前犧牲了自己的主見。

至此我已經講述了學者從自然、書籍與行動處所獲得的教育，接著我們該來說說身為學者的職責。

15 Druid，古羅馬凱撒時代的不列顛祭司，在原始的凱爾特民族間具有強大的力量。

16 Berserker，斯堪地那維亞神話中的英雄。

17 Alfred the Great, 848-901。英格蘭的西薩克森人之王，即位時國家正遭受北方入侵者的反覆蹂躪，是他驅逐了外敵，建立了穩定。他是睿智的國王、偉大的學者與學習的守護神。

他們由此成為了有思想的人。他們或可全然由自信所構成。學者的職責在於讓人看清表象下的事實，藉此去鼓舞、去提升，去引導人。他兢兢業業地進行著那必須日積月累，名利兩空的觀察任務。弗蘭史提[18]與赫歇爾[19]在他們光鮮亮麗的天文臺裡，或可在眾人的誇讚中進行星辰的分類，並得出精采且實用的結果，由此榮耀於他們是必然的收穫。但我說的學者卻要在他私人的天文臺中，在還沒有人想到這樣的比擬前，就去進行模糊而有如星雲一般，人類心靈上的星辰分類一連數日或甚至數月看著寥寥幾項事實，更正著舊有的紀錄，而這就代表他必須要放棄曝光與快速成名。在漫長的準備過程中，他必須要在公眾藝術中暴露出無知與無謀的形象，進而引發與他並肩者的鄙夷。他必須長年在言談中支支吾吾；經常得為了死去的人而放棄生者。更糟糕的是，他必須接受——三天兩頭！——貧窮與孤單。比起走老路、接受流行、教育、社會上的宗教，他扛起了自立門戶的十字架，還有不可免地也承擔起了自我控訴、膽怯、反覆出現的不確定感與時間的損失，而那些都是獨立與自我導引的生活方

18 John Flamsteed, 1646-1719。知名英國天文學者。

19 Sir William Herschel, 1738-1822。知名天文學者。

式，會衍生出的蕁麻與糾結藤蔓。另外他們也會彷彿隱隱帶著敵意，與社會站在對立面，尤其是似乎與受過教育的社會階層為敵。這麼些損失與鄙視，換得了什麼？他的安慰，來自於他能操使人類天性中最崇高的功能。他以個人身分超脫了自私的考慮，在公益與輝煌的思緒中找到了呼吸與生命。他是世界的眼睛。他是世界之心。他藉由英雄的情操、高貴的傳記、詩賦的音律，還有歷史的結語之保存與表達，抗拒著那退步沉淪到野蠻的粗俗昌盛。不論人心在所有危急嚴肅的時分，究竟都說出了什麼樣的神諭來評論世間的行動，他都會將之吸收並傳播。同時不論理性從她那不容侵犯的座席上宣告了什麼樣的新判決給通過於今日的人類與事件，他都會將之聽見並頒布。

這些作為他的功用，令他對自身感到全然自信，再不向眾人的呼喊低頭，那將一點也不為過。他認識這個只有他認識的世界。這世界在任何時刻都僅只是一種表象。某種高尚的禮儀、某個政府的拜物主義、某些虛無飄渺的貿易、或戰爭、或人，都會被半數的人類喝采，再被另外一半的人喝倒采，就好像所有人都一定要選邊站。但很有可能完全不值得學者費心去把爭議聽完。讓他別捨棄了玩具槍就是支玩具槍的信念，即便世間的長者與尊者[20]都堅稱那砰一聲是天崩地裂。在沉默中，在穩定裡，在嚴謹的抽象世界中，讓他把持住自己；讓他在觀察之上累積更多的觀察，讓他用耐心去忍受忽視，忍受責難，並靜候屬於他的時機，讓他因為看到了今日的真相便獨自感到滿意，便覺得足夠開心。成功靠的是把步伐一步一步踏對。有一種十分確定的直覺，要他把所想告訴兄弟。他於是會知道進入自己心中的祕密，就是進入所有人心中的祕密。他會知道他若已通曉私自想法中的任一法則，那他就同等通曉了所有與他語言相通的人心，也通曉了所有他母語可以譯入的人心。詩人在徹底的孤寂中回想他自發的想法並將之記錄成句，最終他記錄的不光是自己的想法，也是各大城市中的人類也深有同感的想法。言者一開始的不信任感，源自於他不確定如此坦承不諱究竟恰不恰當，也源自他對聽者的一無所知，但最終他會發現他與聽者之間的關係是互補；聽者暢飲他的字句，因為那補完了他們的本性；他愈是縱身深入自己最私密的預感，他就會愈神奇地發現那反而最無與倫比地可以為人接受、可以公開說出，而且放諸四海皆準。眾人會悅然於其中，每個人都會感覺：這是我的音樂；這是我。

20 出自《聖經．以賽亞書》第九章十四節。

在自信當中，包含了所有的美德。自由與勇敢，為學者所當有。這種自由可以取來當成自由的定義，「沒有任何障礙不出於己身」。勇敢，因為恐懼會被身為學者的定義直接拋諸腦後。恐懼永遠來自於無知。如果他在危殆時分的沉靜竟是來自於他以為自己跟婦孺一樣，屬於會獲得保護的階級，又或者如果他在思想上逃避政治等各種惱人的問題，只為了尋求暫時的安逸，就像鴕鳥把頭埋在開花的灌木叢裡、像人把眼睛按在顯微鏡鏡頭上，或是像少年一樣吹著口哨哼著歌謠想要給自己壯膽一樣，那就太令人不勝唏噓了。那樣的危險依舊危險；恐懼更加恐懼。讓他像個男子漢一樣轉身面對。讓他直視危險的眼睛，搜尋那危險的本性，檢視其來源，看見這隻雄獅的誕生，那只是不久之前的事情；他會發現自己能夠完美地理解其性質與邊界；他將能以雙手將其環抱，自此對其不假顏色，將之踩在腳下。這個世界屬於能看穿假象的人。你看到的那些聽而不聞、那些十足盲目的習俗、那些四處蔓生的謬誤，它們能存在這裡全都是因為姑息，你的姑息。看穿那是個謊言，你就形同當下給了它們致命的一擊。

是的，我們是被唬住了的一群，我們是沒有自信的一群。覺得我們晚了一步加入這自然，覺得這世界早在很久以前就畫上句點，這是一種該遭到譴責的想法。這世界在上帝的手中充滿可塑性與流動性，所以這世界能擁有多少特質，永遠都是看我們能帶給這世界多少特質。對無知與罪惡而言，這世界就彷彿一塊堅硬無比的燧石，這兩種東西只能盡量去適應；但穹蒼能在何種程度上漂流過他面前，採用他的手印與外形，端視一個人內在神性的比例。能改變物質的人不叫偉大，而是能改變我心境的人才算偉大。這些人是世界之王者，他們能將自身當下想法的色彩，賦予到整片自然與藝術中，並用他們行動中那帶給人欣喜的寧靜，去說服眾人，讓眾人相信他們所為之事是世世代代都想要摘取，而如今終於成熟的蘋果，並邀請各國家民族相偕來採收。人之偉大，在於其所行之事的偉大。麥唐諾[21]坐在哪裡，哪裡就是主位。林奈[22]讓植物學變成一種引人入勝的研究，而他是從農夫與採草婦人處贏得這些學問：戴維[23]之

21 在賽萬提斯的《堂吉訶德》中，堂吉訶德的僕從桑丘說了一個故事：某仕紳請了一名鄉下人跟他一起用餐，結果對方不好意思坐在主位，仕紳於是沒耐性地說：「你隨便坐，因為我不管坐在哪裡，哪裡都是主位。」這話其實另有出處，但引用不精確是愛默生的老毛病，事實上我們也不能確定這裡的麥唐諾就是《堂吉訶德》裡的麥唐諾。

22 Carolus Linnæus, 1707-1778，知名瑞典植物學者，現代生物分類學之父。

23 Sir Humphry Davy, 1778-1829，英國化學家。

化學如此；而居維葉[24]的化石亦如是。時代永遠屬於那些可以帶著寧靜之心與鴻鵠之志去努力研究的人。不知凡幾的人群會湧向體內滿懷真理的他，就像大西洋的浪花會片片堆疊，追隨月亮的方向[25]。

關於這種自信，其緣由深不見底，啟蒙之光也照不進去。我所表達的或許只是我個人的信念，而不代表我聽眾們的感覺。但我已經展現出我所懷抱的希望之根基，亦即我曾說我相信人類實為一體。我認為人類遭到了辜負，而辜負他們的就是他們自己。他幾近佚失了那可以引領他重返自身獨有稟賦的光芒。人類已經變成了不值一提的存在。歷史上的人，今日世界上的人，都是蟲子、都是魚卵，他們被稱為「那一批」，或「那一群」。而每百年，或每千年，會有一兩個人，或者應該說一兩個朝眾人理想狀態逼近的個體出現。其餘所有人都只會在這少數英雄或詩人身上照見自己青綠且粗糙的存在，成熟了；是了，於是他們不介意自己缺了什麼，他們只求讓那些英雄跟詩人能達到完全的高度。何等驚人的證言，滿是恢弘氣勢與哀憐的那些證言，在人

24　Baron George Cuvier, 1769-1832，法國哲學家兼政治家與作家，並在自然歷史、地質學上都有建樹。

25　這指的是日月的潮汐力。

類本性的驅使下生於那些可憐的宗族、黨派成員之口，他們欣喜於其首領的光榮！窮人與低賤者可以從他們無限的道德潛能中找到一些補償，讓他們繼續默許自己在政治與社會範疇中的地位矮人一截。他們不介意在偉人的路徑上被像蒼蠅一樣掃開，他們只求偉人可以不負他們共同的本性，畢竟他們所有人最熱切的希望，就是看到那樣的共同本性可以被發揚光大。他們讓自己被照耀在偉人的光芒之下，彷彿那就是他們自己的成分。他們會從被踐踏的自己身上拋開人的尊嚴，使之降落在英雄的肩頭上，甚至他們會願意任由自己滅亡，哪怕是只為了有多一滴血能讓那顆偉大的心臟跳動，讓那些雄壯的筋肉去作戰與征服。偉人活著是為了我們，而我們活在了他的身上。

像他們那樣的人[26]，會自然而然去追求金錢與權力，追求權力，是因為權無異於錢，也就是所謂「職位的油水」。何樂而不為呢？畢竟他們一心想的是人往高處爬，而即便是在夢遊中，這些錢與權也是他們夢裡的頂點。叫醒他們，他們將會放棄這些官職與虛榮，把政府交由普通的公職人員去料理。這種革命要能鑄成，必須倚靠文化概念的漸次馴化，讓藝術與文學落實在庶民之間。世界為了追求瑰麗與雄偉而做出的

26 英雄與詩人。

主要努力，就在於「樹人」而已，而要樹人的材料，可謂俯拾皆是。比起史上的任何一個王國，人私下的生活將會是更璀璨的政體，更加能夠禦敵，對友人的影響也更加甜美靜謐。對個人而言，只要我們觀察的角度正確，他就能涵蓋全人類所有的特質。每一名哲學家、每一個詩人，每一位演員為我做的，只不過是彷彿受人之託，我有朝一日可以為自己做到的事情。曾經被我們視若珍寶的書籍，我們已經大致耗盡。而那不就代表我們已經想到了人類共同的心靈透過某一枝健筆的眼睛，所寫下的觀點？我們已經成為了那名代筆的作家，並超前了他。我們一一竭盡了所有的蓄水池，還靠著這些供給做出了更多揮灑，由此我們渴求更好也更豐沛的精神食糧。史上從來沒有一個人可以無止境地供應我們。人類心靈不可能只被供奉在某個人身上，然後由那個人在四面八方，為無邊無界、浩瀚無垠的帝國劃定界線。那必須是一道中央之火，一會兒出自埃特納火山，照亮了西西里島的諸海岬，一會兒從維蘇威火山喉嚨吐出，明耀了拿坡里的塔樓與葡萄園。那是千顆星星發出的同一道光芒，是讓全人類共獲生命的同一個靈魂。

但我或許已經在學者的抽象定義上枯燥地沉湎了過久。我不該再繼續耽擱，而該趕緊補充一下對於這個時代與這個國家，關係更近的事情。

就歷史上而言，關於每個接續的時代各有什麼主導的觀念，被認為是存在差別的，而現存資料也標註了古典時期、浪漫時期與現今的反思或哲學時期，各有什麼樣的天才。但根據之前我已經示意過的看法，也就是有種一致性，或是一種同一性，存在於所有個人的心靈裡的看法，我不會想對這種差別多加著墨。事實上我認為每個個體都會經歷這三個階段。少年屬於希臘時期，青年屬於浪漫時期，成年屬於反思時期。但我也不否認足夠獨特的革命元素，可以在領先的想法中被追蹤出來。

我們的時代，被歎道是內省的時代。但那必然等於一種惡嗎？我們看似很愛批判。我們為了凡事都心存保留而感到困窘。我們什麼事都無法放開懷去享受，只因為我們渴望知道那種愉快有著何種結構。我們渾身都是眼睛。我們連腳都有視力。像是一種病，這個時代染上了哈姆雷特的憂鬱：

> 變得奄奄一息，只因其蒙上了一層蒼白的多慮。[27]

27 《哈姆雷特》第三幕第一景。

所以這真的很糟糕嗎？看得見，是最不該被同情的事情。否則我們難道應該寧可瞎眼嗎？我們應該自己嚇自己，免得自己看的比自然與上帝還多嗎？我們應該為此把真相乾巴巴地喝下去，完全不加思索嗎？看著文人階級那種不滿，我覺得那只是在對外宣告說他們不覺得自己處於父親那一代，他們悔恨著因為自己不去嘗試而不斷消逝的未來，就像一個少年還沒學會游泳就先怕水。如果我們可以選擇一個心之所向的時代並生於其中，革命的年代豈能不是我們的首選；當新與舊比肩而站，並坦蕩蕩地接受比較；當全人類的所有能量都成為了恐懼與希望所追求的目標；當舊有的歷史光榮可以被新時代的豐富可能性所補全，這樣的時代你豈能不嚮往？這個時代，就如同所有的時代，都是個美好的時代，前提我們要知道如何去善用之。

我帶著若干喜悅，讀到了未來日子裡的吉兆，它們的光芒已經透過了詩歌與藝術、哲學與科學、教會與國家，在熠熠閃耀。

這樣的吉兆，在於一個事實，那就是有一項運動[28]，曾經造就了一國當中據稱最

28 指法國大革命。

底層百姓的騰躍，而如今同一種運動進駐了文學，呈現出一種極為顯著卻又極其溫和的樣態。相對於那些高不可攀而美不勝收者，那些在我們身邊、低下平凡的普通人，得到了探索並化身為詩韻。那些曾經被漠視並踐踏在人腳下，被衣食無缺並乘馬到他鄉遠行者使喚的他們，突然間被認為比所有異國元素都還要更加豐富。窮人的文學、孩童的感覺、街坊的哲學、居家生活的意義，都成了時代的主題。這是巨大的一步。這豈非象徵著四肢被激發，當手腳有暖流通過後，所展現出的嶄新生命力？我不求偉大的、遙遠的、浪漫的一切；我不問義大利或阿拉伯在幹嘛；我不在乎希臘藝術，或是普羅旺斯傳統的雜技說唱[29]，我擁抱普通人，我探索並拜倒在熟悉且低下者的腳邊。予我以現世的見解，你將能同時擁有古代與未來的世界。我們真正能夠得知的意義屬於什麼東西？木桶裡的餐食、煎鍋裡的牛乳、大街上的歌謠、船隻的消息、眼睛的窺見、人的體型與步履，讓我看見這些事物的終極理由；讓我看見潛伏在自然的這些郊區與末梢，那不曾消逝過一秒，那超凡存在的至高精神意義；讓我看見靠著那一

29　Minstrelsy。Minstrel 源自拉丁文的服務之意，是指從十二到十七世紀的法國南部，各種類型的職業娛藝者，他們當中包括雜耍、特技表演者與說書人，或演奏特定樂器的樂師。

瞬間被排列在永恆法則上的突出神性，每一件卑微的事物是如何挺立；也讓我看見那店鋪、那田犁、那帳冊實則是基於讓光線波動，讓詩人歌唱的同一種理由；於是這世界將不再是一個乏味的混雜或儲藏之所，而會具備形式與秩序：世上將再無瑣碎的草芥，沒有謎團，有的只是將最高的尖端與最低的溝渠，都連結起來並賦予生命的同一個設計。

這樣的觀念，曾啟發天才於葛史密斯[30]、伯恩斯[31]、考珀[32]，與晚近的歌德、華茲華斯[33]與卡萊爾[34]身上。他們以不同方式追隨這種觀念，並取得了各有千秋的成功。與這些人的風格形成對比的，是波普[35]、是強森[36]、是吉本[37]等人那看來冰冷而

30 Oliver Goldsmith, 1728-1774，英國詩人與作家。
31 Robert Burns, 1759-1796，蘇格蘭詩人。
32 William Cowper, 1731-1800，英國詩人。
33 William Wordsworth, 1770-1850，英國詩人。
34 Thomas Carlyle, 1795-1881，英國散文家、歷史學者與哲學家。
35 Alexander Pope, 1688-1744，知名作家。
36 Samuel Johnson, 1709-1784，十八世紀名作家。
37 Edward Gibbon, 1737-1794，英國歷史學者。

學究的文筆。前者的筆鋒透著血的溫度。人類會驚訝地發現比起遠方，身邊的人事物並不會比較不美或較無可觀。近者可以解釋遠方；涓滴就是具體而微的汪洋；個人會關係到整體自然。這種對於庶民事物的價值理解，讓人收穫滿滿於各種發現。在這種現代到不能再現代的事情上，以前所未有的方式讓我們看見了古人的天才。

話說有一名天才，為這種生活的智慧做出了很大的貢獻，且其文學價值也從未得到公允的評價，我說的是伊曼紐・史威登堡[38]。想像力過人，文筆卻如數學家精準的他，致力於將純粹的哲學倫理嫁接到與他同時期、廣為流行的基督教信仰上。嘗試走這樣的一條路，肯定會遇到靠天才無法跨越的障礙。但他不僅自己看見，還帶著其他人也看見自然與靈魂感受之間的連結。他突破了可見、可聞的有形世界中，那象徵性或精神性的性格。他那性喜陰影的沉思尤其會盤旋在自然的下層，對其進行詮釋；他展現了神祕的鍵結是如何在道德上的邪惡與汙穢的物質形式間建成盟約，還用浩大的寓言，一一給出了關於瘋狂、野獸、不潔與可畏事物的理論。

38　Emanuel Swedenborg, 1688-1772，瑞典人，具有科學家、哲學家與神學家身分的神祕主義者，最為人所知的是他著有《天堂與地獄》八大冊，敘述了他如何在天使的帶領下，共花費十三年前往天堂與地獄拜訪古今中外的人類。

另外一種同樣有政治運動可類比，並屬於我們這個時代的象徵，是人的個體被新賦予的重要性。那傾向於把個人隔離起來，讓他四周充斥天然屏障，讓每個人都感覺世界只屬於自己一人，讓人與人之間都以主權國家的姿態來相互面對的每一樣東西，都顧及了真正的團結與偉大。「我學到一件事，」憂鬱的佩斯塔羅齊[39]如是說，「在屬於神的廣袤土地上，沒有誰願意或能夠去幫助另外一人。」助力，只能來自於此胸廓之間。學者就是那個必須挑起現在所有的能力、過去所有的貢獻、與未來所有的希望之人。他必須是知識薈萃的大學。如果有一個教訓比什麼都應該被他聽進去，那就是：這世界不算什麼，人才是一切；你心中自有全數的自然法則，而你連一小球樹汁如何向上攀升都還未曾知曉；在你心中沉睡著一整副理性；它存在的意義是要讓你通曉一切；去敢於嘗試一切。會長與各位先生，對於這種尚待尋覓的力量所懷抱之信心，不論從各種動機，各種預言、各種準備去看，都屬於美國學者。我們聆聽歐洲的宮廷思想已經太久了。美國人的自由精神已經有趨於怯弱、仿效與溫馴之虞。公與私的貪婪讓我們呼吸的空氣變得濃重而肥厚。如今的學者溫吞、慵懶、配合人。別忽視

39 Johann Heinri h Pestalozzi, 1746-1827，瑞士教師與教育改革者。

那結局之悲慘。這個國家的心靈，在取法乎下的教誨下，已經開始自蝕。機會如今全留給了那些溫文爾雅、對人獻殷勤者。前途似錦的年輕人在我們的岸邊展開了人生，被山風吹鼓了胸膛，照在他們身上的則是神造的星光，但他們卻發現眼底的這片大地，跟風和星光搭配不上，反倒是由這世道中各種行事原則激發的厭惡，阻斷了他們的行動，他們於是變成了反覆做著無聊工作的人，或是因為厭煩而死，包括某些自我了結的人。對此我們能如何撥亂反正？曾經他們沒能看見，如今數以千計滿懷希望、不畏阻礙地湧向志業的年輕人，也沒有看見。他們沒有看見如果一個人可以昂然不屈地謹守自己的直覺，並一路堅持下去，那這廣大的世界就會為他們回頭。耐性，還是耐性；讓良善與偉大的一切提供庇蔭來陪伴你；讓你無盡生命的前景來安慰你；讓原則的研究與溝通、讓上述直覺的普及、乃至讓這個世界的轉換，成為你努力的方向。世上最大的遺憾，豈不就是未曾被當成一個獨立的單位，不被視為一個角色，不能結出每個人生來就是要孕育出的獨特果實，而只被看做是某大數裡的一員，是我們所屬黨派與部門中的百分之一、千分之一；而我們的意見則會被根據地理位置分類，要麼是北，不然就是南？這可不好，各位兄弟與朋友們，拜託了上帝，這不是我們想要的生活！我們要用自己的雙腳行走；要用自己的雙手工作；要親口說出自己的心聲。如此身而為人，才不會是悲慘、是疑惑，是沉溺感官享受的同義詞。人所擁有的驚懼與愛情，將成為圍繞著全人的一堵銅牆鐵壁，或是喜悅的花圈。一個屬人的國度，將破天荒地出現於世界上，只因為每個人都會相信：自己受到了神聖靈魂對全人類的啟發。

# 論補償

# COMPENSATION

時間的兩翼黑白交錯
源自於日與夜的斑駁
山高與海深盡忠職守
為了維持平衡而顫抖
月圓月缺與潮起潮落
閃耀著無與有的夙仇
多少的度衡弋空巡迴
測量著那電星與光錐
諸星在永恆廳堂行色匆匆
孤單的地球也列身於其中
是宛若補重之物飛入虛空
之小行星，只供湊數之用
亦如補充用的火星
射穿了漆黑的中立

人是榆樹財為葡萄藤
葉鬚纏繞堅定而強韌
它欺騙你的細圈看似脆弱
也確實它奪不走枝幹什麼
所以別怕，我孱弱的孩子
沒一個神，敢去冤枉蟲子
桂冠緊貼著值得之人
力量依附於掌權之手
你那份呢？踩著生翅雙足
看哪！它正朝你之約趕赴
自然賦予你的種種
浮在半空藏於石中
劈開山丘游過洋流

## 如影隨形跟著你走[1]

從還是個少年，我就想著要撰文一篇來探究補償之說：因為我從很年輕時就覺得在這個題目上，生活走在了神學之前，而人對此知道的比牧師所能傳授的更多。這教義賴以擬定的文件[2]，也同樣以其無比的多樣性，迷住了我的想像，讓我即便在夜裡也對其魂縈夢牽，只因為它們是我們手中的工具、是我們提籃裡的麵包，是街上的交易、是農場、是安居的住所、是問候、是人際關係、是債務與債權、是人格的影響力、是人的天性與稟賦。我亦覺得人似乎能從那當中看出神性的光輝，那是不拘於所有孑遺的傳統，此世靈魂中的行動，由此人心或可沐浴在永恆之愛的潮浪中，被覆蓋以那他知道曾經存在，也永遠必然存在之物，只因為此物如今就確實地顯現在他面前。再者，我感覺若在描述這項教義時，我們可以大致依靠真理偶爾展現在我們眼前時，那些明亮直覺，則它就會是許多黑暗時分裡，許多人生旅程中崎嶇但又決計不容

1 本篇開頭的詩句收錄在愛默生詩集中的同名標題下，但他另有一首僅八行的小詩也叫〈補償〉。

2 指生活中的各項資料與事實。

我們迷失方向的路段上，一顆明亮的星辰。

我最近在教堂聽完一場佈道後，確定了上述的想望。那名牧師，一位因為正統而受到尊崇的男士，一如往常地揭示了末日審判的教義。他認為那場審判並沒有發生於現世；他認為邪佞者都很有出息，而良善者生活過得都很慘澹，然後他從理性與聖經出發，呼籲來世對善惡都要有所補償。臺下的教區民眾，似乎對這層教義都沒什麼不滿。就我能觀察到的部分來看，教眾在佈道解散後便一一離去，沒有多說什麼。

但這番教誨是想灌輸什麼呢？牧師說好人在現世過得很慘，指的是什麼呢？是說房子、土地、官職、美酒、駿馬、華服、奢侈品，都是沒原則的人在享受嗎？是說聖人都又窮又不受尊重，而對此來世必須要有所彌補，也就是改日再給予他們相同的滿足——銀行股份與金幣、鹿肉還有香檳——嗎？這些肯定是他所稱的補償了吧，不然還能有什麼呢？難不成牧師說的補償是讓他們有資格去祈禱與讚美？去愛與去服事人嗎？怎麼可能，那些他們現在就可以做了。針對這種補償，信徒們可以合理得出的推論是：「我們將跟現在這些罪人一樣，大肆享受一番。」或將之推到極致：「罪人你們先當，我們日後趕上；我們原本也想當現世的罪人，如果可以的話；但因為沒能當上，所以我們只好期待來日獲得補償。」

這當中的謬誤，在於眾人都默默接受了壞人過得很好，而正義並未得到伸張。牧師的盲目，是在市場認為什麼才算人的成功的卑劣看法前，他退讓低頭，他沒有從真理出發去迎戰世界、說服世界。這樣的他沒有去宣告靈魂的存在、意志力的無所不能：沒有藉此去建立標準來區分好與壞、成功與謊言。

我在今日盛行的宗教作品中，看到了類似的卑劣論調，也看到了文人偶爾在處理相關議題時，所採行那大同小異的信條。我想我們普遍的神學相對於其所取代的迷信，確實更加有彬彬有禮，但在原則上則沒有什麼進益。但人要高於這種神學。人的生活日常證明了神學的虛假。每個誠實正直而力求上進的靈魂，都會在自身經驗中把這種教義或信條拋諸腦後；而所有人都會偶爾感受到那種他們無法證明的虛假。擁有更多智慧甚於知識的人少之又少。他們在學校或講壇上所聽到並照單全收的內容，如果出現在平日對話中，多半會遭到無聲的質疑。如果有人在各有不同看法的群體中堅持某種關於天命或神聖律法的教條，那迎接他的沉默，就會很清楚地讓旁觀的第三者看出聽者那不滿但又無法親口反駁的心態。

我會在這篇文章中，嘗試去記錄一些事實，希望藉此來顯示補償法則所遵循的路徑；若能真正為這個圓圈勾勒出哪怕是一小段弧線，我都將喜出望外。

成對的極端，或可稱為行動與反動，是我們在自然的每一環節都看得到的現象；包括黑暗與光明、炎熱與寒冷、潮水的漲與退、性別中的男與女、動植物的吸氣與吐氣、動物體液中的質量平衡、心臟的收縮壓與舒張壓、液體與聲音的波動起伏、重力裡的離心力與向心力、電氣、電流、化學上的親和力。在針的某端通電產生一個磁極，相反的磁極就會進駐針的另外一端。如果南極顯出吸力，那北極就會展現斥力。要把此端清空，彼端就得濃稠。一種不可避免的二元並立，將自然一分為二，以至於每一樣東西都只是一半而已，只有跟另一半結合才能構成整體；就像精神與物質、男人與女人、奇數與偶數、主觀與客觀，內與外、上與下、動與靜、是與否。

這世界如此二元，屬於世界一部分的眾人當然也不例外。世事的整個體系，都由每一顆粒子所代表著。即便是一葉松針、一顆粟米、一群動物部落的一個個體，都有著某些成分近似於潮汐的漲與落、日與夜、男與女。自然界中如此宏大的反應，被重複在這些微小的邊際裡。比方說在動物界中，生理學家已經觀察到上天並未獨厚某些生物，而是有某種補償機制在平衡著各種天賦與缺陷。為了某個部分的過剩，同一種動物要付出的代價是另一個部分的折損。如果頭與頸放大了，軀幹與四肢就會被切短。

機械力量的理論，是另外一個例子。力量愈大，其速度就愈慢，反之亦然。行星上那些期間性或補償性的誤差，也是一例。氣候與土壤在政治史上產生的影響，又是一例。寒冷的天候會使生意盎然，貧瘠的土地則培育不出熱病、鱷魚、老虎或毒蠍。

同樣的二元對立，也是自然跟人類特質的基礎。一處多了，就有另一處會少；哪裡少了，就有別處會多。甜中有酸；惡中有善。每種感官在可以接受歡愉之餘，也都能同等地因為遭到濫用而被懲戒。這是為了讓它們不忘了生命要有所節制。每一分智慧，都有對應的一分愚昧。你錯失的每一件事情，都會在其他事情上得回；收之桑榆，代表你將失之東隅。財富增加了，花錢的東西也會跟著增加。採集者採得過多了，自然就會把她放在他胸膛的東西拿走，她會讓莊園變大但殺死主人。自然厭惡獨佔、厭惡特例。海浪沒來得及在被拋到最高峰處找到立足處，各式各樣的環境條件就會讓浪頭回到平衡點。世上總會有種平衡用的環境力量，會去把傲慢的、強悍的、富有的、幸運的給打下來，讓他們站回與其他所有人大同小異的地方。若有人逞兇鬥狠到不見容於社會，就脾氣與地位而言也都不是個好公民——某個孤僻的地痞，外加一絲海盜的氣質——自然便會朝他派出一隻由可愛兒女組成的大軍，讓這些孩子們在村中學校的女士班上和樂融融地讀書，到時對他們的愛與為他們操的心，就會把他那令人生畏的臭臉撫平到斯文有禮。由此她將能成功軟化花崗岩與長石[3]，把野豬抽出來換上綿羊，藉此維持好她的平衡。

在農夫的想像裡，權力跟地位是好東西。但當上總統的人，可沒少為了進駐白宮而付出龐大的代價。那包括他犧牲了內心的平和，還有他許多最美好的人格特色。為了在舉世面前不可一世一段不算長的時間，他不惜吃土在矗立於王座後方那些真正的主人面前。或者，伴隨天才而來那種更扎實也更永久的榮光，才是人真正的渴望？總之不論哪一種，都無法免疫於要付出的代價。靠意志或思考而偉大的他，那俯視綜理千萬人的他，必須要承擔聲名顯赫的成本。隨著每一道光芒流向他，新的危險也會隨之而來。他有光嗎？他必須為那道光作證，必須永遠把讓他深感滿足的同情心拋在身後，對無盡靈魂的嶄新啟示宣誓效忠。他必須恨父、仇母、怪妻、怨子。他不是擁有

3 felspar，礦石名。

世人都又愛、又佩服、又渴望的一切嗎？他必須把世人的對他的崇敬拋在身後，必須用把自己當成真理的那股信念去讓旁人痛心，並由此化身為一個代名詞或一個被人壓低聲音怨歎的名字。

這項法則，書寫的也是城市與國家的法則。想要打造什麼、圖謀什麼或集眾人之力去抗拒它，將是徒勞無功。世事不可能任由你長時間扭曲[4]。即使看不見有制衡力量隨著新的邪惡而現身，但那制衡必然存在，也終將現身。如果政府行事不仁，那統治者的生命就難保安全。如果國家橫征暴斂，那稅收就會空無一物。如果你把刑法寫得甚是嗜血，那陪審團就不會定罪。如果法律制裁過於輕微，那私刑就會見縫插針。如果當政的是一個極惡劣的民主體制，那其施加的壓力就會遭到民間爆發的能量抗拒，而民眾的生活就會燃起更猛烈的火焰。人真正的生命與滿足，似乎要能流露出自身至高的韌性與幸福，要有讓自己在在任何環境變遷下都不受影響的能力。不論在哪一種政府下，人格的效力都是一樣的，在土耳其或新英格蘭的差別並不大。甚至於在原始的埃及暴君統治下，歷史也明明白白透露了人類必然曾經達到文化允許的自由極

4 拉丁文原文是：Res nolunt iu male a ministrari.

限。

這些表現顯示了一項事實，那就是宇宙萬物在當中的每一顆粒子上具體而微。自然界中的大小事物，都包含了自然的全副力量。每一樣東西，都是由某種隱藏的材料構成；一如自然主義者眼裡的每一種變形底下都是同一種典型，他們看到的馬不是馬，而是一名人類跑者，魚不是魚，而是一名人類泳者，鳥非鳥，而是一名飛行之人，樹亦非樹，而是一名腳下生根之人。每種新的形式不僅重複了該典型的主要人格，而且還一對一地顧及了所有細節，所有目的，所有助力、阻力、衝勁，也還原了包含了所有其他個體在內的完整體系。每一種職業、行當、藝術、交易，都是整個世界的彙整，也都與所有其他個體有所關聯。它們一個個都是人類生命的完整象徵，包含當中的良或窳、各種試煉、各種敵人，還有生命的路徑與終點，每一個也都得以用某種方式包納全人類，講述人類全部的命運。

這世界將自身包進了一滴露水。顯微鏡找不到因為太小而無法達到完美的微生物。眼睛、耳朵、滋味、氣味、動作、抵抗、食慾與在永恆上生根的繁殖器官，全都在這小小的生物體內找到了空間，成為了它的一部分。同理我們也在一舉一動中注入了自己的生命。教義中真正的全在，是上帝會在每一絲苔蘚與每一張蛛網中，完完整整地重現[5]。宇宙的價值，會設法將自身拋至每一點。如果良善在，邪惡自然也在；如果親和力在，排斥力也自然在；如果向外的力量在，朝內的限制自然也在。

由此宇宙是有生命的存在，萬物都有道德判斷。那靈魂，那在我們體內是一種感情的靈魂，在我們之外則是一種法則。我們會感覺到其啟發；放眼歷史，我們則可以看到其致命的力量。「靈魂存在於這世界上，而這世界又由靈魂所創造。」正義不會遲延。完美的平等在會生命的各部分間調整出均衡。上帝的骰子，都是灌了鉛、作了弊的。這世界看起來，就像是張乘法表或一道數學等式，而且是一道不論如何將之翻來覆去，都會達到平衡的等式。你隨意取一個數字，其精確之值都會不多不少地，回到你的手中。每一個祕密都經過訴說，每一宗犯罪都遭到了懲罰，每一種美德都獲得了獎勵，每一項冤案都得到了平反，這一樣樣全都悄悄地在毫無懸念中完成。我們所稱的報應，其實是一種放諸四海皆準的必然，那代表的是某個部分一旦出現，其整體就必然存在。一如你看到煙，火焰必然不遠。看到手足，你便知曉其所屬的軀幹就跟

5 這同樣是將自然等同於上帝的泛神論看法。

在後面。

每一項行為都是自身的獎勵，或換種說法，每一行為都會以兩種形式融合回到自己身上；其第一種形式，是以實質方式回到物體之上，而第二種形式，則是以表象方式回到其情境之中。人稱情境的部分是所謂的報應。因果報應降臨在物體身上者，由靈魂所看到，降臨在情境中者，則是由理解力所看見；情境與物體本身密不可分，但往往稀釋在時間的長河中，非經年累月無法顯見。鞭笞的條條傷痕，可能會在犯行之後許久才浮現出來，但它們一定會出現，因為鞭笞永遠陪伴在犯行的後面。罪與罰，系出同一根莖幹。刑罰，是被包裹於名為歡愉的花朵裡面，不知不覺中成熟了的果實。因與果、途徑與目的、種籽與果實，都無法一刀兩斷；畢竟其後果早已綻放在前因之中。目的早已預先存在途徑之中；果實也預存在了種籽裡頭。

相對於這世界是如此地完整，並抗拒被拆分，我們尋求的卻是去分別行動，去七零八落，去將個體一一挪用；比方說，為了滿足各種官能，我們將感官的享受從人格的需求中切割出去。人的創造力，始終努力地想解決一個問題，也就是如何讓感官上的甜美、感官上的強大、感官上的明亮等，與道德上的甜美、道德上的強大，道德上的深刻、道德上的公平脫離；也就是同樣地，一面想設法從上層表面切掉盡可能薄的一片，一面想讓下方變成個無底洞；沾到其中一邊，然後讓另外一邊離自己愈遠愈好。靈魂說：進食；身體說：讓我們大快朵頤。靈魂說：男人與女人應該要靈肉合一；身體卻只讓肉體合而為一。靈魂說：為了各種美德而去管理好所有的人事物吧，身體卻會為了自身的各種私慾，而用力量去壓制所有人事物。

靈魂會拚了命要活在並工作在所有的事物中。那是唯一確定的事實。所有的事物都會在這一點上往上加，力量、歡愉、知識與美麗。個別的人會設法出人頭地，他們會努力讓自己好過，會去搬運或談判以得到私人的好處，特別是他們會設法騎乘，講究騎乘；會設法穿衣，去講究穿衣；去吃，而且懂得吃；去統治，好讓自己有頭有臉。人會追求去成為人上人，為此他們會爭取官職、財富、權力與名聲。他們會覺得人要偉大，就是要擁有自然甜美的那一面，而不沾到另外苦的那一面。

這種拆解與區隔，穩定地遭到反制。時至今日，我們必須坦承沒有一個妄想者達成了任何一點點成功。分開的水勢會在我們的手掌後面合流。我們一想要把個別成分從整體中取出，歡愉就會從討喜的事物中被抽離，利益就會被有利可圖的事物中被剝奪，權力就會從原本強大的事物中流失。我們再無法透過身外之物本身來獲取感官的滿足，就像我們也無法排除外在而獲致其內在，或是只要光而不要影。「用叉子把自然挑開，她會自己跑步回來。」[6]

生命會投注自身以無可避免的條件，唯有愚者才會想設法去閃避。這些人會一個個在那裡大言不慚地說他們不知道那些條件為何物，說那些條件傷不了他們一根寒毛；但那些狂言是在他的嘴上，而生命的限制是在他的靈魂裡。他即便在某個方面逃脫了那些限制，那些限制也會在另一個更致命的環節上反擊他。他即便在形式、在表面上逃離了那些限制，那也只是因為他抗拒了自己的生命，逃離了他自己，而這麼做的報應就是內心許許多多的死亡。各種想要把好處與代價區分開的嘗試是失敗得如此徹底，以至於這場實驗根本無人嘗試——須知嘗試的都是瘋子——除了在表面上以外；以至於當這反叛與拆分的疾病在意志中產生後，人的智力也會立刻遭受感染。這樣的人將無法在各物體中看見上帝，他只能看見物體中的感官魅力，卻看不見那當中

6　典出賀拉斯《書信集》卷一第十首詩第二十四行（Horace, Epistles, I, X. 24），原句是：Naturam expelles furca, tamen usque recurret.

的感官傷害；他看得見人魚的頭，卻看不見龍尾；他覺得他可以從他不想要的那部分中，把自己想要的部分切割出來。「默默活在天堂最高處的你，能有多神祕，喔，你這唯一的大神，用不會疲憊的天命潑灑某種盲目的刑罰，在那些慾望有如脫韁野馬者的身上！」[7]

人類的靈魂，忠於這些由寓言、歷史、法則、諺語、對話所描繪的事實。人類的靈魂不知不覺在文學中找到了喉舌。因此希臘人稱宙斯是至高無上的心靈；但也賦予了他許多卑劣的行徑。他們不由自主地把如此惡劣之神的雙手綁縛了起來，藉此來向理性賠禮。他被塑造得跟英國國王一樣無助[8]。普羅米修斯[9]知道一個宙斯必須與之交換的祕密；米涅娃[10]也有一個。宙斯無法取得屬於自己的雷電；而米涅娃握有那些

7 出自聖奧古斯丁（St. Augustine）之《懺悔錄》（*Confessions*），拉丁教會的著名神父，活躍於四世紀，《懺悔錄》是他自傳式的宗教沉思。

8 此時英國最高的權力屬於議會。

9 Prometheus。他為人類從天堂偷取了火種，因此被宙斯綁在岩石上，讓老鷹每天啄食他的肝臟。惟此時有個可怕危險正威脅著宙斯，且扭轉局勢的祕密只有普羅米修斯一人知道。最終宙斯拿自由跟普羅米修斯交換了此祕密。

10 Minerva，全副武裝從宙斯腦中誕生的智慧女神，她持有的祕密可見於下方的詩句。

雷電的鑰匙。

在所有的神祇中，只有我知道哪些鑰匙
能打開那些厚實之門，而門後的地窖
沉睡著他的雷電。

這是萬事萬物的內在運作方式，對其道德的目標，一次單純的坦承。印度的神話也終結於相同的倫理；其實應該說任何寓言要想被創造出來並順利流通，都一定要帶有某種道德色彩。歐羅拉[11]忘了為她的戀人要求青春，由此提索奧努斯雖可永生但不免老邁；阿基里斯也不是刀槍不入，只因聖水沒有洗到他母親忒提斯抓著的腳踝。德國史詩尼伯龍根裡的席格飛（Siegfried）無法長生不死，只因為他在龍血中沐浴時有一片樹飄到背上，而那個地方就成了他的致命傷。這種結果都是注定了的。上帝所造的每一樣東西，都有缺口。你會發現在不知不覺中，總會有這種彷彿在尋仇的條件偷

11　Aurora，曙光女神，為愛人提索奧努斯（Tithonus）向宙斯要到了永生，卻忘了也要求永恆的青春。

偷溜進來，甚至連人類想像力想要大膽解脫一下，試圖從古老法則中掙脫的狂野史詩裡，都擋不住這些條件的滲透，這裡一個回馬槍，那裡一道槍砲的後座力，無一不在確認那致命的法則；亦即在自然中沒有什麼是一種餽贈，萬物都是一種買賣。

這古老的教義屬於涅墨西斯（Nemesis），身為復仇女神的她負責監視宇宙，不讓任何犯行不受到處罰。憤怒三女神（The Furies）據稱是正義的服侍者，如果天堂的太陽脫離了正軌，她們也一樣會給予他懲戒。詩人們說石牆、鐵劍與標槍上的皮繩，都對他們主人所犯的錯誤有一種神祕的同情；阿賈克斯送給海克特的皮帶[12]，拖著這名特洛伊的英雄在阿基里斯的戰車輪後，穿過了戰場；而阿賈克斯殞落的劍尖，也屬於海克特贈與了阿賈克斯的劍。史書有言：當薩索斯人[13]為他們的奧運冠軍提厄蓋涅斯（Theagenes）樹立了人像後，他的一名對手趁夜跑去想擊倒雕像。最後這人雖然靠著一次次的打擊，將人像從基座上弄了下來，但來不及跑走的他卻也正好被倒下的人像壓死了。

---

12 Ajax and Hector，兩人分別在特洛伊戰爭中是分屬於希臘與特洛伊的英雄。

13 Thasians，薩索斯島的居民。

這則寓言的口氣裡帶著幾分神聖，而那神聖出自於比執筆者更高的一種思想。亦即每一名寫作者最棒的地方，也是與他們私人毫無瓜葛的地方[14]，是他本身一無所悉的地方，這是源自於他的體質，而非來自於他過於主動的發明；這東西可能在你研究個別藝術家時被錯過，但卻會在你研究眾多藝術家時被擷取出來，被你視為他們整體的精神所在。我能認識的不是古雅典的雕刻名家菲迪亞斯本身，而是古希臘世界早期的人類作品。菲迪亞斯的大名與際遇，雖然在歷史上頗有可觀之處，但面對最高層級的批判，仍會顯得左支右絀。我們會看到人類在特定期間想要完成的事情，遭到了阻礙，或你也可以說是修改，而造成這種阻礙或修改的那股干預意志，正是來自菲迪亞斯、但丁、莎士比亞，這些在當時為人類所使用的創作工具。

更令人吃驚的，是這項事實也跨國表達在諺語之中，須知諺語始終就是理性的文學，或可說是絕對真理無條件的陳述。諺語，就像每個國家的聖書，是直覺的聖所。那被鎖鏈綑綁在表象上、一言堂的世界，不會允許實事求是者用自己的話去說，但它會容許人在諺語中實話實說。而這一法中之法在遭到祭壇、議院與學院否定之餘，

---

14 這指的是莎士比亞作為最偉大的英國作家，似乎完全或幾乎完全將個人色彩排除在作品以外。

會時時刻刻在市集與工坊中由紛飛的諺語負責傳授，當中的教誨一如鳥兒與蒼蠅所傳授，真實而無所不在。

「萬物皆成雙，相互在對抗。」「一報還一報；正所謂以眼還眼、以牙還牙、以血還血、以招還招、以愛還愛。」「予人者，人恆予之。潤澤人者，必受潤澤。」[15]「你欲如何？神如是說；付出代價而取之。」「不入虎穴，焉得虎子。」「一分耕耘，方有一分收穫，不多亦不少。」「不作者不食。」「孵育傷害者，恆遭傷害。」「詛咒總是會縮回下咒者的頭上。」「你把鎖鏈一端套到奴隸的頭上，另一端就會在你自己的頸脖上纏緊。」「壞的建議，會把建議者自己的腦袋弄擰。」「惡魔到頭來是個笨蛋。」

這些東西會這麼寫，就代表生活中就是這麼回事。我們的反應，會被自然法則之手拉拔定型到我們的意志之上。我們自身會瞄準瑣碎的目標，會偏離公共的利益，但我們的行為會自顧自地在難以抗拒的磁力下，與世界的兩極相對應。

人但凡一開口，都是一種對自身的批評。符合其意志也好，違反其意志也罷，他都會把一字一句把對自身的描繪拖曳至同伴的眼前。每一宗意見都會作用在開口者的

15 《聖經·箴言》第十一章二十五節（和合本）：「好施捨的，必得豐裕；滋潤人的，必得滋潤。」

身上。那就像是毛線球被扔向目標，但球的另外一端仍留在投擲者的帶子裡。又或者那就像魚叉被擲向海鯨，魚叉一邊飛行，一綑線繩也一邊從船上舒展開。此時萬一魚叉壞了或未能丟好，飛不遠的它就會把舵手一切為二，或是將船弄沉。

你不可能犯錯而不用承受錯誤。「沒有人可以自豪於某事而不為某事所傷。」[16]活得光鮮亮麗的天之驕子所看不出來的，是他在嘗試取得這種生活的過程中，也將自己排除在了享受以外。宗教裡的排他主義者所看不到的，是當他設法把別人擋在外頭時，他也為自己關上了天堂之門。把人當成旗盤上的兵卒，或是保齡球瓶，你也會受到一樣的痛苦。把他們的心排除在外，你會連自己的心一併失去。屆時人的感官會一視同仁，把所有人都視為無生命的物體：女人、孩子、窮人。諺語說「從錢包得不到的，我就從他的膚肉去取」。這話雖不登大雅之堂，卻是駁不倒的至理。

我們社會關係中所有對愛與平等的違逆，都會在轉瞬間遭到懲罰，而懲罰這些違逆的，正是恐懼。當我與旁人處在單純的關係中時，我不會因為見到他而感到不悅。我們見面就像水碰到水，或像是兩股氣流的混合，那是一種完美的交融、自然的相互

16 出自艾德蒙・柏克（Edmund Burke, 1729?-1797），知名愛爾蘭政治家、雄辯家與作者。

滲透。惟一旦稍微脫離了單純，嘗試將雙方切割為兩半，或是我好或是他不好，那我的鄰人就會感覺被欺侮；他會從我身邊退縮，一如我已從他身邊退縮；他的雙眼將不再尋覓我的眼神交流；我們之間會戰雲密布，憎恨會進駐他，恐懼會縈繞我。

社會上一切固有的弊端，不論是通案還是個案，全都是財產與權力的不正義累積所致，而那也將招致同等激烈的反噬。恐懼是謀略的導師，也是所有革命的傳令官。他所傳授給我們的一件事情，就是他出現在哪裡，腐敗就在哪裡。他是食腐的烏鴉，我們雖然看不清楚他盤旋在什麼之上，但你可以確定附近必有死亡。我們的財產瑟瑟發抖，我們的法律瑟瑟發抖，我們受過良好培育的菁英階級瑟瑟發抖。恐懼已經長年累月預示著、齜牙裂嘴地嘲弄著我們的政府與身家。那隻醜惡的鳥兒不會無緣無故現身。他既來之，就表示有大錯必須修正。

與此本質類似的，還有一旦出自我們自身意志的行動遭到中止時，那種對改變的預期。無論是光天化日下的恐懼感、波利克拉提斯的翡翠[17]，那種對繁榮興盛的敬

17　Polycrates 是古希臘薩摩斯島的獨裁僭主。波利克拉提斯在得到了驚人的榮華富貴後，被一個朋友建議拋棄一些珍寶來打破榮衰的循環。他聽從建議，將一枚翡翠戒指丟到海裡，但幾日後一名漁夫呈給他一條大魚，魚腹裡赫然是那

畏，還有那引著每個慷慨的靈魂，去把高尚的禁慾苦行跟民胞物與的美德都當成自身任務的直覺，都是通過人的思想與感情，在顛顛巍巍著保著平衡的正義感。

世故之人深知入境隨俗，該付的稅金就得付，也知道省小錢花大錢的道理。借貸者是先陷自己於債務之中。收了一百個恩惠而全無付出的人，佔得了便宜嗎？他出於懶惰與狡詐，借到了鄰人的器具、馬匹或者金錢，就等於他收穫了什麼嗎？契約上的利益一經認可，債務也同時成立；形同一方優越，一方居劣。這筆交易會始終留存在他與鄰人的記憶中，而每筆新的交易都會根據買賣的性質，改變雙方的關係。他很快就會發現他寧可讓全身骨頭盡斷，也不願乘上鄰人的馬車，也會明白「能讓他付出最昂貴代價的東西，莫過於開口索討它」。

智者會把這教訓推展到生活的各個層面，並知悉面對每個上門要債者，必然得謹慎行事，每筆應當的聲索，該給就給，不論對方要的是你的時間、才華，或是你的心思。永遠不要想著拖欠，因為不論早晚，到頭來你總是要把債務結算。某些人或事，或許會暫時擋在你與應付的帳款之間，但那也只是在拖時間。最終你還是得為自身還

只戒指，而他也在不久後落入敵手，被釘在了十字架上。

債。聰明如你，就該懼怕那種會增添你負累的富貴。自然的存在，是為了予人恩惠，但哪怕你多得到一點好處，也會多被課徵一點稅務。誰能授予人最多的好處，誰就愈是高貴。反之則為卑劣，而光取而不給，那可是宇宙中一件分外賤格之事。依照自然的秩序，我們無法把好處再還給那些我們取得好處的源頭，或只能偶爾如此。但我們仍必須將得到的好處再送出去，話語要一句還一句、行為要一筆還一筆、金錢要一文還一文，使其流入某人的手裡。千萬要戒慎恐懼，別使太多的好留在你手裡，那些好會在轉瞬間腐敗生蟲。趕緊地找個辦法，把東西交出去吧。

勞力，也同樣受到這種無情法則的指揮。愈是昂貴的東西，謹慎的人愈會說它才最是划算便宜。我們從一支掃把、一方墊子、一輛馬車、一把刀子上買到的，是應用在普世需求上的巧思。在你的土地上，你最好能付錢請一個技術嫻熟的園丁，你買的是他在園藝上的長才；在水手身上，你買的是他的航行技巧；在家中，你買的是烹飪、縫紉、與伺候人的本事；在伙計身上，你買的是他記帳與理事的心思。你也應該以依循此理讓自己分身有術，讓自己在家園中處處無所不在。但在勞動中，也一如在生活中，萬物都是一體兩面，所以沒有人可以作弊。小賊偷人東西，損失的是他自己；郎中向人詐欺，拐騙的也是他自己。因為購買勞動，你真正買到的是專業與倫理，靠這兩樣東西換得的名利雙收只是一種標記。而這些標記就跟紙鈔一樣，都可以被偽造或竊取，但它們所代表的知識跟美德，則既無法偽造，也無法竊取。勞動的這些目的若不透過智力的展現，或不遵從純淨的動機，是完成不了的。不論是騙子、郎中還是賭徒，都騙取不到操作者必須用誠心刻苦去交換來，那在物質與道德層面上的知識。自然的法則就是去做，便能獲得力量：不去做的人，就和這種力量無緣。

人的勞動透過各種形式，從把木樁削尖到城市的興建，乃至於史詩的撰寫，都是在彰顯宇宙中的補償之完美。取捨之間的絕對平衡，凡事皆有其代價的法則，意謂支付的價格不對，你得到的東西就不會對，這在其帳本欄位中之光輝燦爛，絕不亞於國家的預算，也不亞於輪替規律的光明與黑暗，更不亞於所有自然界中作用力與反作用的相關。我絲毫不懷疑眾人在這些他們瞭若指掌的過程中所見，交織於其中的至高法則，那在他鑿刀邊緣冒出火光，那由他的測錘與足尺量定，那挺立在商店帳單的下緣一如某國史冊般顯眼的嚴峻倫理，都在對他的行業提出建議，而雖然其姓名往往無人提及，但這種法則卻能將其行業提高到只存在於他想像中的化境。

美德與自然的聯盟，會號召萬物來形成與罪惡對立的陣線。世間美好的規律與各種物質，會聯手控訴、鞭笞這法則的叛徒。他會發現萬事萬物都是因應真與善在排列，廣袤世間並無可窩藏惡徒的巢穴。人一旦犯了罪，地表就會瞬間幻化為鏡面。人一旦犯了罪，你就會發現地面彷彿落了一層積雪，令每一隻竹雞、狐狸、松鼠與鼴鼠的足跡都無所遁形。說出去的話宛若潑出去的水[18]，留下的足跡你無法抹去，爬過的梯子你也無從收起，總之你無法不殘留來時路的痕跡或線索。某種天殺的環境因素總會將你出賣。自然界的法則與物質——水、雪、風、重力——都會像是在對竊賊處刑。

另一方面，補償法則對所有正確的行為都一視同仁地支持。愛人者，人恆愛之。所有的愛在數學上都等值，就像代數方程式的兩端必然一致。好人的良善是絕對的，那種善就像火，會將所有東西都歸回其本質，以至於你傷不了他一根寒毛；但就像被派去討伐拿破崙的皇家法軍一看到他接近，就拋下了軍旗與他為友而不為敵，所有的災禍如疾病、攻擊與貧窮都會被證明是恩公：

---

18 典出賀拉斯《書信集》卷一第十首詩第二十四行（Horace, Epist., I. XVIII. 65），原句為 Et semel emissum volat irrevocabile verbum.

狂風大浪為勇者捲來了力量，
還有威勢與神性，
但單獨存在時它們什麼也不是。

善者甚至可以讓孱弱與缺陷與其為友。一如沒有人可以自豪於某事而不為某事所傷，也不會有人的缺陷完全不能為自身所用。伊索寓言裡的公鹿自豪於頭上的角而嫌棄其眼前的腳，但當獵人一來，救牠一命的卻是那雙快腿，而這之後，被卡在灌木叢中的鹿角反倒將牠毀滅。每個人終其一生，都要對自身的缺陷心懷感謝。一如人都得先與某項真理一較高低，才能參透當中的道理，世上也同樣無人能不先因為某種侷限而吃鱉，或因為少了某種天分而落居下風，就直接體會到身為人的能與不能。若有人因為性格上的缺陷而在社會上落落寡歡呢？那他就會被逼著去自尋快樂，並培養出自助的習性；這麼一來，就如同負了傷的牡蠣，我們會用珍珠去修補自己的外殼。

我們的力量，生自於我們的軟弱。那股以祕密力量將自己武裝起來的義憤，永遠只會在我們被刺了、被叮了，被狠狠攻擊過後才覺醒。人若偉大，就永遠不會不甘於渺小。人若養尊處優地陷在座墊裡，一下就會沉沉睡去。反之痛擊、折磨、挫敗會給他機會學習新東西；這樣的他會被逼著發揮機智、會拿出男子氣概，會得到事實，會了悟自身的無知，會從瘋狂的自負中痊癒；他會學會穩重並習得扎實的技能。智者會投身攻擊他之人的陣營。比起敵人，他還更有興致找到自身的罩門。如此所受之傷會癒合結痂，並如死皮一般從他身上褪下，而等敵人勝利，看吶！他卻也蛻變得萬夫莫敵。身處責難比身處頌讚更使人安然。我並不樂見報上有人為文替我辯護。只要報上對我罵聲一片，我就會莫名有種受肯定的感覺。反之若有人用蜜語甜言予我讚美，我就會彷彿在敵人面前毫無遮掩。總的來說，只要我們不被打敗，邪惡終將讓我們有所收穫。一如三明治島[19]的居民相信你殺死了敵人，他的力量與勇氣就會轉移到你身體，我們也可以在抗拒誘惑的過程中獲取那當中的力量。

在災難、缺陷與敵意面前保護我們的同一批衛士，也可以說是在捍衛著我們不受自私與詐欺的侵害。門閂與欄杆並不是人類體制的精髓，就像長於某種職業也不等於

19 Sandwich Islands，夏威夷群島的舊稱。

智慧。人一輩子都苦於一種迷信，以為自己很好騙，但其實人要被自己以外的人騙，就跟一件事要既存在又不存在一樣，根本不可能。我們進行的每一筆交易，旁邊都有一名默不作聲的第三方證人。事物的本質與靈魂都會自動肩負起讓每筆合約履約的保證，以便讓誠實的行為不會遭損。即便你服務的主人不懂得感恩，也不要吝於對他勤奮。讓欠你一筆的變成神。沒有一筆債不會終究獲得清償。而且付款時間拖得愈長，對你愈理想，須知這種財庫在計算利息時的特性，就是複利之上的複利。

迫害他人的歷史，就是一段想要誆騙自然，想要反其道讓水往高處流，擰沙成一股繩的歷史。幹這事的人多人少，是一名獨裁暴君或一群暴民，都沒有差別。所謂暴民，就是一群自絕於理性，與理性唱反調，並自甘朝獸性墮落的烏合之眾。他們就適合晝伏夜行。他們的行為就如同其秉性一樣，喪心病狂；他們會迫害應守的原則，會鞭笞正當的權力，會潑灑柏油與羽毛去羞辱公義，為此他們會把具備這些特質的人視為眼中釘，縱火燒其住屋，朝其人身洩憤。那就像是頑劣少年的惡作劇，就像孩童追著消防車，要去撲滅朝著群星流淌的紅霞。惟不容褻瀆的精神會將他們的恨意扭向為惡之人，以身殉道者斷無受辱之理。每一鞭下去，都彷彿如簧之舌在宣揚其美名；每一座監獄，都是其更添其光輝的新居；每本書或每間房燒成灰燼，都用啟示將世界照耀得更加光明；每行被壓抑或刪去的字句，都如雷貫耳地響徹南北東西。一朝真相大白，沉冤得雪之際，澄清的判斷與體悟總會重返這個世道，重返每個人的心中。

凡此種種都在曉諭我們一件事情，即環境是居中而持平的。決定一切的是人。所有事情都有好的一面跟惡的一面。每個優勢都有它要課徵的稅，為此我學會了知足。但補償法則並不是無動於衷的法則。不經思考的人會在聽到這樣的描述之後說：行善有何意義？每件事都既好且壞，得了好處我也要付出代價；若失之東隅我仍可收之桑榆；這麼一來，所有行動都成了無謂的徒勞。

有一項比補償原則更深刻的事實，存在於靈魂中，那就是靈魂的本質。靈魂不是一種補償之物，而是一種生命。靈魂只是單純地存在。在潮汐完美起落，這片由外在條件形成的洶湧大海中，躺著真正「生命／存在」的原始深淵。事物的本質，或曰神，不是一種相對關係、不是整體的某個部分，而就是全部的整體。這種「生命／存在」是一廣袤的「正」，它排斥了所有的「負」，它能夠自我平衡，所有的關係、組成、時機都被它吞入肚裡。自然、真理與美德的淌流都是以之為源頭。反之罪惡則是代表其空乏或是與之背道而馳。虛空，或言假象，或許真能以遼闊黑夜或陰影之姿挺立著，並像個背景似地讓有生命的宇宙在上頭畫出自己，惟並沒有事實由之而生，主要是虛空本身並無作用，也並不存在。它絲毫無法行善，也無法造惡，但就不存在就是比存在更糟的這一點而言，虛空本身就是一種傷害。

我們會覺得種種惡行應該受到的報復，被從我們身邊訛詐走了，因為罪犯死緊抓著他的罪惡且堅不就範，也沒有天理昭彰地遇到危機或遭到審理。他的胡言亂語沒有在人類與天使前獲得痛快的反擊。難道這代表邪能勝正，代表他智取了天道法理嗎？就他攜帶著惡意與謊言在身上這點而言，他已經被自然宣告死亡了。錯誤將會以某種方式被演示出來供人理解，且即便我們沒有看見，這使其滅亡的下場也會將永恆的帳目調整到平衡。

另一方面我們也不能說公義的增益必須由某種虧損來交換。美德並無所謂相應的刑罰，智慧也沒有；它們都是加在「生命／存在」之上恰當的附屬物。在合乎善的行為中，我適切地存在著；在合乎善的舉措中，我讓世界有所增益；我在從渾沌與虛無手中收復的沙漠中栽種，然後目睹黑暗退縮到地平線的盡頭。只要是以最純粹的意義去思考，那麼愛永遠不嫌多，知識也是，美也是。靈魂除了抗拒侷限，也永遠會肯定某種樂觀，絕不接受悲觀。

人的生命是一種進程，而不是一個站點。相信是人的本能。我們會本能地將「多」或「少」的概念用在人的身上，去描繪靈魂在人內心的存在與分量，而非其靈魂的缺乏；比起懦夫，勇者要更偉大；比起愚夫與騙子，真誠、仁慈與睿智者更符合人的標準。美德所對應的善，是不用納賦的，因為那是上帝御駕親臨，是無人可望其項背的絕對存在。物質的善有稅要繳，而且如果德不配位或者沒有為其付出汗水，那這種物質之善就難以在我身上紮根，一陣風來就吹跑了。相對於此，所有自然之善都是屬於靈魂的，而且只要你付出自然的合法錢幣，也就是感情與理智容許的勞力，那你就能將這種善揣在懷裡。我再不希望有我不靠自己努力換來的好，出現在我面前，譬如我在不想從土裡挖出桶金，因為我知道那只會伴隨新的負擔。我不希望自己再獲得身外之物，不論是財產、榮銜、權柄，或是排場。這種獲得是表象的，要繳的稅卻是確定的。惟對於賠償機制存在的認知，對於挖到寶其實並不好的這種認知，卻是免費的。我於焉感覺到心無罣礙的平和之樂。我限縮了潛在危害的範圍。我習得了聖伯納的智慧[20]：「除了自己，沒有什麼可以打擊到我；我受的傷，都被我四處帶在身上，而扣除自身所犯之錯，我永遠不會是一個真正的受害者。」

對於各種不平等的補償心態，存在於我們靈魂的本質中。自然的終極悲劇，似乎就在於靈魂之貧與富的區分。貧者如何能不感受到痛苦，怎麼能不對富者懷抱著憤怒與惡毒？看著那些天賦的貧者，人會感覺悲傷，會不知道該做何感想。這會讓使人眼神閃爍而不敢直視他們，會讓人擔心他們對上帝出言不遜。不然他們應當如何？這感覺實在太不公不義了。但靠近一點去看這些事實，這些成山的不平等就會銷聲匿跡。愛會消滅他們，就像海上的冰山會消解在燦爛的陽光下。所有人的感情與靈魂，若合而為一，這種他有多少與我有多少的齟齬就會不復存在。因為他的就是我的。我是我自己的兄弟，我的兄弟也就是我。即便感覺活在傑出鄰人的陰影下或某方面不如鄰人，我也還是可以愛、可以被愛；能愛之人，便能自行創造出他所愛的偉大。由此我得到一個發現是我的兄弟，是我的守護者，他是毫無私心地在為我代勞，而我巴不得據為己有的財產，其實也還真屬於我。靈魂的本質就是會去徵用萬物。耶穌與莎士比

20 St. Bernard de Clairvaux, 1091-1153，法國教士。

亞是相同靈魂的不同碎片，而靠著愛我可以去征服，去將這些碎片融入我自身的意識範疇中。他的[21]美德不就是我的嗎？他的機智若不能成為我的，那就算不上是真正的機智。

自然災害的歷史也如出一轍。頻繁打斷人類盛世的各種變動，恰好反過來宣揚了成長才是自然的規律。每個人都會依著他內在對於成長的需求，去擺脫其原本所屬的事物體系、友人、家鄉、法則，與信仰，就像貝類會爬出其美麗但堅若磐石的外殼，只因為那殼已妨礙到了牠的成長，為此牠會另外緩緩重建新家。按照個人的活力高低，這種變革會頻繁地啟動，然後隨著心境慢慢愈來愈愉悅，這種變革會變成一種連續的過程，一切的世俗關係以極其鬆散的形式，懸繞在他的周圍，像是變成了一種通透的液體薄膜，生命形態在那薄膜之後一目了然，反之在多數人身上，你看到的是一種歲月累積與不安定性，僵固而異化的物質將生命包在裡面，就像將人囚禁。唯有如前者那樣，生命方能擴大己身，今人才能透過成長而感覺前人看著十分陌生。人在時間長河中的外顯歷程就該是這副光景，就該日起有功地把死去的外在條件褪去，一如

21　耶穌的美德與莎士比亞的機智。

人日復一日更換新衣。只可惜在自身荒廢的莊園中，我們只是躺著而不思前進，我們一心抗拒而不思與神聖的擴張協力，弄得該有的這種成長反讓我們感到衝擊。

我們拋不下自己的朋友，捨不得讓我們身邊的天使出走。但我們沒能看出只有讓他們出去，大天使才能進來。我們把舊世界當成偶像一樣崇拜，我們不懂得在其真實的永恆與全在之中，靈魂蘊藏著寶藏的道理。我們不相信現世隱含著一股力量可以匹敵或再造昨日的美麗。我們流連徘徊在舊帳篷的遺跡裡，緬懷著我們曾如何在當中吃喝住宿與生活。我們也不相信精神可以再一次讓我們吃飽穿暖，振奮我們心中的勇氣。我們再也找不到什麼東西能一樣親切、一樣甜美、一樣典雅綽約。我們只是毫無建樹地坐著哭泣。全能上帝的聲音說：「永遠要努力向上、向前！」我們不能在廢墟裡虛度光陰，但我們也不願意讓新的事物助我們一臂之力，結果就是我們走起路來總是倒吊著眼睛，彷彿是某種只會往後看的怪物。

然而，確實災難的補償要明顯呈現在理智的面前，有時需要隔上一段漫長的時間。熱病、身體傷殘、令人絕望的殘酷遭遇，家道中落、與朋友天人永隔，我們在當下都會感覺這是一種不可能被補償的損失。但假以時日，不懂何謂閃失的光陰總會慢慢慢揭露出那存在於所有事實底下，深刻的彌補力量。摯友、愛妻、兄弟、戀人的亡故，看似是全然的剝奪，容不下其他可能，但卻會在一段時間後化身為某種人生的導引或靈感；因為這些變故往往正是我們生命中變革的推手，它們會為我們該要結束的青澀歲月劃下句點，會帶我們掙脫習以為常的職業、家庭，或生活方式，進而讓新的生活元素得以組成，也讓我們的人格在這些更有利於成長的元素中獲得長進。它會批准或者限縮，藉此幫我們過濾新關係的建立，替我們決定要不要接納會大大影響我們未來幾年的新影響力；有些個男女原本應是陽光園中的花朵，腳下生根的空間太少，頭頂上的日照卻太多，但隨著牆壁的傾頹或園丁的忽略，他們反倒茁壯成為林中的菩提樹，讓由近至遠的鄰人都能獲得遮蔭與果實的豐足。

# 論禮物

# GIFTS

愛我之人的贈禮——
讓人等得猴急
哪天他不愛我了，
那些贈禮將讓時間在遺憾中暫停

有人說這世界處於一種破產的狀態，那說的是世界欠世界一筆還不出來的債，由此世界應當走進衡平法院[1]，然後遭到拍賣。我並不認為這種從某角度來看，牽扯到人類的整體性破產，而是構成了在聖誕節、新年等節日來臨時，我們送禮變得很困難的理由，因為大家固然討厭還債，卻又都樂於表現得慷慨。惟禮物的挑選才是真正的阻礙。任何時候我意識到自己得送禮給誰，我就會猶豫到毫無概念，直到甚至錯過了送禮的機會。一般來說，送花卉跟水果準沒錯；送花好，因為它們驕傲地主張一道美麗的光束，其價值更甚於世間的所有實用事物。比起自然中常見的那種嚴峻面孔，花

1 衡平法是英美法系特有的法律，其存在是為了補普通法（common law）之不足。普通法是由判例所構成的法律體系，較為僵固，而衡平法的運作則是較根據法官的正義感，也因此提供更多的彈性。

的樂天性格宛若一種鮮明的對比：它們就像在讓窮人有活兒幹的濟貧工廠裡，突然聽到了美妙音樂。自然沒想過要把我們捧在手心寵愛；我們是她的孩子，不是她的寵物；她並不鍾情於我們；關於我們的一切待遇都不帶有恐懼或偏好，而只是照著嚴格的宇宙法則去走。但這些精緻的花朵，卻看著像是愛與美在跑到我們面前撒嬌。每個人儘管知道是假話，還是樂於被奉承，因為那顯示我們有被拍馬屁的重要性。花給予我們的，就是類似於此的愉悅：我該是對誰很重要吧，不然怎麼會收到這麼甜美的暗示？水果是禮物界的安全牌，因為它們在各種商品中也是花卉般的存在，並有潛力被附加上驚人價值。要是誰捎信來要我去百里之外見他，並附上一個夏日的水果籃，那我應該會覺得還蠻划得來。

§

如果是平日要送禮，那必要性就是最要緊，也最讓人看得順眼的事情；任誰都會開心地發現急迫性令人沒有選擇，也不用選擇，畢竟如果門口那個人光著一雙腳丫，那你就毋需費神要幫他添一個顏料箱。且由於不分在家中還是門外，看見人吃麵包可吃或有水可喝總是件開心之事，因此優先顧及這些人的第一需求，永遠能帶給人很大的滿足感。必需性可以讓一切圓滿。身而為人，有事需要別人幫忙是必然的，讓提出訴求之人[2]自行判定他的需求是什麼，然後克服萬難滿足他一切的要求，儼然就是英雄所為。即便那是一個很誇張的慾望，懲罰他的工作還是留給別人去做吧。比起懲奸罰惡的憤怒三女神，我可以想到太多自己寧可扮演的其他角色。而若撇開必需品不算，我一個朋友所教誨的送禮法則是我們可以給某人一樣他符合他性格，且很容易與他被聯想到一塊的東西。惟人類現有用來象徵恭維與愛意的標誌物，大體上都相當粗野。戒指與各種珠寶算不得禮物，那些只能算是禮物缺席時的安慰獎而已。惟一真正的禮物，是你一部分的自己，宛若你必須為我流下血液。因此詩人帶來的是他的作品；牧羊人送上他親養的綿羊；農夫送上莊稼；礦工送上寶石；水手送上珊瑚與海貝；畫家送上自己的手筆；姑娘送上其親繡的絹帕。這麼做就對了，這樣就能送禮送

2　話雖如此，但我們很難想像愛默生會向人要求協助或餽贈，他經常引用英國詩人蘭多（Landor）的一句話是：「你能為一樣東西付出的最高代價，就是開口去索討它。」

到心坎，因為這將把人際交往回復到其初始的基礎上，亦即一個人的生平[3]，可以用他所送過的禮物來立傳，而每個人的財富，就是他所有功績的索引。反之若你去店裡幫我買了一樣不代表你自己，而代表了金匠之生平的東西當禮品，那無異於一種冷血而毫無生氣的行徑。這是只適合帝王，或是代表帝王的富人去做的事情，一般人把金銀當成禮物，只是一種錯誤的理財，那既像在象徵性地用牲品贖罪，也像是在繳納贖金給索要禮物的綁匪。

§

施恩的法則是一條詭譎的水道，要想通過需要謹慎地揚帆，或是依靠船身之強悍。收禮並不是人生來的職責，你哪來的膽子送過去呢？我們都寧願自給自足，我們

3　愛默生曾在日記中寫道：我在筆下談到禮物時，忘記了一個天大的範例。小約翰．梭羅跟他的兄弟亨利一樣，都是自然的愛好者，而有一天他在我的穀倉裡安放了一個給青鳥當巢的盒子，那應該是十五年前的往事了吧。盒子如今還在，而我每年夏天都有悅耳的青鳥家庭合唱為我的穀倉增色。這是種不花送禮者一毛錢的禮物，卻也是一種用錢買不到的絕佳禮物。

可不輕易原諒一個原諒我們的人。餵食我們的手，都有被咬的危險。我們願意接受出自於愛的任何東西，因為那等於是換個方式在收下來自我們自己的東西。但我們可不願意接受誰像是在施捨我們的東西。我們偶爾會嘴裡吃著肉，但恨在心裡，因為靠那種肉活下去，有點像是在仰人鼻息。

兄弟，朱比特[4]若給你做了份禮
當心，從他手中務必要一介不取

我們要的是整體，少於整體都我們都不會滿意。人際關係若不能在地、火、水以外也給予我們機會、愛、尊敬與可以崇拜的目標，那我們就要對這樣的交往關係提出非難。

4 Jove就是宙斯（Jupiter），在希臘神話裡，做弟弟的伊庇米修斯（Epimetheus，有後見之明的意思）給了哥哥普羅米修斯（Prometheus，有先見之明的意思）這則建議。

§

能好好收下禮物的他，肯定是個好人。我們面對一份禮物要麼樂意，要麼不樂意，而這兩種情緒都不算得體。在為了一份禮物歡欣或哀愁的過程中，我想我們難免會打擊到一些感情，或對人有所貶低。當一份禮物侵害了我的獨立自我，或是送禮者與我並非同道中人，我會心有不甘，因此這種硬送的行為不應受到鼓勵；反之若一份禮物讓我欣喜若狂，那我又會為了送禮者看穿了我，知道我熱中的是禮物而不是他，因而引以為恥。一份禮物要算得上真實的交流，那就必須要是我先流向了他，然後作為一種回應，送禮者也流向了我。兩邊的水在一個平面上時，我的東西能流過去，他的東西能流過來。他的一切都是我的，我的一切也是他的。我對他說：既然你所有的油跟酒都已經屬於我，我的信念便已經否認它們身為禮物的地位了，那你如何能把這桶油或這瓶酒再一次送給我呢？這就是何以比起實用之物，美麗的事物更適合用來送禮。送人美麗的東西，徹底是一種篡奪的行為，因此如果受贈者不懂得感激，一如所有的受贈者都贈恨所有的泰門[5]，卻一點也不考慮禮物的價值，而只會去覬覦那贈禮的來源，我更同情那些受贈者，而比較不同情怒從中來的泰門大人。因為期待人感激是一種卑鄙的行徑，只會持續遭到理應感激者用徹底的漠視去懲罰。能夠從不幸被你服務到的人身邊全身而退，既沒傷身也沒傷心，那可真是萬幸。受人之恩是一筆沉重的人情債[6]，債務人會想賞你一巴掌也是自然。有句可以送給這些先生的名言，來自從不對人言謝而令我感佩的佛教徒，這金玉良言是這麼說的：「無須諂媚你的施主。」

§

我認為會有這些矛盾衝突，是因為人跟任何禮物都格格不入。面對大器之人你什

5 典出莎士比亞劇作《雅典的泰門》（*Timon of Athens*）。身為雅典貴族的泰門生性豪爽、樂善好施，於是許多人乘機前來詐取錢財，後來導致其傾家蕩產，酒肉朋友們也離他而去，而泰門最終在絕望中孤獨地死去。

6 在法國作家蒙田的作品中，愛默生最喜歡的一個段落是這麼說的：「喔，我是多麼感激上帝，祂很滿意地看到我擁有的一切都是取自於他，而我所有要盡的義務也完全保留給他！我等不及要向他懇求的聖恩是我能永遠不欠任何人任何一句真正的感謝。喔，我活到現在的自由之身真讓我開心！希望我到死都能如此，我將努力讓自己不需要任何人。」

麼也給予不了，因為你一替他做了什麼，他就馬上能用他的大器讓欠下人情的變成你。某人能替朋友做的事情，一旦和他知道朋友隨時能替他做的事情相比，就會顯得瑣碎又自私，這點在他開始幫助之前就已經是如此，幫完了也不會改變。相較於我對朋友懷抱的善意，我實際能為他做的事情只能說微不足道。再者，我們對彼此的行為，抑正或邪，都是那麼即興而隨機，以至於我們鮮少能聽到誰接受任何人的道謝，口氣中竟不帶有一絲羞愧。我們鮮少能直接一筆捺下去，而總是得將就於歪歪斜斜的字體；我們給的大方，對方拿得坦蕩，我們很少能夠享受到這種暢快淋漓的舒爽。惟正直總會在不知不覺中四處施恩，然後在意想不到時獲得眾人致上的謝忱。

§

我戒慎恐懼，不敢辜負了愛的莊嚴，因為愛是禮物的守護神，對其我們萬不可妄自僭越地對其發號施令。就讓他隨心所欲地去想贈與王國就贈與王國，想送花葉就送花葉。總有些人讓我們放不下對精美信物的期待，那就讓我們繼續期待吧。這是一種特權，一種不受我們自治或修身規則約束的特權。至於在愛之外，我會希望自己無法被收賣或出賣。最高境界的款待與慷慨，也同樣是由天而不由人。於是我發現自己於你算不得什麼，你先是不需要我，然後感覺不到我，最後你說願意提供我棲身的房舍跟土地，然後便將我轟出了門去。替人辦事或獻殷勤，其價值都是零，價值有賴於別人對你的喜愛。我曾經嘗試幫人做這做那，希望藉此跟人建立關係，但結果證明那都只是彼此在耍心機，如此而已。他們或當你的服務是蘋果，將之吃乾抹盡，然後便將你棄如鄙屣。但若你給他們的是愛，那他們就會對你有感，就會終日因為你的存在而開懷。

# 論友誼

# FRIENDSHIP

鮮豔猩紅的一滴人血
更加重於洶湧的海水
不定的世界來了又走
生根的愛人於此長留
我猜想他恐無影無蹤
惟在歷經這許多年後
他的暖意仍光耀無窮
一如旭日東昇於山頭
我懸著的心重獲自由，——
喔朋友，我胸懷如是說
惟通過你，天空如蒼穹
惟因為你，玫瑰那般紅
惟有了你，萬物可尊崇
而眺望向那地表盡頭

我們共同命運的轉動
也因你好似太陽圓周
你的高貴還教會了我
必要將絕望壓制成功
我隱藏之生命的泉源
是因與你為友而清澈

我們之間的諸多善意，遠比說出口的要多得多。扣除那像東風一樣使世界冰冷的自私，整個人類家庭都沐浴在一種有如朗朗晴空，名為愛的元素中。我們在家家戶戶中見過多少人與我們鮮有隻字片言的交流，但我們予他們以敬重，他們也予我們以敬重！我們在街上與多少人萍水相逢，又在教堂裡與多少人比肩而坐，儘管看似沉默，但我們是多麼熱切地欣喜於與他們碰頭！只要把這些遊蕩目光中的語言讀懂，一切便會明白於我們心中。

沉溺在這種人類感情中，得到的效應是一種由衷的歡欣。在詩韻裡，在日常的言談中，我們面對他人時所體驗到的慈悲與滿足，是其物理效應差可比擬為火的情緒；而且這些美好的內向輻射還同樣迅速，甚至更加迅速、更加激烈、更加讓人振作。從最高層級的烈愛，到最低程度的善念，這些情緒都造就了生活的甜美。

§

我們的智力與活力，會與感情一同增長。當學者想提筆論述，經年累月的思索並不能假他以哪怕是一個鞭辟入裡的見解或令人欣慰的表達，但如果是寫信給朋友，那思索就非常必要了。一經思索，溫柔的想法就會成群結隊地帶著精挑細選的字眼，注入每隻搖著筆桿的手中。放眼每一間裡頭有美德與自尊長存的房屋，你都會看到陌生人來到所引發的內心悸動。一位好客人不會是不速之客，事前約好的他一到達便會獲得通報，並且他會讓介於愉悅與痛苦之間的焦慮進駐到主人一家的心中。他的蒞臨，會讓歡迎他的好人心中產生幾乎可名之為恐懼的東西。那個家被打掃得一塵不染、所有的東西都朝原處歸還、大衣由舊換成新款、而且能力允許的話他們還得擺出一桌晚飯。一位好客人只會從別人那兒聽得讚美，也只會讓我們聽到讚美。他對我們而言，是人性的表率。他，是我們心之所向。在憧憬過他，也恭維、款待過他之後，我們會捫心自問該如何懷著恐懼不安，在跟這種人的對話與互動中自處，但也正是這樣的想法，會使我們與他的對話變得高尚。我們的話會說得比平日更得體，我們會展現出敏捷的思路、豐富的回憶，同時我們內心暗藏的魔鬼也會請假缺席。我們將能憑藉最古老也最祕密的經驗，長時間持續一系列誠摯、優雅與豐富的交流，以至於我們列席的親友會呀然驚艷於我們不尋常的力量泉湧。但只要陌生賓客開始在對話中加入他的偏好、他的見解、他的缺點，一切就都將畫上句點。他已經從我們這兒聽得了最初、最末與最好的一切。他就此褪去了陌生人的身分。粗魯、愚昧、誤會，自此以後都會是家常便飯。這之後他再來，還是同樣會有排場，會有款待、會有便飯，但那種內心的悸動與靈魂的交流，將不復存在。

比起這些為我重新點亮年輕世界的感情噴流，有什麼東西能令人一樣愉悅呢？比起兩個個體在某種思想與感受上，坦蕩而穩妥的邂逅，又有什麼能一樣可口？多美啊，當天賦異稟與毫無矯飾的腳步與身形朝著這顆悸動之心接近！我們縱情於自身感情的瞬間，地表也開始徹底蛻變；冬天不見了、黑夜不見了，所有的悲劇，所有的無趣，甚至於所有的職責，通通不見了；沒有什麼能夠填滿那行進中的永恆，除了我們摯愛之人的璀璨身影。令靈魂確信在宇宙中的一隅，它將能與它的友人重聚，屆時那將是持續千年的滿足與歡愉。

§

我今晨醒在對友人的虔誠感謝裡，不分舊雨新知。我難道不應該稱呼上帝是美的那一位嗎？畢竟祂日復一日都在祂的贈禮中讓我看到了美？我斥責社會、我擁抱孤獨，但我並沒有不知好歹到對時不時從我家門前經過的智者、可愛的傢伙，還有心靈高貴者一概視而不見[1]。誰聽我，誰懂我，就會變成我的，這是一種亙久的財產。大自然也沒有吝嗇到拒絕給予我這樣的喜悅，由此我們得以編織起屬於自己的社交絲線，使之成為一張關係的新網，而後隨著許多思緒接連坐實自己，我們也將漸次立足於一個由我們自行創造的新世界裡，我們將再也不是傳統地球上的一群陌生人與朝聖者。我的朋友都是不請自來。偉大的上帝把他們給了我。憑藉至古的權柄，憑藉美德與其自身的神聖親緣，我發現了他們，又或者應該說不是我，而是在我與在他們內心的神性，共同嘲笑並消滅了性格、關係、年齡、性別與環境所砌成的厚牆。神原本默許這些差異，但如今祂卻讓多種差異合而為一。我虧欠一句深切的感謝給出類拔萃的愛人們，是你們為我們扛著這世界到了尊貴的嶄新深度，擴大了我所有思維的意義。他們就像是千古詩歌之宗師的新作——永無止境的詩句——讚美詩、頌詞與史詩，那

1　愛默生的住家對面，位於通往波士頓之「大路」（Great Road）上的那條走道，是康克特居民在冬天很喜歡的散步步道，而這當中就包括教師、作家、哲學家三合一的阿爾考特（Amos Bronson Alcott, 1799-1888），還有充滿想像力的文學家霍桑，外加許多鎮民與學童。

些細水長流，阿波羅[2]與繆思女神仍在吟誦的詩。這兩位會再次拋下我嗎？還是他們當中的某些人會拋下我？這我沒有主張，但也並不害怕；因為我與他們的關係是如此純淨，以至於我們之間只須靠簡單的緣分聯繫，且由於我生命的守護神是如此交遊廣闊，因此就算我行至天涯海角，那股緣分的能量都將作用於跟這些男男女女一樣高貴的靈魂。

§

在這一點上，我承認人的天性纖弱至極。從感情中「榨出讓我酗飲之酒，那甜美的毒液」[3]，於我幾乎是在玩命。認識一個新人，於我是件大事，大到可以讓我失眠。我近來對兩三個人懷著如此美好的遐想，那帶給了我美好的時光，但那喜悅也會終止在某天——那關係無法開花結果的一天。亦即我從那關係中生不出思想，行為也幾乎沒有為其改變的一天。我必須以朋友的成就為榮，彷彿那是我自己的成就，也彷

2 在古典神話中，阿波羅除了是太陽神，也同時主管音樂、詩歌與藝術，並且是繆思女神的守護者與領袖。

3 出自米爾頓之詩《酒神》（*Comus*）。

彿那是他德行中的一種屬性。他被稱許了，我同樣感覺溫馨，就像情人聽聞許配給他的閨女獲得了肯定。我們會高估朋友的良知。他的善彷彿優於我們的善，他的天性似乎略勝我們一籌，他受的誘惑則比我們稀少。所有歸屬於他的東西——他的姓名、他的外形、他的衣著、他的讀物、他的器具——都會遭到遐想的強化。我們本有的思維從他的口中說出，感覺就是莫名地更加新穎而偉大。

§

但心搏的收縮與舒張，不乏可以與愛潮的漲落相提並論的類似之處。友誼，正如靈魂的永生，是一種好到不像話、好得不可能為真的東西。凝望著姑娘的情郎，隱隱約約知道她不全然是他心中的女神；而在相交為友的黃金時刻，我們也不時會驚異於由猜忌投射出的陰影。我們懷疑是不是自己為我們心目中的英雄，賦予了他得以光芒四射在其中的美德，並只好在事後崇拜那個被我們親手完成的神聖形體。細究之，靈魂尊敬自己要甚於其尊敬人。在嚴格的科學意義上，所有人都共同為某個無窮遙遠的狀態打了底。我們該害怕若去挖掘這座人死後的極樂宮殿的無形地基，會冷卻了我們的愛嗎？難道我將不若我所見的事物一般真實嗎？若我夠真實，那我就不會懼怕去原原本本地認識它們。它們的本質，一點也不在美麗上輸給它們的外表，只不過它們的本質之美，會需要更加敏銳的器官去領悟之。植物的根部以科學的眼光觀之並不醜陋，惟為了製作花冠或結綵，我們還是只能把莖部裁短。但我有義務冒大不韙，在這些怡人的遐想中提出一個刺眼的事實，即便那將是我們筵席上一顆埃及的骷髏頭[4]。一個與其思想合一的人，必然自視甚高。即便代價是千篇一律的一次次受挫，他仍會意識到一種普世的成功[5]。任何優勢、任何權柄、多少黃金或威力，都無法動搖他於萬一。因此比起仗恃你的財富，我只能倚靠自身的貧窮。我無法迫使你的意識等同我的意識。會閃爍者惟有恆星，行星只能反射有如月亮般的微弱光芒。對於你所稱許的那位人物，我聽聞你談到他可佩之處與受過歷練的性子，但我很清楚他身上固然穿著尊貴的紫袍，我還是不會與他氣味相投，除非他話說到底也跟我一樣是個希臘的窮

4　普魯塔克說埃及人會在宴席上擺放一顆骷髏頭，這有兩個作用：一來是提醒賓客及時行樂，二者是警告賓客不要為了稍縱即逝的事物傾心。

5　愛默生曾在日記中寫道：「我整體的成功，雖說不算多，卻仍是由一次次個別的失敗所組成。」

人。我無法否認，喔吾友，那名為「現象」的遼闊陰影也涵蓋你，在它斑駁而覆漆的無限之中，同樣地與你相比，其他的一切也都是影子。你並不如真理或正義那樣，是一種存在，你並非我的靈魂，而只是我靈魂的肖像或草人。你來到我身邊未久，卻已經抓起帽子與斗篷要走。靈魂生出友誼，就像樹木生出葉子，轉瞬間就用新芽逼著老葉脫落，不是嗎？自然的法則就是永不停歇的交替，每道交流電都會引發一道反向的新電流。靈魂會用朋友將自身包圍，以便讓己身得以遁入更高層的自知或孤獨中；靈魂會獨自出走一個季節，好讓它的言談與交遊變得更加高潔。這種做法會在我們個人關係的歷史長河中不斷顯現出來。感情作為一種本能，喚醒了我們想與同伴有所連結的希冀，而孤絕的感受一旦回歸，我們又會從這樣的追求中被召回。由此，每個人終其一生都在追尋著友誼，而若是能忠實記錄下自身的感受，他應該會手書如下一篇給每一位其友愛的候選人：

親愛的朋友：

如果我相信你，相信你的格局，相信我可以讓我的情緒與你合而為一，那我就不會再去憂心那些關乎你的來來去去、雞毛蒜皮的瑣事了。我並不多有智慧，情緒也不難企及，同時我敬重你的天才；你的天才於我仍舊莫測高深，惟我仍不敢妄言你已對我有完美的了解，由此你對我而言是一種甜美的折磨。永遠屬於你，或永遠不屬於你的我留。

§

但這些讓人彆扭的愉悅，與雅緻的痛苦，只能是為了滿足人的好奇心，而不能成為我們生活所需。我們不能在其中沉溺，因為那些愉悅或痛苦只能織就出蛛網，而織不出布疋。我們的友誼總會直奔簡略而粗糙的結論，主要是相對於人心那種堅韌的纖維，我們賦予了它一種由酒精與幻夢共組的質地。宏大、嚴峻、永恆的友誼法則，乃是與自然、與道德之法則同屬一網。但急功近利的我們已瞄準了蠅頭小利，我們只想心血來潮去吸點甜頭。我們在上帝的整片花園中，擷取的那成長最緩慢，必須經過眾多寒暑才能成熟的果實。我們追求朋友的態度一點也不神聖，而是懷著一種想要將其占為己有的邪淫熱情。那只是徒勞而已。我們會以各種微妙的敵意武裝自己，並讓那些敵意在我們見面的一瞬間攪弄風雲，進而將所有的詩詞歌賦都轉譯為陳腔濫調的平鋪直敘。幾乎所有人要認識新朋友時，都得紆尊降貴。所有的人際交往都必然是一種妥協，而最不堪的是每一蕊美麗天性開出的花朵與其芳香，都在雙方靠近的過程中煙消雲散。現實中的社交永遠令人失望，就算對象是才德兼備者亦然！在期待許久的會面告一段落後，我們便緊接著得在友誼與思念的高峰受到連番的折磨，接連來襲的會包括各種令人困惑的打擊，包括毫無跡象，說來就來的冷漠，也包括有如瘋癲一般的心機與獸性。官能的見聞並不能為我們反映真實，反倒孤寂對雙方都是一種解脫。

§

我理應在每一段關係中與人平起平坐。如果我今天跟任何一人不處在平等的位置，那不論我今天有多少朋友，也不論我跟他們的交流是如何獲益良多，就都沒有意義了。哪怕我今天在單一的抗衡中退縮了一瞬，有那麼一秒未與對方分庭抗禮，那我在這整段關係中斬獲的喜悅，就都會變得卑賤而懦弱。屆時我若為求庇護而投身其他友人，只會讓我覺得自己可恨。

以善戰遠近馳名的英勇將領，
只因百戰百勝後的一次失利，
就從榮譽榜上遭到鏟除殆盡，
所有的苦勞也被人一併忘記。[6]

§

我們的迫不及待因此遭到鋒利的駁斥。羞赧與無感是一層堅硬的果殼，當中被保護著的是纖細而禁不起早熟的組織。若是在任何優秀的靈魂已成熟到足以認知並占有它之前，它就已經認知到了自己的存在，則萬事休矣。請尊重這種緩步自然發展的慢工出細活，須知這種自然發展是花了百萬年的功夫，才弄硬了紅寶石，其中不論阿爾卑斯山與安地斯山是如何像雨後彩虹一樣來了又走，這種發展都不眠不休。我們生命

6 本詩出自莎士比亞的十四行詩第二十五首。

的良善精神中，並無可以用莽撞行事換得的天堂。愛，作為上帝的本質，不會留給輕浮，而會保留給人的完整價值。且讓我們從眼界中排除幼稚的奢侈品，只留住最素樸的本質；且讓我們接近朋友時，懷抱著勇氣去相信其心為真，去相信其為人那無法被推翻，基礎之寬闊無比。

§

這個主題的吸引力，令人難以抗拒，而我願暫且擱下對次等社交裨益的所有描繪，轉而去闡述那出類拔萃的神聖關係，那是一種絕對，是一種讓愛的語言都聽來啟人疑竇且平凡無奇的關係。那種關係的純淨無人能敵，其神聖也無人能出其右。

§

我無意在處理友誼的時候小心翼翼，反而想待之以最粗獷的勇氣。友誼只要夠真，那它就不是玻璃絲線或結晶的霜雪，而是人類所知最結實的物品。如今，在累積了世世代代的經驗後，我們對自然了解多少呢？對自己又了解多少呢？在人類自身命運的問題上，我們連一步都沒有踏出去。面對愚蠢這項指控的，是整個宇宙的人類。但那喜悅與和平中的甜蜜真摯，是我從我與兄弟的靈魂結盟中汲取到的東西，而那正是果仁的本體，至於全部的自然與思想加起來，都只不過是不能吃的果殼。能招待朋友進駐的家，怎能不快樂！哪怕是只為了討朋友一天的開心，那屋子都會被用心點綴得像是別有洞天的蔭涼腹地或拱弧，彷彿適逢喜慶。若還想比這更喜不自勝，那就是深知這段關係的崇高，並去遵守其法則！自告奮勇要與人建立這段盟約之人，就像奧林匹亞運動員去參與大賽，賽會中所有世上的耆老都是參賽者。他報名參加的比賽裡有時間、匱乏、危險同場競技，而只有在秉性中存有足夠真理來保存自身纖細的美麗，不受上述對手磨耗的他，可以脫穎而出，成為勝利者。命運的贈禮可能有，也可能無，但賽事中運勢全賴人內在的高貴，還有對瑣事的輕蔑。友誼的組成裡有兩種元素，各自都自成一格而至高無上，以至於我辨識不出哪一方更為高尚，也無法決定誰應該先被點名。其一是真誠：所謂朋友，就是我能待之以誠心之人。在他面前，我可以有什麼說什麼。我面前終於出現了這樣一個人，如此之真實且與我平等，以至於我可以褪去從來沒有人褪去，那些名為掩藏、禮數、臆測的貼身衣物，也因此我可以簡簡單單、毫無保留地去與他交流，就像一顆化學原子遇上另一顆化學原子。除了王冠與權威以外，誠摯也是最高等的人才得以享有的奢侈，他們可以暢所欲言所有的本心，因為他們的位階之上已沒有什麼可以去奉承、去附和。每個人獨處時都是誠摯的。但只消有第二個人踏入門來，虛偽就開始了。我們會用恭維、閒話、趣味與調情去撥擋、抵禦旁人的接近。我們會在其面前，把內心的想法加上一百層掩蓋。我認識一個人[7]在某種宗教狂熱的驅策下，拋開了這層矯飾、略去了所有客套與陳腔濫調，不論遇到誰，都與他們的良心對話，且其話中自有黃金屋、顏如玉。在一開始，他受到了很大的阻力，眾人都以為他瘋了。但隨著他不能自己的堅持下去，一段時間後，他終於獲得了進展，他讓認識的每個人都與他建立了真實的關係。再沒人想跟他說假話，也再沒人想用市場或閱覽室裡的閒聊話題來敷衍他。正是他這樣的知無不言言無不盡，才逼得每一個人跟著他一同掏心掏肺，一五一十吐露自個兒內心有對自然的愛、有詩詞歌賦，還有能代表真理之物。只是對我們多數人而言，社會秀出的不是

7 這指的是喬拿斯・威里（Jonas Very），一名隱士詩人，居住在麻塞諸塞州的塞勒姆（Salem）。

其正臉與雙眼，而是其側腹與背部。在這個虛假的時代裡，跟人保持真實的關係，需要一股傻勁，不是嗎？我們在社會上走動鮮少能抬頭挺胸。因為幾乎每個我們遇到的人，都要求要獲得一些禮遇，包括要我們配合他；他可能有點名氣、有點本領、有點宗教或慈善的構想，而這些東西他都容不得旁人質疑，由此跟這人也就沒什麼可聊的了。但朋友不一樣，朋友的腦袋是清楚的，他交往的不是我的豐功偉業，而是我這個人。我的朋友會跟我有說有笑，而不會對我有任何約束。由此朋友這種概念，就成了自然中的一種悖論。我，是獨立的存在。而我一方面在自然中看不到任何一種存在跟我的存在一樣，可以用同等證據去證明的東西，一方面又眼看著一種跟我在高度、種類與特性上都相仿的存在，以一種特異的形式重現出來；正是為此，你足可將朋友視為自然界的傑作。

§

友誼的另外一項元素，是溫柔。我們與人的羈絆有著各式各樣的可能，可以是血緣、是驕傲、是恐懼、是希冀、是財富、是淫慾、是恨意、崇敬，是各式各樣的環境與標誌與瑣事，但我們唯獨難以相信有人可以胸懷如此強大的品格，以至於他竟能用愛來吸引我們過去。真可能有人如此受神眷顧而出類拔萃，而我們又如此剛好地純淨無邪，最終水到渠成由我們對他獻上溫柔嗎？一旦有人能成為我親愛的朋友，我對命運便已無忮無求。我鮮少在書中讀到直接觸及此問題核心的分析，但確有一段文章讓我想忘也忘不了。那位作者說[8]：「我恍恍惚惚、笨手笨腳地把自己獻給形同是第二個我的人，我把自己半買半送地交給那個我誓以至誠之人。」我期盼友誼可以長腳、可以有眼睛，還可以口若懸河。它必須要先腳踏實地，才能一躍而過月亮。我希望它能先有點公民的模樣，然後再變成一個十足的天使。我們斥責公民，是因為他讓愛變成了一種商品。愛成了禮物的交換、成了有用的貸款、成了理想的街坊、成了對染病者的照看、成了在喪禮上扶棺，進而相當程度忽視了這種友誼關係的細緻與高貴。我們固然無法發現藏於隨軍小販表象下的神性，但另一方面，我們也不能原諒詩人把絲線紡得過細，而無法藉公義、守時、忠貞與悲憫之心等都會的美德來充實他的浪漫。

8 這指的是愛默生從少年時期就很喜歡也很有共鳴的法國作家蒙田。愛默生曾說蒙田的散文就像前世的自己所寫，完全寫出了他的心聲。

我討厭人濫用友誼之名來指涉時髦與俗氣的人際結合。我大可讓犁田的少年或兜售雜貨的小販來陪伴我，也遠遠不想涉及那些身穿絲綢而灑了香水的所謂友誼，因為那些人不見面則已，一見面就是鋪張的排場、就是招搖地乘車過市[9]，就是在最頂級的酒館裡大啖晚宴。友誼的目的，是在所有交易中最嚴格，最素樸的那種；那要比起我們所體驗過的一切都更加嚴格。這種友誼得適合在所有的關係與生離死別的經歷中提供援助與慰藉，得適合靜好的歲月，得適合高雅的才情，適合鄉間的漫步，但也得適合崎嶇的行路與粗茶淡飯、船難、窮困潦倒與人受到的迫害。這種友誼可以搭配機智的出擊，以及宗教的入定。我們要彼此為人的日常需求與生活使命賦予尊嚴，要用勇氣、智慧與團結來為其增色。這友誼將永遠不能陷入某種尋常與妥協的境地中，而必須要時時保持警覺、保持創意，為原本索然無味的工作增添韻律與理性。

§

9 指十八世紀很流行的兩輪馬車。

友誼或可說需要各種稀有且所費不貲的天性，而且每一種都需要良加調教、使其愜意地適應，接著還得有環境配合（因為即便如此萬事俱備，某位詩人說，友愛仍要求雙方得氣味相投），以至於要完全滿足條件是鮮少能獲得保證的事。據某些此種暖心故事的專家所說，友誼無法在超過兩人之間達到完美的境界。我本身對友誼的標準不會那麼嚴格，而那或許是因為我從未體驗過那麼高境界的夥伴關係。我更樂於去想像一個圈子裡有神一般的男男女女，人人各自有著不同的關係，而他們當中存在著一種高超的智慧。但我發覺這種一對一的法則，在對話中是不容挑戰的，而我們又需要透過對話來達成友誼的實踐與完滿。別把水與水混合得太過分。最好的一群人混合起來，其效果就跟把好與壞拿去混合一樣惡劣。你或許能屢試不爽地分別跟兩個人在說說笑笑中獲益良多，但一旦把你們三個人湊在一起，你便會再聽不到一個具有新意與熱情的字眼。兩張嘴說給一雙耳朵聽，或許可行，但三張嘴想同時投入一場誠摯而徹底的討論，難矣。在一群人當中，你若是不讓隔著桌子的兩人不受打擾，那他們之間就決計不會產生前述的誠摯對話。在一群人當中，個人會第一時間把自我融入到一個與在場各種意識精準共存的社交靈魂中。朋友與朋友間的私心、兄弟姊妹間的親暱、妻子對丈夫的偏愛，都不能適用於那裡，情況恰恰相反。只有航行在在場者的共識之上，而沒有狹隘地侷限於自身想法，他才能發話。惟這種規矩，這種由常識與禮貌所提出的要求，正好摧毀了深談所需的高度自由，因為深談需要的，是兩個靈魂絕對地融合為一。

§

沒有什麼比兩個不受打擾的人，可以進入更單純的關係了。惟究竟是哪兩人會展開對談，還是得由親疏來拍案。兩個毫無關聯的人是聊不起來的，他們無法帶給彼此喜悅，也永遠不會覺得彼此有潛力帶給雙方喜悅。我們有時候說起誰很會聊天，講得好像那是某些人身上一種固定的才能。但對話就是一種稍縱即逝，飄忽不定的關係，僅此而已。人可以因為思想深刻與口才便給著稱；但即便拿出所有的看家本領，他仍無法跟他的姪甥或叔伯說上半個字。旁人指責他默不作聲，就像他們指責日晷在陰影下無用武之地，是一樣沒有道理。其實在太陽底下，他當然能像日晷一樣指出時間，就像只要有享受他思想的人圍繞著，他也將重拾他的如簧之舌。

§

友誼的一項條件，是那種介於像與不像之間的稀有中間值，因為這種狀態會讓雙方感覺到來自另外一邊，那股異議威脅與同意接納的雙重刺激。我寧願孤獨度日直到世界末日，也不要讓我的朋友用哪怕一個字或一個眼神，逾越了他真實心情的分際。我有多排斥對我的敵意，就有多排斥對我的迎合。讓他不要稍有片刻違背了自己的心意，因他身為我朋友，所能帶給我僅有的喜悅，就在於使原本不屬於我的東西，如今屬於了我。我明明在尋覓的是堅定的攻勢，或起碼是堅定的守勢，結果找到的卻是軟爛的讓步，那會讓我非常不快。與其在朋友身邊當他的回音，不如去惹他煩他。「可有可無」是高超友誼境界的一項條件。而此崇高的境界，會先需要有超凡卓絕的組件。先要有非常強大的兩個人，才能有非常強大的一段友誼。就讓這段友誼成為兩個強大靈魂的結盟，就讓他們相互觀察、相互恐懼卻步，直到他們從這些差異底下，觀察到那深深將他們連結起來的同一性。

§

只有一種人適合這種友誼，而那種人必須器量宏大，必須確信偉大與良善永遠是最好的選項，必須不汲汲營營於干預他自身的命運。就讓他也別干預這段友誼吧。就讓鑽石去千秋萬代慢慢地成長，也別奢望去揠苗助長地加速永恆的誕生。友誼需要被當作宗教一般對待。我們總是說什麼挑選朋友，但朋友是自然而然被篩選出來的，其中一個重點就是尊重。對待朋友，要像對待一片風景。他肯定會有你所沒有的優點，甚至是你若一定要把他拉近到身邊，你會覺得自己無法苟同的厲害之處。那你就站開到一邊，為這些長處騰出空間，讓這些長處去生長，去擴張。你交朋友到底是為了他的思想，還是為了他的鈕扣？只要你心胸夠寬大，你就可以像個局外人一樣去看待他的上千件作為，讓他可以踩著聖潔的土地接近你。就讓小女生跟小男生去把朋友當成自己的玩具吧，小朋友才會捨棄至為高貴的裨益，寧去吸吮那稍縱即逝而攪亂一池春水的歡愉。

§

讓我們進入這個公會，但當個長期的見習生吧。為什麼我們要侵門踏戶地去玷汙那些高貴而美麗的靈魂呢？為什麼我們要那麼莽撞地去處理與朋友的個人關係呢？為什麼要沒事跑到朋友家，或是硬要去認識他的母親跟兄弟姊妹呢？為什麼硬要他來你家拜訪呢？這些事情對我們的友誼有什麼實質意義嗎？停止這些胡摸亂抓的行為吧。讓朋友於我就宛若一種抽象精神。或是一則訊息、一宗思想、一種誠意，一道我盼望他投來的目光，而不是具體的最新發展或一鍋燉菜。我要是想聽政治、想跟人茶餘飯後閒聊、想跟鄰居守望相助，自有沒那麼了不起的夥伴可以找。我與朋友的交流，難道不應該更富詩意、更加純淨、更普世，也更跟自然一樣偉大嗎？我難道應該覺得比起在地平線上沉睡的那朵雲，或是比起把小溪一分為二的那片搖曳生波的草叢，我們的友誼竟是對神聖的一種褻瀆？讓我們不要去詆毀友誼，而要去將之提升到神聖的標準。他那桀傲不馴的銳利眼眸，跟他那睥睨一切的儀態與行動，都不會導致我去貶低他，反倒會強化我心目中的他。我們要崇拜他的種種優越；以全副精神去祝福他，一個念頭都不可少，你要把所有的祝願都囤放起來，一個個說給他聽。守護他就像守護你的對手，讓他成為你美好的宿敵，在無法馴服之餘又讓你肅然起敬，一點也不是什麼轉眼就過時的方便小物，可以隨手丟棄。蛋白石的色調、鑽石的光彩，太靠近都是見不著的。我給朋友寫了封信，然後收到了封回信。這於你或許不值一哂，但卻讓我深獲滿足。那是一份他值得給出，而我值得收到的精神贈禮。這對誰都不是一種褻瀆。在這些溫暖的字裡行間，心會得到勇氣去傾吐那些它不願意訴諸唇舌的東西——亦即，心會去預言一種比起所有英雄事蹟都已經證明過的東西，都還要更加神聖的存在。

§

我們必須對這種友誼的法則懷有一定的敬意，免得你等待開花等到失去耐性，反而讓那完美的花朵受到了戕害。我們必須先屬於自己，才能屬於別人。犯罪固然不對，但按照拉丁諺語所說，犯罪起碼可以滿足一件事情：你跟你的共犯說話沒有尊卑之分。在那些我們敬佩愛慕的人面前，我們起初是做不到這點的。然而就我的判斷，自我的界線上哪怕是最小的缺陷，都會像顆老鼠屎似地毀了整鍋友誼的粥。兩副靈魂之間想要擁有深層的和諧、相互的尊敬，他們就一定要先在雙方的對話之間，各自代表整個世界。

§

友誼既然如此偉大，那就讓我們用我們能力所及最宏偉的精神去參與吧。不要說話，因為我們要在沉靜中才能聽見諸神的竊竊私語。讓我們別去插手干預。是誰讓你去東翻西找，看有什麼應該對那些出類拔萃的靈魂訴說？又是誰讓你覺得你應該對他們開口說任何一句話？不論那內容有多麼巧妙、多麼優雅與無害。愚蠢與智慧都各自有無數的等級，你不論說什麼都只能表現出自身的輕浮。耐心等著，你的心自會適時開口。請你等待，直到必要與永恆用力量掌控了你，直到日與夜徵用了你的雙唇。美德惟一的報酬，就是美德；你想擁有朋友唯一的途徑，就是自己先當個朋友。想方設法踏進別人家中，不會讓你拉近與他的距離。若是志不同道不合，則他的靈魂只會加速逃離你，他對你將不屑一顧。我們遠遠看著高貴之人，他們就已經在排斥我們了，那我們為什麼要當個不速之客硬闖呢？遲了——太遲了——我們才領會到沒有任何人為安排、任何人為引薦、任何社交習俗或慣例，可以些許有助於我們站穩腳步在想跟他們建立的那種關係中，我們僅有的寄望，是把內在天性提升到跟他們同樣的境界；然後我們就能像水一樣去與水相遇；其實在提升之後若仍未與他們相遇，我們也將不再渴望他們了，因為我們已經成為他們。歸根結柢，愛只不過是人自身的價值、從他人身上反映出的倒影。人有時候會與朋友交換姓名，就像是在昭告天下說我們與人相交為友，但其實每個人所愛的，都還是自身的靈魂。

§

我們對友誼的層次要求愈高，就自然愈難用血肉之軀來建立這樣的友誼。我們永遠是隻身一人，於這個世上踽踽獨行。朋友，至少是我們所憧憬的那種朋友，只不過是幻夢與寓言一場。惟超凡的希冀永遠在鼓舞那顆忠誠的心，而那希望就是在某個別處，在普世力量所能及的某個區域，有一個可以愛我們，也可以為我們所愛的靈魂正在行動、正在堅持、正在勇敢地嘗試。我們或可感到慶幸的是我們青澀的時期、犯蠢的時期、笨拙的時期、還有丟臉的時期，都是在獨自一人中度過，而等我們長大成人後，我們將以帶著英雄氣概的雙手緊握英雄的雙手。除非親眼所見否則勿受規勸，也不要與低賤者建立盟約，因為友誼在這種人身上不會出現。躁進只會出賣我們，讓我們陷入上帝不願見證，輕率而愚昧的同盟。堅持走自己的路，你會略有所失但收穫豐碩。你將能表明心跡，讓自己脫離虛假關係所能觸及的半徑，而世上最為德高望重者會受你吸引，他們是任何時候，自然界裡都只有寥寥一兩個在漫遊的鳳毛麟角，在他們的面前，芸芸眾生僅僅是遊魂與掠影。

§

有人擔心把我們的人際關係搞得太形而上，彷彿此舉會讓我們的真愛蒙受損失，但這想法實在是愚蠢至極。不論我們透過思考去對我們的主流觀點進行何種修改，自然都一定會以其之力把我們再推回去，而這固然看似剝奪了我們一些樂趣，但自然終究會補償我們以更大的歡喜。就讓我們去感受，人類可以說是絕對的孤立。我們確信自己已經具備一切的條件。我們前往歐洲、追隨人物，或是閱讀書本，並本能地相信這些地域、人物、著作可以召喚那些條件，讓我們認識真正的自己。但這完全都是乞討的行為。那些人物與我們並無二致；歐洲不過是逝者留下的褪色衣衫；書籍則是逝者的鬼魂。讓我們放下這些偶像崇拜，拋開這種托缽行為。甚至讓我們揮別最親愛的朋友，對他們出言不遜說：「你是誰啊？放開我。我再也不依靠誰了。」啊！你不明白嗎？喔，兄弟，我們如此分別，豈非為了有朝一日能在更高的位置重逢，只是為了能更屬於自己，進而更屬於彼此嗎？朋友是雙面神：他既顧後也瞻前。他是我之前所有歲月的孩子，也是我未來歲月的先知，他是預告我有更好朋友即將蒞臨的傳令兵。

§

因此我的待友之道，就與我的待書之道如出一轍。能擁有的朋友我會擁有，但我鮮少會真正去利用他們。我們與人交往必須完全按照自己的條件，一點委屈都不能有。我們想接納或排斥誰都只需要芝麻綠豆大的理由，無須大論長篇。我承擔不了讓自己去跟朋友訴說太多。他若是個偉大之人，則我也會耳濡目染地跟著偉大，而偉大的我將無法為了對談而放低身段。在偉大的日子裡，預感會盤旋在我面前，在我遠方的天際之間。由此我應該把自己奉獻給這些預感。我靠近，是為了抓住它們，我退遠，也是為了掌握它們。我只擔心自己會將錯失了它們，眼睜睜看著它們隱身到如今只是一片亮光的天空裡。所以我固然珍視我的朋友，但我並沒有本錢去跟他們對話或研究他們的視野，我只能先求保住自己的視野。的確，若我放棄了這種崇高的尋求、這種精神面的天文學、這種對於滿天星辰的探尋，回到凡間與你進行溫暖的相濡以沫，確實可以帶給我一種尋常人家的喜悅；但若真的這麼做了，我很清楚我將終日哀悼我強大諸神的消逝。下週我可能將會心情低落，屆時我會不顧一切地潛心於其他主題的研究；屆時我將會為了丟失你心靈的文學而追悔不已，並一心只求你再次相伴於我左右。但你若是真的來了，或許你真能的用嶄新的視野注滿我的心靈，用你的光輝而不是用你本身來注滿我，而我還是會跟現在一樣無法與你對話。所以我寧可欠著朋友此一稍縱即逝的交流。我會從他們那兒接收到的，不會是他們擁有的什麼，而是他們的本質。他們將會給我他們沒辦法贈送給我的東西，那些他們只能像氣質一樣散發出的東西。但他們不會靠著任何不夠崇高或不夠純淨的關係綁住我。我們見面會像沒有見面，分別會像沒有分別。

§

比起以往，我最近覺得要在其中一方的書信有一搭沒一搭的狀況下，由另一邊單方面來堅持維繫住一段友誼，好像也不是完全不可能。我為什麼要庸人自擾，悔恨著收到的信裡只有三言兩語而非滔滔不絕呢？太陽就從來不會因為自己的光芒大都旁落到了不懂得感恩的太空中，只有一小部分射中了會反射的行星，而覺得心裡不痛快。就讓你的偉大去教育那粗魯而冷漠的同伴。如果你讓他無法望其項背，他不多時就會自行撤退；但這並不妨礙你因為自身的光芒閃耀而愈發偉大，這樣的你將再不是水蛙與蠕蟲之輩，而會飛升至天堂上與諸神一起火熱地燃燒。得不到回報的單相思，被許多人引以為恥。但偉大之人會明白愛本來就是無以回報的。真愛凌駕在沒有價值的議題之上，只有永恆是其關懷與長考的對象，由此當那隔在中間的破面具崩潰了，真愛不會悲傷，反倒會慶幸那麼多廢土被清除掉了，更會感覺自身的獨立性變得更加牢靠。惟話說回來，一旦提起這些事情，難免會有種遭到背叛的感覺。友誼的本質是個整體，是完全的包容與信賴。它必不能妄加臆測或讓孱弱有趁虛而入的機會。它對待其客體都宛若一尊神明，以便自己也可以沾染那股神性。

# 論愛情

# LOVE

我宛若一顆，被隱蔽的寶石；
唯有灼熱的光芒，讓我問世。

——《可蘭經》

靈魂的每一道承諾都可以無盡地獲得滿足，而其每一次的喜悅都會熟成為一種新的欲求。無法圍堵、四溢橫流、瞻前不顧後的自然在第一次感受到溫暖時，就已經期待起一種像萬丈光芒普照四方，不再有任何顧忌考量的善意。要被引介進入這種幸福，必須一對一與人處在溫柔的私密關係中。那種關係會讓人類生命獲得強化，會彷若某種神聖的怒火與熱忱，讓人在某段期間內有如遭到附身，他的身心同時歷經一場革命，會讓他與其族人更加團結，讓他更宣誓服膺其在家庭與社會上的本分，會讓他懷著更大的共鳴步入自然，會強化他的五感、開啟他的想像，增加他人品中豪傑與神聖的性格，進而讓婚姻得以締結，人類社會得以永存。

這種血氣方剛與柔情萬種的自然連結，似乎有著一個前提，那就是為了讓其以鮮明的色調被描繪下來，青年男女都會根據其悸動的體驗而坦誠告說，人的年紀不能太過老邁。青春美好的遐想，與成熟哲學的風味絲毫也不相容，因為後者有了年歲的學究之風，會凍壞了青年人艷紫的花朵。這麼一說，我知道我難免會自愛情法庭兼議會的組成人員處，得到我太過冷血與漠然的指控，惟面對這些非難的來勢洶洶，我有話要對長輩們補充。因為我們應該認知到這種我們口中的熱情，固然發軔於青春少年，卻不會捨棄熟年，或者應該說這份熱情絕不會袖手任其忠實的僕人淪落得老態龍鍾，而會讓年長者也加入愛的行列，在愛情裡與妙齡少女平起平坐，頂多是路數不同且氣質更加出眾。因為愛是一陣火，一陣由從另外一顆私心飄盪出的火花所點燃，然後在胸臆的窄隙中燒起第一批灰燼的愛火。這火會閃閃發光，愈燒愈旺，直到其將不分男女的芸芸眾生與世人共有的那一顆心溫暖照亮，並進而用一視同仁的火焰點亮了全世界與自然中的一切。由此不論我們嘗試在二十歲、三十歲，或者八十歲的身上去描繪這種熱情，其實都無關緊要。誰先在前期提筆作畫，誰就畫不出後面才有的感覺，誰後開始作畫，誰就畫不出某些早先才有的韻味。我們只能希望藉由耐性與繆思女神的幫助，我們可以前往那法則的內部一窺。那法則將會描述的是一種永遠青春美麗的真理，且那居中的真理會不斷將自己朝著我們的雙眼推薦，讓我們可以從各個地方瞥見。

而此希望要能成真，首要的條件是我們必須拉開與事實的距離，不要對其念念不忘，然後按其出現在希望中而非史實中的模樣去研究這種感情。因為每個人眼中自己的生活，都顯得面目全非且支離破碎，只因為那生活不符合他的想像。每個人掃視自身的生活經驗，都會看到某到錯誤的汙痕，而別人的過往看起來則既美觀又符合理想。任誰回到那些曾經賦予他生活以美麗，且曾給與他誠摯指引與滋養的可口關係中，他都會忍不住蜷縮呻吟。可歎唉！我不知道為何，但無盡的內疚自責總會讓初生枝枒般的青春喜悅，在成熟後的我們心中變得苦澀莫名，且殃及每一個我們鍾愛過的人名。從理性的角度出發或當作事實觀之，則沒有一件事情是不美的，但若將之當成經驗去看待，則一切就都變了調。就像具體的細節總是讓人抑鬱，而空泛的計畫則怎麼看都順眼又貴氣。在現實世界裡——那由時間與地點所構成的痛苦王國境內——住著憂愁、弊病與恐懼。但與思想跟理想同行的則是不朽的歡喜與瑰麗的喜悅，周遭全圍著繆斯女神在高歌著仙樂。相對之下，哀傷則緊貼著一道道名諱與一個個真實存在過的人物，也緊黏著屬於今天與昨日的種種切身利害。

從這種個人關係話題在社交對話中所僭越的甚高比例，我們可以看見人那種強大的天性。任何人只要還被我們放在眼裡，則還有什麼比他的情史更令我們好奇？各地的巡迴圖書館中不都流通著那些書籍？任何羅曼史只要還有一丁點真實與自然的火花，不要太過離譜，我們不都看得津津有味而容光煥發？日常生活有什麼比透露著兩方面不尋常感情的互動，更能緊抓住我們的注意力？或許我們與他們素昧平生，也或許我們此生再不會與他們擦身，但只要我們看見他們交換了一個曖昧的眼神，或是綻露出某種匪淺的情愫，我們就突然跟他們熟起來了。我們會自認了解他們，並把他們的感情進展當成自家的事情，關心得很。戀人去到哪裡都討人喜歡。那種愛情剛萌芽時的喜不自勝向對方展現的溫柔體貼，是自然中最迷人的場面。那是尚未經過研磨而尚且顯得粗獷，禮數與風度所射出的第一道曙光。村裡那個總愛在校舍門口逗女孩們玩的傻小子，如今跑進了校園，遇見了一個在整理書包的甜美女孩；他替她拿著書，方便她一本本往裡擺好，然後突然之間，她就像往後退開，與他拉出了無止境的距離，變成了一個神聖的禁地。在一群他橫衝直撞於其間的女孩裡，只此一人與他如此相敬如賓，這兩個剛剛還兩小無猜的小鄰居，就此學會了尊重彼此的個性。又或者當我們遇到有女孩熱切走進鄉村小店要買絲線一卷或紙張一片，跟臉大心善的顧店男孩一聊就是半個小時的廢話，誰能撇開頭去，不多看那女孩說老練也老練，說亂無章法也挺亂無章法的舉動兩眼。在村裡面，他們誰也不比誰高尚一點，那正是愛情最中意的平等地位，且不靠賣弄一點風騷，女性那歡快而多情的天性就自然從這美好的閒談中流露出來。這些女孩或許也沒有太多姿色可言，但她們就是能自然而然地與那些好青年們建立起彼此體貼與相互傾訴的關係。他們可以天南地北地聊好玩的事情，也可以聊正經的事情。他們可以聊愛倫坡[1]、約納斯[2]、《阿密拉》[3]，可以聊誰受邀去了派對、誰在舞蹈學校跳了舞、歌唱學校何時要開班了，以及諸如此類同齡間蔚為話題的雞毛蒜皮。久而久之，那少年會想要娶妻，屆時他將真心誠意地知道該去哪裡找一個真誠而甜美的伴侶，完全不用擔心會遭遇到米爾頓所哀歎的，學者與偉人面臨的那種風險。

我曾被告知說在我某些公眾言談中所表露出那種對智識的景仰，似乎讓我對私人

---

1 Edgar Allan Poe, 1809-1849，美國作家、詩人，以懸疑驚悚小說著稱。

2 Jonas Lauritz Idemil Lie, 1833-1908，十九世紀挪威文學四傑之一。

3 *Almira*，韓德爾的歌劇名。

關係顯得有些冷酷而不厚道。而如今我幾乎是一憶起那些批判的字句，內心就難免有些瑟縮。因為人群就是愛的世界，由此再怎麼冷酷的哲學家，只要是被那些優游於自然中的年輕靈魂，細數他們對愛的力量之虧欠時，都會忍不住想收回一切有違社會直覺的發言，因為那些發言與自然相違背。須知從天而降的神聖狂喜固然只會進駐年輕人的身體，也雖然那種無法比較分析且會讓我們不能自己的美麗，基本上只能陪我們到三十歲而已，但我們回憶中那些狂喜與美麗的光景，並不會隨著我們的其他記憶一起消失，而會像一頂花冠似地戴在我們的兩道白眉之上。惟有樁怪事是：對很多在編修其過往經驗的人而言，他們會覺得自己人生之書裡最美的那一頁，莫過於對某些段落之甜美記憶。在那些段落裡，愛情會設法將一種比真愛之強大吸引力更勝一籌的魔法，賦予到一些意外插曲的片段上。回首過往，他們會覺得有些本身不具魅力的事情，會比那些加持了這些事情的魅力本體更具真實性。惟不論我們有過何種具體經驗，都沒有人能將愛情來訪之際，心與腦所感受到的那股力量忘卻。那股力量讓萬物煥然一新，讓音樂、詩歌與藝術破曉在他心裡，讓自然的面貌閃耀著紫霞，讓晨間與夜晚各有不同的迷魅氣象；當愛情來訪，一種聲音的一個音調就可以讓他內心狂跳，一個形體哪怕再不起眼的一點動靜，都會被珍藏進記憶的琥珀裡；那時只要某人一來，他的眼神就無法移開，某人一走，回憶就會氾濫在他的腦中。年紀輕輕的戀人會對著窗口凝望，會為了一只手套、一張面紗、一條絲帶、或是經過的馬車而小鹿亂撞。戀人不論身處何地，都不會孤寂或安靜，因為他嶄新的思緒已經滿溢豐富的陪伴與甜蜜的對談，由此再優秀與純淨的友誼都相形黯淡；再者就是因為鍾愛對象的一顰一笑與一言一行，都不似水中的映影稍縱即逝，而是如普魯塔克所言，「在火裡上了釉」，讓他在深夜裡魂牽夢縈。

妳不曾真的離去；不論身在何方
妳都在他心裡留下了眼眸凝望著他，此心深愛著他[4]

——約翰・鄧恩

在生命的日正當中或午後時分，我們都仍會悸動於記憶中那段幸福看不到上限的

4 出自其《新婚頌》（*Epithalamions, or Marriage Songs*）。

歲月，那時的我們一定是被痛苦與恐懼的喜悅所迷醉，因為深得箇中三味的人會如此評說愛戀：

其他事情再享受，都比不上在愛情裡苦痛。

而當白天想不夠，我們只好夜以繼日地消磨在強烈的愛意之中；我們會一整夜在枕頭上，讓我們慷慨付出的決心滿腦子沸滾，月光讓人欣然進入狂熱，星辰如字母、花朵是暗符，風兒成了曲譜；所有的外務都成了干擾，來往的行人都只是靜照。

年輕人的世界在這激情中重建，生命與意義披覆了一切。自然生出了意識。枝幹上的每隻鳥兒，都把歌兒唱進了他內心與靈魂。音符像在對他說話。雲朵看上去也都生著面孔。林中的樹木、搖曳如波的草浪，還有宛若在窺探的花朵，全都浮現了靈性，在向他索討著祕密，而他簡直不敢將心事相托，就怕它們都聽得懂。惟自然只是撫慰著他，讓他知道她懂。於是就在那幽靜的蔥綠中，他找到了一個比在人群間更可親的居所。

泉水的源頭與無路可通的樹叢，
是蒼白之熱情喜愛的處所。
月光行在其中，而所有的鳥禽，
都已平安歸巢，獨剩蝙蝠與貓頭鷹；
午夜的鐘響，稍縱即逝的呻吟，——
這些才是我們想覓食的聲音

——弗萊徹[5]

看那林子裡有個可愛的瘋子！他像一座迴盪著甜美聲響，景致怡人的宮殿；他在擴張；此時的他一人抵平日的兩人；他兩手叉著腰走路，邊走邊獨白，還跟身邊的草木攀談；他能感受血管裡流淌著紫羅蘭、苜蓿草與百合花的血液，同時也沒忘了跟浸濕他腳踝的溪流絮語。

---

5 出自舞臺劇《美好的勇氣》（*The Nice Valour*），又名《熱情的瘋子》（*The Passionate Madman*）。

那股醍醐灌頂而使他感受到自然之美的熱情，讓他鍾愛起音樂與詩韻。平日寫不出個完整句子的傢伙會在激情的啟發下妙筆生花，並不是什麼稀奇的事情。

同樣的一股力量會讓熱情席捲了人的整副天性，放大人的感情，將沒規矩的鄉巴佬變得知書達禮，讓懦夫也充滿了勇氣。不論多麼可悲可鄙之人，這力量都能為其注入勇氣豪情，令其敢於與世界相違逆，哪怕只是為了獲得愛人的一點肯定。他這麼做雖說是在將自己獻與旁人，但卻更是將自己獻給自己。他成了一個重生的新人，擁有了新的感官、嶄新且更加明確的人生意義，還有人格與努力目標上的宗教莊嚴性。他不再隸屬於原生家庭與社會，他不再是池中物，他成了一號人物，他成了獨立的靈魂。

在此，讓我們更靠近去審視那股如此作用在青年人身上的影響力之本質。我們如今讚許著美對人的啟發，而美，跟陽光普照一樣四處受到歡迎，它讓人人滿意，也讓人人都對自己滿意。這樣的美可算是自給自足。情郎無法按照自身的想像，把他的姑娘繪製成孤單可憐的模樣。就像一棵繁花盛開之樹，那麼多柔軟、剛萌芽，而且賦予了自身意義的可愛美好，本身就自成一個體系；而她也會教誨那有眼無珠的他，讓他知道為什麼在繪製美麗的時候，一定不能忘了畫上亦步亦趨在伺候著她的情愛與優雅。她的存在豐富了世界。雖說她讓他的眼裡再無別人，因為跟她相比，其他人都顯得那麼廉價與無用，但作為賠償，她也會讓自身的存在變成一種非人、被放大了的世間之物，以至於這姑娘立於他的面前，宛若代表著各種精選的事物與美德。也正因為如此，情郎眼中的她永遠不似他的親屬或某個真人。他的朋友看著她，會覺得她哪裡跟自家的母親或姊妹有點像，或覺得她像某個跟她沒有血緣關係的旁人。但戀人看不出這樣的相似處，他只會覺得姑娘好似夏夜或如鑽石般璀璨耀眼的晨光，又好似彩虹或鳴禽的歌唱。

美德啊美德，古人稱美是德行開花結果所得。誰有本事去分析那種閃耀自某張臉龐或某副身形的無名魅力？我們會受溫柔與喜不自勝等情緒所觸動，但我們卻無法察覺美這種精緻的感情，或說這種游移的閃光，它究竟是指向何處。任何時候我們妄稱它屬於某種結構，它在我們的想像裡就會灰飛煙滅。美也不會指向任何社會上已知或已描述過的任何友誼或愛情關係，在我看來，美似乎指向某個我們難以企及的異世界，指向纖細與甜蜜程度非比尋常的那些關係內，也指向玫瑰與紫羅蘭暗示與預想的境界內。我們無從朝著美接近，因其本質就像鴿頸那有如蛋白石的光澤，盤旋於空而轉瞬即逝。美就如同各種精采絕倫之物，因為它們全都帶有這種彩虹般的特質，排斥著所有想要占有它，利用它的嘗試。還能是為了表達什麼，才讓李希特[6]對音樂說出：「走開！走開！你對我談論的，都是我在我此生中還不曾找著，將來也不會找著的東西。」同樣不受阻礙的流動性，也可見於每一尊造型藝術作品裡。雕像要美，前提是它要慢慢變得無法理解、要從批判的領域中引退，要無法定義於尺規，要開口讓活躍的想像陪伴其前進，還要一邊作為一邊講解自己是誰。雕刻家刀下的神祇或英雄，永遠呈現於一種過渡中，一邊是感官可以想像的狀態，一邊是感官無法想像的狀態。唯有如此，那雕像才能不再只是一塊單純的石頭。同樣的評論在繪畫上也說得通。至於詩詞，其成功不在於它能夠讓人獲得平靜與滿足，而在於它能夠令我們讚歎，將我們想追求不可企及之物的熱火點燃。關於此點，蘭多[7]問的是「那是不是該被指涉為某種更加純粹的感覺與存在」。

同理，人的美要能找到不假外求的魅力，它必須滿足不了我們任何目的，必須化

6 Jean Paul Richter, 1847-1937，文學家，德國浪漫主義先驅。

7 Walter Savage Landor, 1775-1864，英國詩人、作家。

身為一個故事卻沒有結局，必須暗示著某種靈光與視野而非塵世的滿足，必須讓觀賞者即便身為凱撒，也仍舊感覺到自身不值、不配；凱撒不值得擁有那種美，就如同他也不配擁有穹蒼與日落的彩霞。

所以才會有句話說：「即便我愛你，那份愛於你來說又是什麼？」我們會這麼說，是因為我們所愛之物並不存在意志之中，而存在於意志之上。我們所愛的不是你，而是你閃耀的光芒。那是一種你不知道自己擁有，也永遠不會知道自己擁有的東西。

這與古代作家樂在其中的那種高超美學，可謂不謀而合；因為按照他們所說，在地球上獲得了肉體的人類靈魂，會上天下地優游尋覓那自成一格的異界，因為那裡正是靈魂的原鄉。而人一從那個世界來到這裡，就馬上被自然中的陽光照得懵了，再也看不見這個世界以外的任何物體，但這些物體不過是真實事物的投影罷了。由此上神才派遣青春的光彩到靈魂面前，好讓靈魂可以運用美麗軀體的輔助來回想起天上的善與美；某個男人若在女性身上看到了這樣的靈魂，便會朝她直奔，並欣賞著她的身形、舉措與才智而獲得至高的愉悅，只因為他能因此感受到那當中確實存在著美的成分與美的成因。

但如果因為與物質對象的交流過多，導致靈魂變得猥瑣，並所託非人地將滿足的希望寄於肉體，那它能收穫的就只剩下哀愁，因為肉體無法兌現美所提交的承諾；反之若男人接受了美對於他心靈關於靈光與視野的暗示，那麼他的靈魂就會穿透肉體的阻礙而落地，開始歎服彼此的種種個性，咀嚼彼此的談吐與行動。接著他們會進駐真正屬於美的宮殿，讓自身對美的愛念愈燒愈旺，然後再藉由這種愛去將卑劣的感情撲滅，就像太陽出來，家中的壁爐就熄了一樣，這對戀人會變得純粹而神聖。透過與那些具有卓越、大器、謙遜與公益本質的東西進行交流，情郎會更熱切地愛上這些高尚的情操，也能更快速地去掌握其概念。然後他會從只在某一個人身上喜歡這些東西，變成在所有人身上都喜歡這些東西，屆時女孩作為一個美麗的靈魂，就只是讓他進入所有純真靈魂社會中的那一扇門。在他伴侶的那個特殊社會裡，他會格外能看清從這世界上，她的美所染上的瑕疵與汙漬，並將其指出，而這會讓雙方都很開懷，因為這代表他們如今將可以相互糾正對方的汙點與阻礙而不相互見怪，並在改正這些缺點時全力給予對方協助與關懷。然後，在許多靈魂中看到神聖美麗的特質後，也在將每個靈魂的神聖本質與其沾染自這世界的汙點分開後，那情郎將會踏著這些獲得再造之靈魂所組成的階梯，登上美的頂點，也登上對神性的愛與知。

歷朝歷代那些真正的智者，已經告知我們類似的道理。這道理既不舊，也稱不上新。若說柏拉圖、普魯塔克與阿普列尤斯（Apuleius）傳授過這樣的東西，那彼特拉克、米開朗基羅與米爾頓就肯定也講過。此理所等待著的，是一更真實的開展，而這開展是為了反抗跟駁斥一種地面下的審慎，須知這種審慎用能掌握天上世界的語言在主持著婚姻，但又同時一隻眼睛在地窖裡逡巡，以至於它再怎麼嚴肅的論述，都散發著一種火腿與碾槽的風味。最糟糕的是若這種對感官享受的追求闖入了年輕女性的教育，讓她們以為婚姻的內涵不外乎主婦要勤儉持家，而女性的生命意義此外無他，那人類天性中的希望與愛意就會隨之凋零。

惟，這種以愛為名的夢想美則美矣，卻只是我們演出戲劇中的一景而已。在靈魂從內向外出走的過程中，它會不斷拓展自身的圓圈，就像把卵石投入池塘，也像光線從某顆天體出發。靈魂的光芒會首先降落在最近的事物上，在每種工具與玩物上，在褓姆與佣人身上，在住家、院落與路過的行旅上，在家庭的交際圈上，在政治上，在地理上，也在歷史上。但事物永遠會不斷根據更高層次或更內在的法則去自我分類。

鄰里、大小、數目、習慣、人物，都會漸漸失去對我們的影響。因果關係、真實的聯繫、靈魂與環境之間對於和諧的渴望、前進而理想化的直覺，則會後來居上成為掌握我們的力量，而要從高階的關係退回到低階，是不可能的。因此即便是愛，也就是人的神化，也必然會一天天變得更不涉及個人。這種現象，一開始不會有任何跡象。郎有情妹有意的兩人隔著滿室閒雜人含情脈脈，彼此眼中充滿著相互理解，也充滿這此後在漫長的歲月裡，將從這嶄新而相當外在的刺激所結出來的珍貴果實，而這樣的他們不會想得太多。植物的成長始於莖皮與葉芽的蠢蠢欲動。從眼神交流起，他們會進展到彬彬有禮、互獻殷勤、火樣的熱情，然後是終身互許，走入婚姻。激情會讓人眼中的摯愛看似一個毫無缺陷的整體。靈魂完整化為肉身，肉身則注滿了靈魂：

她那能言善道的純淨血液
在她的雙頰上發言，其動作能清清楚楚讓人看見
以至於你幾乎可以說，她的身體有能力思索

——約翰・鄧恩

羅密歐若死，就應該被分切成天上的繁星點點，讓夜空更加耀眼。如這麼一對神仙眷侶的生活，唯一的目標與唯一的需索，就是茱麗葉。夜晚、白晝、才學、稟賦、王國、宗教，全都內含於這種充滿靈魂的形體中，在這種全為形體的靈魂中。戀人們會樂不思蜀在你儂我儂、海誓山盟與相互的甜言蜜語中。獨自一人的時候，他們會用記憶中對方的模樣來撫慰自己。另一個人會看到我看到的同一顆星星與同一朵正在融化的雲，讀到同一本書，感受到同一種感情，並跟我一樣內心歡喜嗎？他們會嘗試秤秤自身的情意有幾兩重，然後在加總了自身各種貴重的優勢、朋友、機遇、財產後，他們會欣喜地發現自己心甘情願，甚至開心樂意把這一切當成贖金付出去，只要那顆他心愛的美麗頭顱可以毫髮無傷。但人類的命運繫於這些年輕孩子身上。危險、哀傷，與痛苦會及於他們，就像會及於所有人。愛在祈禱。愛代表著這對可愛的戀人與恆久的力量立下了盟約。良緣由此締結，並為自然中的每一顆原子都賦予了新的價值，因為它將整張關係網中的每一根絲線都化成了一束金色的光輝，讓靈魂沐浴在一全新而更加甜美的元素裡面，惟這結合依舊只是一種暫時的狀態。即便是鮮花、珍珠、詩歌、誓言，甚至是建立在另外一顆心中的家園，都不能永遠滿足那些寓居於肉身中，令人敬畏的靈魂。靈魂終究會將自己喚醒，不再總如此親密的調情，那些行徑會像是玩具遭到丟棄，然後靈魂會為自己安上軛具，朝無邊無際的遠大目標去追尋。靈魂不論身處在另外任何一個靈魂中，渴求的都是一種完美的至福，但在他人的行為中，靈魂所察覺到的卻是各種不和諧、各種缺陷、各種比例的不正確。而這就衍生出了訝異、爭議與痛心。惟他們既然會相互吸引，就代表那背後存在某種可愛的，代表著美德的東西，而這些美德即便光芒稍微遭到掩蓋，卻沒有消失，它們依舊在那兒。這些東西會每隔一段時間便重新出現，並保持著吸引力不墜，只是更改了相望的目光，放棄了抽象的象徵，依附上了具體的物質。這個過程將讓受了傷的感情獲得修補。同時隨著生命的延續，你會發現它其實是一場排列組合的遊戲，當中你會看到男女的各種姿態，兩人會使出渾身解數，摸清對方所有的優勢與弱點，因為這種關係的本質與目的，就是兩人要相互代表全人類。這世上的一切，包括那些已為人所知或應為人所知的一切，都巧妙地被揉進了男人與女人的質地當中。

愛許配給我們的那個人兒
就跟嗎哪[8]一樣，是千滋百味的集合

——亞伯拉罕・考利

世界會翻滾；環境時時刻刻在變動。將肉身當成寺院進駐的天使會現身於其窗口，一如妖魔與墮落也是。而無論哪種天使或墮落，都會因所有的美德而團結在一起。只有美德存在，墮落才得以為人所知，才會對其罪坦承不諱並逃之夭夭。戀人之間曾經火燙的雙眼，其熱度會隨著時間而消退，但其擴大的涵蓋範圍會取代其程度之激烈，進而昇華為一種深刻的理解。他們相互認了對方，毫無怨言地挑起了男人與女人分別被指派要去善盡的職務，那就是付出時間，並拿分分秒秒都要看見對方的熱情，去交換長長久久但怡然自得的平淡生活，不論那符合或不符合彼此的希冀。最終他們會發現那一開始把兩人拉在一起的一切——那些曾經神聖的容顏，那些魅力的展現——都只是曇花一現，都有可預見的終點，就像看到鷹架就能預見房子蓋好一樣；

8 古代以色列人出走埃及共四十載的曠野生活中，上帝賜給他們的神奇食物。

相對於此，理性與感性年復一年的純化，才代表真正的婚姻，那種婚姻從第一年就可以預見並已獲預備，但卻完全不在他們的意識認知內。兩個天賦各異但又有所聯繫的男女，在婚姻生活中共處一室四五十年，而看著他們這麼做的目的，我並不會驚異於「心」從婚姻的襁褓期就預言到這場危機，也不會驚異於本能對洞房的妝點，是如此豐沛而美麗，須知說起給新人的伴手禮與帶到新婚頌詞裡的旋律，自然、智識與藝術三者總會相互較勁。

由此我們受訓要去勝任的愛情，是種眼中沒有性別，也不會看人或視偏好來對人大小眼的愛，那種愛只會四處去尋覓美德與智慧，為的是讓這兩種東西不斷積累。我們天生就是觀察者，所以也是學習者。那是我們的永恆狀態。但我們常被逼著去感覺我們的感情只是過夜的帳篷。雖然過程緩慢且痛苦，但愛情的目標是會改變的，就像思想的標的物也會改變。時不時感情會成為人的主宰，將人整個吸納進去，並讓某一個或某一些對象成為他的幸福快樂之所繫。但一旦恢復了健康，人的心靈又會立刻活躍在人前，其被長明燈火之銀河所照亮的高聳拱頂，還有那像雲朵一般掃過我們頭頂的溫暖愛意跟恐懼，都必須得先放棄它們生而有涯的特性，與上帝融為一體，才能臻於完美的境地。但我們不用害怕靈魂的進展會讓我們失去任何東西。靈魂直到最後都值得我相信。如同愛情一樣美麗與有吸引力的東西，只可能被更美麗的東西接替，並且由此延續，永無特例。

# 論精神法則

# SPIRITUAL LAWS

你祈禱膜拜那生意盎然的穹蒼，
一面提供居住也一面繼續造房。
它採集人類拒絕的時光，
以之建起了永恆的高塔，
一種獨立而自發的作業；
它不害怕歲月挖其牆腳，
反而在傾頹中愈長愈高，
且靠藏於反應與畏縮內，
那名聞天下的潛在力量，
使火焰冰凍又讓冰沸揚。
靠罪行那雙黝黑的臂膀，
鍛造出清白座位之銀光。

反思的行動一旦發生在心靈中，每當我們在思想的光芒下看著自己，我們就會發現自己的生命被簇擁於美麗的懷抱中。我們不斷前行，身後的物體也一樣樣呈現出討人喜歡的形體，就像遠方的雲朵。不僅僅是那些熟悉且陳腐之物，而是連那些悲劇且可怕的事物，都會隨著它們在記憶的圖畫中佔有一席之地，而變得賞心悅目。河岸、水邊的雜草、老屋、愚夫，不論在時光的流逝間如何受到忽略，都會在成為過去後具有一種優美。即便是躺在房間裡的一具遺體[1]，都可以為屋內增添一份莊嚴的妝點。靈魂不會知曉什麼叫做畸形，什麼叫做痛楚。如果在擁有清晰理性的時分，我們可以正襟危坐地說出最嚴肅的事實，那我們就應該說我們從未真正犧牲過什麼。在這些時分，心靈看起來如此偉大，以至不論從我們身上拿走什麼，感覺都並不嚴重。所有的失去、所有的痛苦，都屬於個別的案例，整體宇宙的核心仍毫髮未傷。不論是苦惱還是災難，都不能減損我們的一分信任。沒人做得到去輕描淡寫自身蒙受的悲慟，而那些最堅忍，被驅策騎乘到極限的馬兒，就讓牠們去誇大其辭吧。因為那些咬牙苦撐

1 這裡指的是愛默生繼父瑞普利牧師（Rev. Doctor Ripley）的遺體，瑞普利娶了愛默生父親威廉的遺孀為妻，並甚受愛默生敬重，他以九旬高齡病逝時愛默生曾攜子前往哀悼。愛默生在日記中表示孩子看到遺體並不害怕，只是覺得好奇，而他也形容瑞普利的遺容十分堅毅，宛若一名戰鬥後稍事休息的戰士。

的，都是有限的生命，至於那些無限之物都是笑臥著在伸展放鬆。

保持精神生活的潔淨與健康，是做得到的，前提是人要過著自然的生活並且不庸人自擾。沒有誰需要在胡思亂想中變得不知所措。就讓他專心去經手與訴說真正屬於他的事情，而即便胸無點墨，那也不致對他造成任何精神上的阻礙，或使他心生任何懷疑。年輕一輩固然沾染了原罪、邪惡根源、宿命論等神學弊病，但這些東西也未曾對誰造成實務上的阻礙，未曾讓誰的道路變得黑暗一片，畢竟誰也不曾翻山越嶺要去找到這些弊病。它們是靈魂的腮腺炎、痲疹與百日咳，而那些沒染上過這些病的人，既無法描述自身的健康，也無法開立治療的處方。一副單純的心靈，是不會知曉這些敵人的。能夠將自己的信仰陳述出來，並將其自我團結與自由的理論闡釋給旁人了解，是另外一回事，那需要的是稀有的天分。但話說回來，少了這種自知，其人的本質中或將存在一種來自林間的力量與完滿。「若干強大的本能跟幾條簡單的規定」於我們足矣。

我的意志從未把影像如今在我心中佔據的排名，頒發給它們。正規的學程，多年的學術與職業教育，都不曾在事實的傳授上勝過拉丁學校[2]課桌底那幾本閒書。不被我們稱為教育的東西，比起被我們稱作教育的東西，反而還更珍貴。在接收到一種思想時，我們是不會去臆測其相對價值的。教育會徒勞無功地去阻礙這自然的吸引力，這股吸力最終仍會選擇屬於它的東西。

同樣地，我們的道德天性也在我們意志的各種干預下而遭到敗壞。人視美德為一種鬥爭，並稍有勝績就不可一世起來。而當一種高貴的天性獲得褒揚，就會有一種問題引發爭端，亦即一個與誘惑抗衡之人究竟是不是比較高尚。但這種事情其實不含有什麼價值。要麼神在，要麼神不存在。我們喜歡某個人物的程度，取決於他們性格衝動與自然的程度。一個人愈是不去思考或知曉自身的美德，我們就愈喜歡他。泰摩利昂[3]的勝利是最棒的勝利，普魯塔克說那些勝利奔放流淌就像荷馬的詩句。當我們看到一個靈魂出落地既雍容華貴且如玫瑰般惹人愛憐，我們必須感謝上帝這種事可以發生，也真的發生了，而不是掉頭給天使臉色看說：「呻吟抗拒其所有原生惡魔的跛

2 Latin School。拉丁學校是十四到十九世紀流行於歐洲的語法學校，其教學重點在拉丁文的語法及其運用。

3 Timoleon, 444-337 B.C。擊退迦太基，讓西西里島獲得獨立的名將。

子，才是一個更好的人。」

同樣引人矚目的，還有在所有實際生活中，壓過意志的充沛自然。歷史上的意圖，並不如我們所賦予的那麼多。我們把深謀遠慮的計畫歸咎給凱撒跟拿破崙，但這兩人最強大的力量乃是他們的天性。成就非凡之人在他們最坦誠的瞬間，都曾高唱著：「不要歸與我們，不要歸與我們。」[4] 根據與他們同時代的信念，他們為運勢，為命運之神，也為聖儒利安建立了聖壇[5]。他們的成功之道在於遵循了思想的行徑，而這些思想在他們身上找到了一條不受阻礙的渠道；他們的肉身其實不過是那些豐功偉業的具象導體，但在眾目睽睽下卻成了他們的功績。產生出電流的，難道是電線嗎？我們甚至可以說比起其他人，他們更不具備什麼可以供其反思的內在，就像一根管子的美德就在於其又光滑，又空空蕩蕩。那些外表看似意志與堅定不移的東西，其實是一種恣意妄為與飛蛾撲火。莎士比亞能給出莎士比亞的文學理論嗎？數學天才有

4 〈詩篇〉第一一五篇第一節：「耶和華啊，榮耀不要歸與我們，不要歸與我們，要因你的慈愛和誠實歸在你的名下。」

5 St. Julian 或 Julian the Hospitaller，天主教信仰中旅行者的主保聖人，性格好客，被視為享樂主義者。

辦法把他算法的任何一點訣竅傳授給別人嗎？要是他能夠傳授那樣的祕訣，這祕訣被吹捧的價值將霎時不復存在，就像或站或走的能力將與天光跟生命的能量融為一體。

這些觀察所狠狠帶給我們的教訓是，我們的人生或可遠比我們自找的要容易許多，也單純許多；這個世界或可是個比現狀更幸福快樂之所；掙扎、抽搐、絕望都是不必要的，就像因為焦慮而擰手或咬牙切齒，也都不需要；是我們誤造出了自身的邪惡。我們妨礙了天性的樂觀；因為每當我們站上了過往的制高點，或是進駐了當下一個比較聰明的心靈，我們就能辨別出自己身上圍繞著一圈會自行執行的法則。

外在自然的面貌也在教導著我們的同一則道理。自然不會讓我們焦躁與怒火中燒。她不喜歡我們的慈善之舉或我們的好學不倦，就像她也不喜歡我們的欺騙與兵戎相見。當我們走出黨團會議、走出銀行、走出廢奴大會、走出戒酒聚會，或是走出超驗主義社團，進入到田野與森林中時，她會對我們說：「你還是冷靜一下好吧？我的小主人。」

我們體內充滿了機械性的行為，但我們偏偏要去插手干預，好讓事情按照我們的意思去走，直至犧牲與社交的美德都讓人覺得可憎。愛理應創造出喜悅，但我們的仁義之舉卻讓人一點也開心不起來。我們的主日學校、我們的教會與濟貧社團，都是我頸脖上的枷鎖。我們把自己搞得很痛苦，卻也討好不了誰。這些慈善行為所瞄準而達不到的目標，其實有自然的方式可以達成。為什麼所有的美德都只能用同一種單行道去進行呢？為什麼所有人都要捐錢呢？這對我們鄉下人是很大的負擔，而且我們也不覺得這麼做能帶來任何好處。我們沒錢，做生意的有錢，那就讓有錢的去給錢吧。農夫可以捐莊稼；詩人可以吟唱；女性可以做女工；勞工可以借把手；孩子可以帶來花朵。而且為什麼要把這沉重的主日學的壓在整個基督教世界身上呢？年幼發問，成熟教導，是多麼自然而美好，是時候有人發問，就該得到回答了。別逼孩子在教堂裡排排坐，讓他們想說話時不能說，不想說話時又得連問一個小時的問題。

視野放寬，我們會發現事情都是大同小異；法律、文學、信條，還有各種生活模式，看似就像男扮女裝的扭曲真理。我們的社會受累於一款笨重的機器，你可以將之想像成羅馬人建於丘谷之間，無止境的水道橋，直到他們發現了水流會上升到源頭水位高度後[6]，水道橋便走入了歷史。那是任何韃靼人還算身手矯健，都能一躍而過的

6 即連通管原理，相通管道的水面會於平衡時達成等高，與管線之形狀粗細無關。

中國長城。那是一支常備軍，跟美好的和平沒得比。那是一個官階一疊、官銜一堆、官滿為患的帝國，跟完全可以滿足實際需求的鎮民大會一比，前者便顯得多此一舉。

讓我們學習自然走最短路徑。果熟就會落地，而結果之後便是葉落。各種水體的循環就只是單純在下降。人與所有動物的步行就是連續的往前跌落。我們所有的手工與勞動，包括撬、劈、挖、划等等，都是透過持續的下落完成，而地球、月亮、彗星、太陽、星辰，也都是亙古不變地在下落。

宇宙的單純性，跟一臺機器的單純性，兩者是非常不一樣的。能夠看穿道德的本質，並徹底了解知識的取得與人格的形成者，肯定是名博學之人。自然的單純性，並非能被輕易解讀之物，而是一種無窮無盡的存在。一錘定音的最終分析，決計是做不出來的。我們判斷一個人的智慧，看的是他懷抱的希望，因為我們知道人對於自然這種無窮無盡的感知，是一種不朽的青春。只要把我們僵固的名聲跟我們充滿動態的意識拿來比較一下，就能感受到自然中那種狂野的生命力。我們在世間徒有門閥、學派，或是博學與虔誠之名，但其實我們從頭到尾都是幼稚的嬰孩。誰都清楚皮浪的懷疑論[7]是如何成長茁壯的。誰都能看出自己是那個中點，在那兒的每一件事情，都可以用同等的理由去加以背書或推翻。這樣的他既老也年輕，既睿智也無知。他能聽見並感受你口中的熾天使，也能聽見並感受到你口中的錫製品小販。除非是在斯多噶派的幻想中，否則世上沒有永久的智者。我們讀書賞畫，都會選擇與與英雄站在同一邊，跟他們一起對抗懦夫與強盜，但我們自己就曾經是那些懦夫與強盜，將來也會再次成為懦夫與強盜，當然這裡說的不是那些真正下作的狀況，而是相較於靈魂可能的高尚而言。

稍微去思考一下每天發生在身邊的事情，我們就會知道有一款高於我們意志的法則在節制著各種事件；就會知道我們辛苦地汲汲營營既沒必要也是徒勞；就會知道只有在輕鬆單純而自發的行動中，我們才最強大，而甘於服從自然法則的我們，將能超凡入聖。信與愛——帶著相信的愛——會為我們卸除憂慮的重擔。喔我的弟兄們，上帝是存在的。自然的中心有著一個靈魂，且這靈魂高於所有人的意志，所以我們沒有

---

7 Pyrrho, 360–270 B.C.，希臘畫家、詩人與哲學家，他認為唯一值得哲學家採取的狀態就是懸而不決。他認為道德上的冷靜自若是生命最高的目標，而客觀的真理則永遠無法企及。

人可以欺瞞天地。那個靈魂將其強大的魔法注入了自然之中，以至於我們聽其言便能興盛，但若我們頑抗而想傷害其造物時，雙手便會要壓黏在身側而動彈不得，要壓不受控地猛力搥胸。萬物的運行都是為了傳授我們信仰。我們只須服從。每個人都有其會受到的指示，我們只要放低身段，就可以聽見正確的說法。你為什麼要咬著牙，痛苦地去選擇自己的立場、職業、交遊、行動跟消遣呢？世上肯定存在一種可能的正確解答，可以讓你自始就不用去平衡與選擇。對你來說存在一款現實，一處恰如其分的立場，一組與生俱來的職責。那條川流不息的力量與智慧，將生命賦予了所有浮於其上之物，所以你只要置身於其中，就可以不費吹灰之力地被推送至真理的所在，到正道處，到完美的稱心如意之處。屆時你就可以證明與自然唱反調者是錯的，屆時你就代表了這個世界，就會是善、真、美的度量衡。若非我們用自己可悲的手法橫加干預，人類在工作、社會、文學、藝術、科學、宗教等方面的進展肯定都將不只於此，而從開天闢地就被預測到的天堂，那個仍由我們內心深處被預測著天堂，就會如同玫瑰、空氣與太陽一般，自己將自己組建起來。

所以我說，不要去選；但那當然只是一種比喻，而我藉其指涉的是人們普遍稱為

「選擇」的東西，選擇是一種不完全的行為，因為作出選擇的可能是人的雙手、雙眼，或是味蕾，但就不是人的整副舉措。但我稱為正確，或者稱之為善的東西，是我整副秉性所做成的選擇；至於我稱為天堂之物，那我內心在追尋的東西，則是我的秉性與構成所渴求的狀態或環境；而我這些年來所傾向去採取的行動，則是適合我能力的工作。在日常工作或職業的選擇上，我們必須讓人去遵循理性。說什麼那是他所屬行業的慣例，那已經不能再當成理由來搪塞其行徑。他為什麼要跟邪惡的行當牽扯不清？難道他性格中沒有屬於自己的天命？

每個人都有屬於自己的職業。稟賦就是一種召喚。在某個特定的方向上，一切的空間都對他開放。他會默默收到才能的邀請函，要他前往去無止境地一展身手。他就像是艘船行在河流之上；他朝著四面八方航行都會受到阻礙，只有一個方向例外；朝著那個方向航行，他所有的阻礙都已撤離，他可以靜謐地掃過愈來愈深邃的渠道，最終駛向一望無際的海平面。這種天分與召喚，會隨著人的構成而流轉，而這構成，指的就是靈魂進駐到人體的模式。他會傾向於去做自己覺得順手，做成了是件好事，而且沒有別人能做到的事情。他做這事沒有敵手。他愈是真心去就教於自身的能力，他就愈能呈現出與眾不同的傑出作品。他的雄心完全與其能力成正比。峰頂能多崇峻，端視山麓有多寬闊的基底。每個人都會受到這種能力的召喚，去行獨特之事，而且沒有人會在那之外還受到其他的召喚。那種他另有召喚的假象，那種彷彿他是被點名的天選之人，那一目了然的「跡象標誌著他鶴立雞群而不屬於芸芸眾生」的召喚，代表著一種狂熱，而這狂熱正洩露出了他的愚鈍，正代表了他無能去理解眾人間存在一個共有的心靈，而這心靈並不會厚此薄彼於任一個體。

在工作的過程中，他將使眾人感受到他能滿足的需求，創造出他能被享受的品味。他一邊從事自己的工作，一邊就是在展開自我。我們公眾演講的罪過，就在於不夠放縱。普天之下的每一個雄辯家，甚至是每一個個人，都應該暢所欲言，讓他們揮舞每一條鞭子，施展開所有的鞭長；他們應該要為存在於自身中的力量與意義尋獲或開創出坦白而熱切的表達。但眾人普遍的經驗卻是：人會待在他無意間陷入的職務或行當上，削足適履地去在細節上迎合工作的傳統，就像轉叉犬[8]會為了烤肉而不斷踩踏滾輪一樣。而這麼一來，他就成了所驅動之機器的一部分；人的部分不見了。除非

8 歐洲中世紀養來踩踏狗輪，替人轉動肉叉，好讓肉烤得均勻的犬種。

他能抬頭挺胸、毫無委屈，以完整的比例向人表達出自己是什麼樣的人，否則他就不算是找到了自己的志業。他必須在職業中找到自身人格的出口，才能在眾人的眼中辯護好自己的工作。若那份勞動本身顯得鄙賤無趣，那就讓他用思想與人格使其變得開闊大器吧。不論就他所知或所想，也不論他在認知中覺得什麼值得去做，都讓他去進行溝通吧，否則旁人將永遠無法好好知曉或敬重他的為人。什麼是愚蠢？愚蠢就是你接受了所做之事的鄙賤與拘謹，而不去將之轉換成順從你人格與志向的通渠。

我們只喜歡那種已長年受人推崇的行動，而無法接受但凡人能做到之事，都有機會做到超凡入聖的觀念。我們以為偉大必然得產生或構建在特定的地點或職務上，或特定的崗位或場合中，卻無法理解何以想擷取出狂喜，帕格尼尼[9]只需要一把琴弦，尤倫斯坦[10]只需要一只口簧琴，手指靈活而擅於剪紙的的少年只需要一把剪刀，藍道希爾[11]只需要可當他模特兒的豬隻，英雄只需要供他藏身的堪憐住所與群眾。我們口

9 Paganini, 1782-1840，義大利小提琴家。

10 Charles Eulenstein，又名 Karl Eulenstein, 1802-1890，德國口簧琴與吉他演奏家。

11 Landseer, 1802-1873，英國畫家，長於動物題材。

中卑微的出身與粗鄙的交遊，只是有待化為詩歌的環境與背景，你隨時都可以讓其令人稱羨而名揚四海，一點也不遜於誰。讓我們在對事情的判斷上，去跟帝王們學學。關於接待賓客的目的、家族間的關係、某樁死訊的重要性，還有種種千絲萬縷的事端，皇族都會做出自己的判斷，那是尊貴心靈之常態。養成做出新判斷的習慣，那就是一種提升。

人做什麼，就擁有什麼。他與希望或恐懼有什麼瓜葛呢？他的力量存在他的體內。別讓他對任何的好事太有把握，除非那是存在於他本性裡的東西，或是只要他還存在一天，就能從他內裡生出的東西。財富帶來的裨益，就像夏葉一樣來來去去；就讓他將之分撒在每一道風中，使其成為他無盡生產力的短暫象徵吧。

他能夠擁有那些專屬於他的東西。一個人的天分，包括使他與其他人有所區別的特質，包括他對於自己某一類影響力的感受，包括他對於自己適合什麼的鑑別力，也包括他對於不適合自身之物的排斥，都替他決定了宇宙的性格。人就是一款行事之道，就是在進展中的安排，就是一套選擇的原則，這些東西會陪他到天涯海角，替他蒐羅他性喜之物。在那些他身邊掃過或旋繞的、五花八門的事物中，他只能取用專屬於他之物。他就像是那些選在河岸邊設置，用來攔阻浮木的水閘，也像一堆碎鐵中的天然磁石。那些存於他記憶中，但他也說不上為什麼的事實、字眼、人物，之所以會持續存在著，是因為它們與他有某種雖然還無法理解，但並不能減少其真實性於萬一的關係。它們於他而言，是價值的象徵，因為它們可以解釋他意識中那些他想從書中或其他人心中的傳統形象裡去找到字句形容，卻徒勞無功的部分。可以吸引我者，自能得到我的關注，就像來敲我門者，我便會去給他開門，其餘從我門前經過且價值一點也不遜色的上千人只要沒有敲門，我一樣視若無睹。光是有這些特定人事物與我對話，於我已足。若干軼事、某幾款人格、態度、容貌上的特質、外加數宗事件，會在你的記憶中受到你若以尋常標準去量測，與其看來完全不成比例的巨大強調。它們訴諸你的天賦。所以就讓它們享有其特殊的權重，不要去排斥它們，並為了它們去文學中翻找更為常見的描繪與事實吧。你內心覺得偉大的，就肯定偉大，靈魂的強調永遠正確。

在所有他天性與天賦覺得親切的事物之上，人還有他至高的權利。不論去到哪裡，他都只能取用屬於他精神財產的東西，除此之外別無他物，即便每一扇門都是敞開著的。他若是取用了屬於他的東西，則全人類所有的力量加起來也阻卻不了他。如果是他有權知道的祕密，則你無論如何也無法將他蒙在鼓裡。祕密會自行揭露自己。某位朋友能夠帶領我們進入的那種情緒，是他對我們的統治力。他擁有那種心境中的每一條思緒，他可以強擠出那種心境中的每一個祕密。從政者所運用在現實中的，正是這一條法則。法蘭西共和國固然有各種讓奧地利看得瞠目結舌的恐怖，卻仍指揮不了後者的外交。惟此時拿破崙朝維也納派出了納伯訥[12]，這名與貴族利益一致，並擁有相同道德觀、禮數與名號的老派貴族。拿破崙表示對付歐洲的古老貴族，就是要派出跟他們有著相同脈絡的人物才行，因為事實上，這些貴族共同構成了一種共濟會[13]性質的存在。結果納伯訥短短不到兩週，就滲透了奧地利帝國內閣的全數祕密。

把話說到讓人了解，似乎是再簡單不過了的事情。但人會發現最強的防禦與最強的關係，莫過於他獲得了了解；反之，接受了一宗意見的人，則可能會發現那是世上

12 M. de Narbonne，一八一三年被任命為法國大使並派駐至維也納，在那裡與奧地利的外交家梅特涅（Metternich）進行了一場外家決鬥。那幾個月的時間，正好是奧地利從拿破崙陣營出走，投身反法同盟的關鍵時刻。納伯訥出使的使命就是要確認法奧之間的結盟關係，但最終他在各種不利的條件下並沒能達成任務。

13 Free-masonry。又稱美生會，是中世紀起源自自由石匠的集會，後演變為充滿神祕色彩的兄弟會組織。

最令他礙手礙腳的羈絆牽連。

一名人師即便想要隱藏他的意見，他的門生也仍舊能完全吸收到那樣的意見，就像其會吸收到恩師所出版過的任何一種意見一樣。若要將水倒入一扭曲成各種線圈與角度的容器中，你就不可能說我要只把水倒進這個孔或那個孔，水最終便會在容器的每處開口都達到相同的高度。人自能感受到並表現出你學說所產生的影響，但卻說不出他們為什麼能一步步走在正確的路上。看著某條曲線的一段弧度，優秀的數學家便能推導出整條曲線的模樣。我們永遠都是靠著理性，從看得見的地方前往看不見的地方。由此，年代相隔甚遠的智者之間方能進行完美無瑕的心思交流。人不管把他的意圖埋在書中多深的地方，時間與志同道合者都能將之挖掘出來。柏拉圖有個祕密學說，不是嗎？但他能有什麼祕密能同時瞞過培根、蒙田、康德的目光呢？所以亞里斯多德才會如此評論自身的作品：「它們雖說沒出版，但其實也等於出版了。」

沒有人能學會他沒準備好要學習的東西，不論那東西離他的雙眼有多近。化學家可以把他最寶貴的祕密告知木匠，而木匠一點也不會有所長進，即便那些都是同業拿身家來換，這名化學家也不會割愛的祕密。在上帝的遮擋下，我們永遠看不見未成熟的思想。我們的雙眼會被蒙蔽，看不見直盯著我們的事物，直到時機來臨，心智成熟，我們才能看見那些東西，屆時我們曾經蒙昧的那段時光，就會彷彿是幻夢一場。

所有的美麗與值得看見的東西，都在人身上而不在自然之中。這世界實則空無一物，其能感覺如此傲人，都必須要感謝那善於為其貼金、吹捧的靈魂。「放滿地球膝上的瑰麗看似五花八門」，但沒有一樣屬於她自身。希臘的坦佩谷（Vale of Tempe）、義大利的蒂沃利（Tivoli），與羅馬，都是土與水，加上巖與天。不輸這些名勝的好山好水可以在上千個地方看見，但卻都讓人毫無感覺！

人無法沾光於日月，地平線或林地而變得偉大一些；就像你並未看到羅馬畫廊的看守者，或是畫家的侍從，能跟著一起具有思想上的高度，圖書館員也無法保證比誰更有智慧。知書達禮之貴族舉措有著各種優雅，但在貧農的眼裡也杳然無蹤，就像有些恆星的光線尚未射抵我們的眼中。

人能見得其所為，正如日有所思夜有所夢，黑夜所見承擔著一部分我們白日的視覺。惡夢源自於日間罪孽的誇大。相由心生，我們會看見自身邪惡的情緒體現在惡劣的面容之上。在高山上，旅者時而會目睹自己的身影放大成巨人，以至於他的每個手勢都變得十分駭人。「孩子，」一個老人家對他被黑暗入口驚嚇到的兒子們說，「我的孩子，你們終其一生，都不會看到比自己更可怕的東西了。」就像在夢裡，也像在如夢境般瞬息萬變的世事裡一樣，每個人眼裡的自己都巨大無比，認不出那就是他本人。善之於他眼中所見到的惡，就如同他自身的善之於他自身的惡。他心靈的每項特質，都會在某個熟人身上放大，他內心的每樁情緒也是一樣。他就像是種成五點梅花形的五棵樹，除了中央以外還有東西南北各一棵；他也像是由字首、字中與字尾構成的字謎詩句。有什麼不可以呢？他依附著某個人，躲避著另一個人，依據的是這些人與他自身的相似或不相似，由此他是真正在他的交往關係中，甚而在他的行業、習慣、舉措、所吃的肉品、所喝的飲料中找尋自己；由此他最終將能在每一片景色中，忠實照見真正的自我。

人能讀取其所寫。我們能看見或取得的，還不都是我們自身嗎？你一定看過能人閱讀古羅馬詩人維吉爾的作品吧。是說，這位偉大作者在一千個人的眼裡，就像一千本不同的書。用你的雙手將書捧著，讀到韋編三絕，你也永遠找不到我發現的至寶。而既然任何獨具慧眼的讀者都可以獨佔他從書中斬獲的智慧與欣喜，他自然不用為了維吉爾作品已經譯入英文而有一絲擔心，因為那些智慧欣喜仍被拘禁在帛琉人的語言當中。好書如此，良伴亦然。把粗鄙之人引薦到紳士之間，也是枉然，因為他非其族類。每種集會結社都會自我保護，所以這群紳士毫無被滲透之虞，畢竟這粗人與在場者貌合神離，他徒有身體與紳士共處一室而已。

去跟永恆的心靈定律對抗，有什麼用處呢？那些定律可是會用數學去量測人的外在的一切與內在的屬性，去調整所有人與人的關係。葛楚深愛著居伊[14]；他的姿態與儀表是多麼地高貴而有羅馬之風啊！與他共同生活就已不枉此生，多大的代價都算不上昂貴，天地將動容到世界末日。是說，葛楚擁有居伊，但若居伊心心念念都在議會、在劇院、在撞球房，而她生活既無目標，也沒有話題可以引起她風度翩翩官人的注意，那不論他的姿態儀表有多高貴而具羅馬之風，又有何用呢？

人自會有屬於他的社交圈。我們能愛的僅有人之天性。再美好的才華、再大的豐功偉業，於我們的用處都極小，反倒是氣味的接近或相投，取勝起來可說是輕鬆寫意！親近我們之人有的以美貌聞名於世，有的成就斐然，有的魅力與稟賦令人歎為觀

14 此二人身分皆不可考。

止；他們使出了渾身解數，花時間來與我們交遊，但結果卻只差堪人意。確實，為免不知好歹的我們會為他們大聲喝采，只是相比之下，與我們志同道合，天性上的兄弟或姊妹，更會理所當然且易如反掌來到我們身邊，毫無距離又如此親暱，就像他們原本就是我們脈絡中的血液，以至於我們會感覺不像身邊多了個人，反倒像是少了個人；我們會覺得無比輕鬆，無比清新，宛若一種歡喜的孤寂。我們愚蠢地在自己背負罪孽的日子裡以為我們必須遵照社會的習俗、穿著、教養與價值觀去巴結朋友。但能與我為友的只有那些與我相遇在同條路上的靈魂，我既無法對那靈魂說不，那靈魂也無法對我說不。它做為與同一條天體緯度上的居民，會在其軌道上重複我所有的體驗。學者忘記了自己，不明就裡地模仿著世人的習俗與時尚，好博得美人的顰笑。他們追逐的那種到處撒歡的女孩，還沒有受到宗教熱情的薰陶去懂得怎麼帶著靜謐、深度與美麗去做一個尊貴的女性。讓他偉大，愛自然會跟隨他。人最應該遭受重懲的行為，莫過於忽視可獨力構成社會的那些親近關係，也莫過於瘋狂地依著旁人的眼光去擇友。

人可以設定自己的身價。一句值得所有人接納的箴言，是人自有其獲准的用度。

進駐屬於你的位置與格局，眾人皆會默許。這世界必然是公正的。它會深切地避嫌，放手讓所有人去設定自己的身價。無論對英雄或孬種，它都不會插手。它肯定會接受你對自身行為與存在分量的掂量，不論你是四處遊蕩、妄自菲薄，還是自詡功業可與天齊，偕眾星辰一起運轉在天際。

同樣的現實也瀰漫於所有的教誨之中。為人師者只能授以身教，別無他法。只要能表達自己的意思，那他就能為人師表，只是此授業無法言傳。教，就是在給；學，就是在受。要談得上在教，你就得把學生帶進與你同在的狀態與原則中；你們之間必須發生一種灌輸；他是你，而你是他，這才稱得上教學；這之後不論是厄運或損友，都再不能讓他失了這樣的進益。但如果只是用說的，那就會是左耳進右耳出。我們在廣告上聽聞葛蘭德先生將在七月四日高談闊論，漢德先生則將在技工協會面前發表演說，但我們兩方皆不會去捧場，因為我們知道這兩位紳士都不會真正對群眾傳達出他自身的人格與經驗。若有理由讓我們期待他們會傾囊相授，則我們不畏萬難也要走這一趟，包括生病的人就是抬，也要抬去。惟公開演說不是在惡作劇，就是在信口開河、在低頭賠罪、在插科打諢，而絕不是在溝通、在演說、在展現人性的一面。

類似的勁敵統領著所有智性的作品。我們尚未習得的教訓是事情不是說出口就算數。它得自證其真實，否則將沒有任何形式的邏輯或誓言可以當作證據。那句話還得自帶歉意，為它被人說出口而感到遺憾。

任何書寫對於公眾心靈會產生的效應，都可以依其思想的深度去進行數學上的量測，你會知道它能汲取多少水。如果它能喚醒你去思考，如果它能讓你站起身來暢所欲言，那它對人類心靈就會有廣大、徐緩、持久的效果；若那些篇章不能給你指引，那它們就會像將死的蒼蠅一樣在命在旦夕。關於演說與書寫，有一種永遠不會退流行的方式是拿出誠心誠意。沒有能力讓我去身體力行的論點，我很難不覺得它也說服不了你去身體力行。相較於此，我們應該聽取英國詩人西德尼[15]的格言：「看著你的內心，然後動筆。」誰為了自己而寫，誰就能為了永恆的公眾而寫。唯一適合公諸於世的聲明，就是那些你在嘗試滿足自己的好奇心時，所得出的結論。取材自耳朵而非內心的作者，應該要知道一件事情，那就是他表面上看似得到了什麼，但實情恐怕是得不償失，須知一本內容空洞的書籍即便集盛譽於一身，半數的人說著：「好詩！真是

15 Sir Philip Sydney, 1554-1586，英國伊莉莎白時代詩人。

天才！」它還是需要燃料才能生起火來。只有能讓人受益的東西，才算得上是真正有益。只有生命才能灌輸生命；我們固然應該爆發所有能力，但我們只能先展現自己的價值，才能獲得重視。文學聲譽中沒有運氣可言。對每一本書做出最終判決的人，可不是出版當下那些偏頗而七嘴八舌的讀者，而是一個由天使組成的法庭，跟一群富貴不能淫、私情不能移、威武不能屈的公眾；他們會決定每個人有沒有資格成名。只有能代代相傳的書籍才有資格永垂不朽。燙金的邊緣，羔羊紙面，還有摩洛哥的書皮，乃至於呈給各圖書館的樣書，都不能確保一本書能在過了當代之後繼續流通。那樣的書注定要跟沃波爾[16]《高貴與皇家作者》（*Noble and Royal Authors*）書中所有的作者走上相同的命運。布萊克默[17]、柯策布[18]，或者波洛克[19]或許可以撐過一晚，但摩西與荷馬卻能永留青史。任何一個時候，全世界能夠讀懂柏拉圖的人，都不會超過一打：完全不夠支應柏拉圖作品一個版本的費用；但對世世代代而言，這幾個人就足以讓柏

16 Horace Walpole, 1717-1797，英國史學家與文學家。

17 Sir Richard Blackmore, 1654-1729，英國詩人。

18 August Friedrich Ferdinand von Kotzebue, 1761-1829，德國劇作家。

19 Robert Pollock, 1798-1827，蘇格蘭詩人。

拉圖的作品傳承下來，就像上帝把這些作品送到了這幾個人的手中一樣。「從來沒有一本書，」班特利[20]說，「不是靠自己把自己寫出來的。」任何一本書能夠傳世，靠的都不是某些人的好惡，而是靠著它們自身的分量，以及其內容對於亙古人性所蘊含的重要性。「不用花太多力氣去著墨於你雕像上的光芒，」米開朗基羅對年輕的雕刻家說：「公共廣場上的光線自會檢驗雕像的價值。」

同樣地，每一個行動的效應，也可以根據它延伸出去的情緒深度來測量。偉人不會在有生之年知道自己的偉大，那是一個需要一到兩個世紀去浮現出的事實。他做了那些偉大之舉，只是因為他義無反顧；那對他來說是再自然也沒有的事情，也是時勢造就的當然選擇。但是隔了多年回頭去看，他做的每一件事情，小至提起小指或吃個麵包，都顯得充滿意義且被尊為祖制。

這些特例都在展現著自然的整體天才；它們表現出潮流的方向，只不過潮水裡流的是血，每一滴水都是活著的東西。真理所打贏的不是個別的戰役；萬物都是真理的器官，塵埃與石頭如此，錯誤與謊言亦復如此。醫師會告訴你健康的法則有多美麗，

20　Richard Bentley, 1794-1871，英國古典派學者。

疾病的法則就有多美麗。我們的哲學是正面表述，但也隨時願意接受負面事實的證言，就像每一道陰影都指向太陽。出於一種神聖的必須性，自然界的每一項事實都被逼著要講出自己的供詞。

人類性格也永遠在自我出版。再不起眼的舉措與字眼，或僅是正在做某件事的姿態，那藏於內心的意圖，都在表達著人的性格。要想不洩露人格，除非你什麼都不做，否則哪怕你只是靜靜坐著，或只是睡著，你的人格都會顯露出來。你會以為在別人開口的時候守口如瓶，不對時勢、教會、奴隸制度、婚姻、社會主義、祕密結社、大學院校、黨派與個人發表任何意見，你的判斷就仍會令人好奇，當成是你隱而未發的智慧。但事實正好與此南轅北轍；你的沉默已經聲嘶力竭地回答了這些問題。你沒有什麼可以開釋他們的事實，這點已被你的同伴看穿，他們會知道你對他們愛莫能助；因為真的先知一定是會開口的。否則智慧豈能不登高一呼？一針見血的理解豈能不振聾發聵？

在自然界中，掩藏的力量被加諸了嚴格的限制。真理如暴君一樣治理著人體內外所有器官，讓它們再不情願也得配合。據說人臉是騙不了人的。若不想被騙，你只須去研究表情的細微變遷。人或懷著真理的精神去吐露實言，那他就會睜著一雙朗朗晴空般的明澈雙眼。若他心懷不軌而滿口胡言，則他的眼神變會混濁不清且不時看人以斜眼。

我曾聽某老練的律師說過他從來不擔心陪審團會被一種律師影響，亦即那種捫心自問，自己也不相信客戶的清白可以透過判決得到平反的律師。既然他內心都不相信，那他的疑慮必將在陪審團的眼前展露無遺，屆時不論他再如何抗辯，他的疑慮都會轉換成陪審團的疑慮。一尊不分類型的藝術品就是遵循這種法則，讓我們進入藝術家在創作時的同一種心境之中。自己都不相信的東西，我們就不可能說得充分，即便我們仍可以偶爾複述那些字眼。史威登堡就曾表達過這種信念，而當時他說的一群靈修界人士拚命想去說清一個他們自己也不相信的立場，但即便他們說得嘴斜臉歪，甚至怒髮衝冠，也依舊一事無成。

你在人眼中的模樣，取決你的價值。好奇別人對你有什麼評價，是一件非常無聊的事情，一如擔心害怕自己沒沒無聞，也好不到哪裡去。人若知道他什麼都做得到，而且可以做得比誰都好，那他就保證能在這項事實上獲得所有人的承認。這世界充滿了最後的審判日，在人走進的任一場集會中，也在他嘗試的每一個舉動中，他都會遭到測量並蓋上戳記。在每一處庭院與廣場上吆喝奔跑的每一隊少年裡頭，每名新進者都會在數日內被徹底而精準地掂量，然後貼上屬於他的數據，就好似他的力量、速度與脾氣都經歷過了正式的審酌。有個自遠方轉學來的陌生人，衣冠楚楚，口袋裡裝著各種玩意，裝模作樣還挺嚇唬人的；但高年級的少年會自言自語說：「無妨，我們明日就能摸清他葫蘆裡賣什麼藥。」「他都幹過什麼事情？」是能直搗人底細，衝破所有虛名的神聖問題。一表人才的假貨可以坐在世上的任何一個位子，並自始至終都讓人看不出他與荷馬或華盛頓的差別，但人的能力有高低之別則無庸置疑。你可以看起來很像回事，但徒有外表只能坐而言卻無法起而行，美麗的草包絕無法偽裝出真正的偉業。假貨決計寫不出《伊利亞德》，打不退薛西斯[21]，基督化不了這世界，也廢黜不了奴隸制。

世上美德不論有多少，都會通通顯露出來；世上的善不論有多少，都能全數獲得景仰。所有的惡魔都會對美德懷著敬意。崇高、慷慨與自我奉獻的派別將永遠能指揮

21 Xerxes, 519-463 B.C，曾率軍入侵希臘、劫掠雅典的波斯國王。

號令全人類。誠摯的話語哪怕一字一句，都不會徹底佚失。寬宏大量一落地，就會有意想不到的某顆心跳出來接駕。一個人的價值，會完全顯露在他的模樣上。他是什麼樣的人，會以閃亮的文字被鐫刻在他的面容上、身形上，與際遇上。隱藏是完全無用的；一如自吹自擂也是白費工夫。我們的每一次顧盼、每一抹微笑、每一次致敬與握手，都是一種告解。他的罪孽玷汙了他，搗毀了他美好的形象。眾人不會知道他們為什麼不信任他，但他們就是無法信任他。他的罪惡讓他的雙眼無神、在他的臉頰上劃出了低賤神情的刻痕、捏扁了他的鼻樑、在他的後腦杓標上了禽獸的標誌，宛若在國王的前額上寫下「喔你這笨瓜！笨瓜！」

若要人不知，除非己莫為。你即便是在一片沙丘間當著傻瓜，也躲不掉每一顆沙粒的觀察。他或可以深居簡出，卻無法讓其愚蠢的提議不為人所悉。異樣的神色、豬玀般的目光、卑鄙的行徑、必備知識的匱乏，全都洩了他的底。一名廚師、一個齊芬奇[22]、一個伊阿基墨[23]，有可能被誤認為是大哲芝諾或使徒保羅嗎？孔子嗟歎而有言之：人焉廋哉！人焉廋哉！[24]

反過來說，英雄也不擔心若不把公正而勇敢的表現大肆宣揚，自己的義行就會不為人所知或不受到愛戴。因為只要有一個人知道——至少他自己知道——且他在行動時立誓謹遵和平之甜美與用心之高貴，那到了最後，這種正直會被證明是比大聲嚷嚷更好的一種宣傳。美德，就是在行動中遵循萬物的至理，而萬物的至理自會讓美德廣為人知。美德，就是不間斷地用「實然」去代換「宛然」，用「確實如此」，替代「看似如此」，一如上帝也崇高而恰如其分被描述成在說著：我自在永在[25]。

這些觀察所要傳達的啟示是：捨表而求裡，勿金玉其外而敗絮其中。讓我們暗自

---

22　Chiffinch，華特・史考特爵士（Sir Walter Scott）長篇小說《頂峰上的佩弗里爾》（*Peveril of the Peak*）中的惡人。

23　Iachimo，莎士比亞《辛白林》一劇中的反派。

24　出自《論語・為政》：「子曰：『視其所以，觀其所由，察其所安。人焉瘦哉？人焉廋哉？』」意思是：觀看一個人所做的事，進而觀察這個人做這件事的動機，然後詳細察看他做這件事後，是不是心安理得。利用這種方法觀察一個人的正邪，他怎麼還可能掩藏得住呢？

25　出自《聖經・出埃及記》第三章第十四節：我是自有永有的（I am that I am）。

在內心皈依。讓我們將那毫無實據的自我膨脹撤出朝聖之路。讓我們棄絕俗世的所謂智慧。讓我們蟄伏在上帝的權柄之下，懂得唯有真理才能通往富有與偉大。

你何須在訪友時，為了之前沒來看他而道歉？何須浪費他的時間來貶低自己的行為呢？你這不就來看他了嗎？就讓他感受到最崇高的愛已經乘著你這最低下的工具，來探訪他了。抑或，你何須偷偷自責此前沒有助他一臂之力，或是疏於用禮物或讚許來恭維過他呢？那不過是在折磨自己，也折磨你的朋友罷了。就當自己是那盒禮物，是那份祝福，閃耀真正的光芒，而不要借用俗禮的反光。一味道歉是傭人所為；他們鞠躬哈腰，囉哩八唆地用理由替自己開脫，看頭很夠但實質完全沒有。

我們最不缺的就是這類迷信，這種好大喜功。我們嫌棄地說百無一用是詩人，只因為詩人好像都沒在動，也只因為他不是總統、不是商人，不是挑工。我們總是崇拜某種具體的機制，卻沒想到這些機制的建立，靠的是我們擁有的思想。真正的行動，真正的有用，都發生在靜默中。我們人生的紀元，並不在那些歷歷在目的立志、婚嫁、就業等抉擇中，而在於我們沿著路邊走著時，默默產生的一個念頭；那念頭修正了我們整體的生活態度，並且說：「你是這麼做的，但那樣可能會更好些。」在之後的年月裡，我們會像僕役一樣侍奉這一念頭，並按其強度去執行其意志。這種修正是一股長存的力量，它會像趨勢一般貫穿我們的生涯。人活著的目標，乃至於這些修正瞬間的宗旨，就在於讓日光射穿他，讓規律暢行無阻地行遍他的生命與存在，以便不論你的目光落在他行為的任何一點上，且不論那關乎其飲食、住處、宗教信仰形態、社交人脈、娛樂、投票傾向，或是他反對的什麼東西，該行為都將如實回報他的品格。惟如今他的品格並非一以貫之，而是異質且繁雜，所以那道光芒並無法一路照穿他：觀察者的眼前迷茫，因為他能察覺的只是眾多相互殊異的趨勢，只是一款尚未能統一的生活。

我們為何要假意謙遜地刻意詆毀真正的自己，也詆毀我們被指派的存在形式呢？善人是知足的。我愛戴且景仰伊帕米農達[26]，但我並不想成為伊帕米農達。我認為比起愛伊帕米農達所屬的世界，愛當下的世界才是對的。如果我沒料錯的話，你也無法只用一句「他做了那麼多，而你卻坐著不動」撩撥我哪怕一絲不安。我視有必要的行動是好的，而坐著不動也是好的。伊帕米農達若是我認為他是的那個人，且若他有著

26 Epaminondas, 420-362 B.C.，古底比斯將軍，兩度擊潰斯巴達稱霸希臘。

跟我相同的命運的話，那他肯定也會坐著不動的。天堂很大，大到足以容納各種模式的愛與堅毅。我們有必要所有人都去忙東忙西，拚命找事做嗎？行動與不行動，都一樣為真。某棵樹被切下一塊木材去做風向雞，另一塊則被拿去當成橋樑的枕木；兩塊木材的美德都同樣歷歷在目。

我並不想令靈魂蒙羞。我既然身在此處，那靈魂需要有人使喚就是事實，這點我心裡有數。我不應該挑起這份職責嗎？我難道應該沒來由地道歉，難道應該扭扭捏捏地過謙，偷偷摸摸地逃避閃躲，並想像自己生於這世上沒有意義嗎？我是說比伊帕米農達跟荷馬生在世上更不具意義。靈魂會不清楚自身的需求嗎？再者，若是這個議題當中不存在些道理，我自然也就不會無病呻吟。畢竟靈魂好心好意滋養了我，每日為我解鎖力量與歡愉的寶盒。我不會忘恩負義地拒絕那遼闊的善，因為我已聽聞它曾化身別的形態去造訪過他人了。

另外，我們為什麼要被行動二字的名號嚇得唯唯諾諾呢？「那就是對感官的一種戲耍，僅此而已。我們知道每一場行動的祖宗，都是一種思想、一個念頭。匱乏的心靈在自己的眼中，什麼都不是，除非它能戴上某個外在的徽章——某種印度教徒的飲食，或貴格會的穿著，或喀爾文派的祈禱會，或慈善協會，或某筆鉅額的捐款，或高高在上的職位，或是隨便一種狂野而有著強烈反差，足以證明自己不容等閒視之的行動。富裕的心靈則好整以暇地睡臥在陽光下，與自然無異。對自然而言，思想就等於行動。

如果一定要採取偉大的行動的話，那就讓我們把自身的行動變得偉大吧。所有的行動都具有無限的彈性，再小的行動也會被天際的空氣吹鼓，直到其掩蓋了日月的光芒。讓我們藉由忠實來尋求一種祥和。讓我們留意自身的職責所在。我還沒能在贊助者面前為自己辯白，為何要去瀏覽希臘哲學與義大利歷史的風景呢？我都還沒有回函給自己的通信者，怎麼膽敢去閱讀華盛頓的戰役呢？對我們很多的閱讀來說，這不是一個非常公道的反對理由嗎？去覬覦我們的鄰人，不就像孬種在擅離職守嗎？那不就等於偷窺？對於傑克・邦廷[27]，拜倫有言如下：

27 Jack Bunting。這句詩的出處是拜倫的詩作〈島嶼〉（Island），不過詩中提到的傑克是 Jack Skyscrape，愛默生應該是將詩中的 Jack Skyscrape 與 Ben Bunting 這兩個人名混為一談了。

他不知道該說些什麼，所以只好發誓詛咒。

我也可以用這句話來形容我們對書本的濫用：他不知道該做些什麼，所以只好閱讀。我想不到有什麼可以填滿自已的時間，所以我找來了《布蘭特傳》[28]。那是對布蘭特，也是對斯凱勒將軍[29]或華盛頓將軍詞藻華麗的溢美。我的生命理應跟他們的生命一樣，沒有孰優孰劣，我的生平、我的交遊，都不遜於他們，或至少不遜於他們其中之一。所以不如讓我把我的工作做到盡善盡美，而其他賦閒者若是願意，可以把我的質地跟那些偉人的素質拿去比對，屆時他們就會發現我完全可以跟頂尖者相互媲美。

我們會高估使徒保羅與伯里克利[30]之潛能，同時低估我們自身之潛能，是因為我

---

28　布蘭特指的是約瑟夫・布蘭特（Joseph Brant, 1743-1807），族名泰恩德尼加（Thayendanegea），莫霍克人戰士及酋長。他是美國獨立戰爭時期莫霍克人的重要領袖，支持英國作戰。他曾經兩次出訪英國，一生周旋於北美原住民、英國及美國等各方勢力。

29　Philip Schuyler, 1733-1804。美國獨立戰爭時期的將軍，美國獨立後獲選為第一任紐約州參議員。

30　Pericles, 495-429 B.C.。雅典黃金時期具有重要影響的領導人。他在波希戰爭後的廢墟中重建雅典，扶植文化藝術，現存許多古希臘建築都是在他的時代所建。他還幫助雅典在伯羅奔尼撒戰爭第一階段擊敗了斯巴達人。尤為重要的是，他培育了當時相當激進的民主力量。

們忽視了這兩種人系出同源的事實。拿破崙只有單單一項所長，而他由此獲得的回饋也無異於卓越的士兵、天文學家、詩人與演員。詩人用上了凱撒、帖木兒、邦杜卡[31]，與貝利薩流[32]的名號；畫家用的是聖母瑪利亞、使徒保羅、彼得的經典故事。但他並沒有因此遷就於這些隨機挑選之人，或這些典型英雄人物的天性。詩人若寫成了一部真正的戲劇，那他就是凱撒本人，而不是任由凱撒擺布的演員；這麼一來，那同一條思緒、那同等純淨的情緒、同樣微妙的機智、同樣敏捷、激昂且張揚的動作、同樣偉大、自信、無畏的心腸，就可以將世上所有被視為堅實而珍貴的一切——宮殿、庭園、金錢、艦隊、王國——給抬舉到其愛與希望的浪頭上，並藉由對這些虛榮的蔑視來突顯出自身無可比擬的價值，這些東西全都由他控於指掌，而靠著這些東西的力量，他將能在各國掀起波浪。讓人信奉上帝，而不要信仰虛名、地點與個人。讓偉大的靈魂轉生在某副女體之上，比方說某個窮困、愁苦與孑然一身的桃莉或瓊恩，然後讓她去幹活，去打掃房間或擦洗地板，但即便如此，其璀璨的光束仍無法被壓抑

31 Bonduca，不列顛的凱爾特人女王，曾在西元六〇—六一年間領導對羅馬人的起義。

32 Belisarius, 505-565，東羅馬帝國皇帝查士丁尼一世麾下名將，北非和義大利的征服者。

或掩藏，反倒是擦掃等粗活會瞬間宛若美不勝收的崇高行動，登峰造極地散發著人類生命的榮光，以至於所有人都會搶著抓起掃帚與拖把，直到，看吶，突然之間那偉大的靈魂將自己供奉進某種其他形式中，從事起其他的行為，屆時那又會成為一切有生自然中的花朵與至高追求。

我們是光度計、我們是測量微量元素累積量的敏銳金葉與錫箔。即便火焰可變身成的偽裝有上百萬種，我們也永遠會知道燃燒的真實效果。

# 論藝術

# ART

賜予推車、托盤與煎鍋
恩典與浪漫的光輝；
將月光帶進那顆隱身在
光耀石堆中的月圓。
在城市的鋪面街道上，
栽下花園裡滿滿的甜美紫丁香；
讓噴發的水泉將空氣冷卻，
同時高歌在被太陽烘烤的廣場。
讓雕像、圖畫、公園與廳堂，
外加歌謠、旗幟與慶典，
恢復了過往，妝點著當下，
讓每一個明天都是嶄新的晨光。
由此工作服滿布灰塵的苦工，
將能越過城裡的大鐘，

窺見天際諸王的隨從，
那天使的裙擺與羽翼的閃動。
他的祖祖輩輩在明亮的寓言中明耀，
他的子子孫孫在天國的餐桌前溫飽。
如此去演出歡快的一角，
正可謂藝術的特權是也；
它可以讓人在世間感覺到適應，
讓遭到流放者屈就自身的命運。
而，用跟歲月與蒼穹相同的元素，
去開模製成的藝術，
會教導他將這二者當成階梯攀爬，
並在生活中與時間相處不卑不亢。
但其實人類意識的涓涓細流，
將在上頭將其生活倒灌淹沒。

因為永遠在進取，所以靈魂不怎麼重複自己，但在其一舉一動中，靈魂都嘗試著在產生一種更新、更美的整體。如果我們採用通俗的觀念，根據實用或審美的不同目的，而把藝術作品分成兩類的話，那上述狀況將同時展現在實用與純粹的美術中。由此在純粹的美術中，其追求的就不是模仿或形似，而是創造。換句話說，在風景畫中，畫家應該要讓人藉由其畫作的暗示，去聯想到一個比起我們所知萬物更美好的世間。那些關於自然，如散文一般無趣的枝節，應該在他的畫筆下被省略。他該強調的，只有景色中的精神與光輝。他理應明白風景會在他眼裡顯得美麗，是因為它們表達著一種他認為屬於善的思維；而這一點，因著透過他眼睛在向外眺望的同一股力量，也會在那幅圖畫中被看見；而他將會漸漸地珍視起自然的這種表現，而非自然本身，於是在他的臨摹中，那些他望而悅然的特色將會經拔擢而高高在上。他筆下會呈現出陰鬱中的陰鬱、陽光中的陽光。在一幅肖像中，他定會刻畫出性格而非五官，定會尊坐在他面前之人，僅是一幅不完美的畫像或贗品，而非其體內真正渴望破繭而出的原型。

在所有精神活動中，我們觀察到的那些節略與精選，都是些什麼呢，那本身不就是一種創造的衝動嗎？因為那就是一個入口，而流入其中的則是一種崇高的啟發，教誨著我們要用簡單的象徵去傳達更寬廣的意義。人如果不是自然在自我詮釋中較為成功的結果，又能是什麼呢？人若不是比地平線上的身影更精緻、更緊湊的一幅地景——自然中的折衷主義[1]——又能是什麼呢？他的言談，他對繪畫、對自然的鍾愛，難道不是又更加細緻的成功作品嗎？那難道不是種種困頓的漫長里程與重以噸計的空間與量體都被略去，當中的精神或道德則經過壓縮，最後形成的一個帶有音律的用字，或是妙不可言的一撇鉛筆筆跡？

但藝術家必須採行他所屬時代與國家所通用的各種象徵，來對其同胞傳達他放大後的感知。由此藝術中的新穎必然都形成於舊。當代的天才會將其不可抹滅的戳記蓋在作品上，藉此為其想像力賦予一種難以言喻的魅力。時代的精神人格能夠力壓個別的藝術家，並在其作品中找到表現的出口到什麼程度，它就能保持特定的宏偉到什麼程度，也能對後世的觀眾代表未知、無可避免與神聖之物到什麼程度。藝術家再努

1 Eclecticism，不獨尊一家而從各種理論或派別中擷取所需來創作的藝術風格。

力，也無法將這種「必然」的元素從創作中排除。藝術家再努力，也無法從其所屬的時代與國家中脫離出來，或是產出一種完全不受其當代教育、宗教信仰、政治格局、習慣用法與藝術潮流所影響的運作模式。不論其人再如何原創、再如何恣意妄為且充滿幻想，他也無法從作品中抹煞掉伴隨他成長的每一道思想。他一想要逃避，就反而暴露出了他想要逃避的那種習性。在他的意志之上，也自他的視野以外，他已經被其所呼吸之空氣、被他同代人所生活並操勞於其中的觀念與想法所制約，不知不覺地要去分享他所屬時代的風格。而這種不可避免存在於藝術作品中的時代特質，具有一種個人才華所無法散發出的崇高魅力，就好像藝術家的畫筆或鑿刀被一隻巨大的手握著、指引著、刻劃著一條屬於人類種族歷史的線條。這種狀態，將價值賦予了埃及的象形文字，也給了印度、中國與墨西哥的偶像，且不論那些偶像是多麼粗糙，多麼看不出個所以然。但他們仍代表了人類靈魂在某個時期的高點；或許不夠光鮮亮麗，但他們確實源自於一種與世界一樣深刻的必然。所以我是否該在此多嘴一句呢？我想說的是，現存藝術所有變化多端的作品，都含有跟歷史一樣至高的價值；所有存在都將前進到極樂至福的使命，已由藝術所接下，由此它們就像那命運肖像上被撇上的一捺，美麗而無瑕。

由此從歷史遞嬗的觀點去看，藝術始終負有一項職責，即去傳授審美的觀念。我們浸淫在美麗當中，但我們的眼前並無清澈的視野。我們需要個別特質的展演，去輔助並引導我們蟄伏的品味。我們又是從事雕刻、又是從事繪畫，或是以觀摩「形式」之謎的學子身分去賞析雕刻與繪畫作品。藝術之美德，也就是其過人之處，就在於擷取，在於從令人眼花撩亂的多元中把某物抽離。在某件事物能擺脫與其他事物的連結之前，你可以去享受，可以去冥想，但就是不會產生出真正的思想。不論是幸或不幸的際遇，都無法讓我們有所長進。嬰孩恍恍惚惚躺在那裡，看著十分療癒，但他想培養出自身的人格與實力，還是得靠日起有功，練習將事物一件件拆解開來，並按部就班來設法處理。愛與所有的激情，都將全數的存在聚焦在單一形式上。某些心靈的一種習慣，就是把某種排除一切的完整性賦予某個他們偶然瞥見或慮及的某個物體、某道思緒、某個字句，並令其成為當下整個世界的代表。這些心靈是藝術家、是雄辯者、是社會的解讀者。拆解，並透過拆解去放大所觀察的事物，是握在雄辯家與詩人手中的論述本質。這種論述能力，也就是將某項事物那稍縱即逝的偉大給固定下來的能力，可以在柏克、拜倫與卡萊爾身上看得一清二楚，而畫家與雕刻家想展現這種能力，則會依靠色彩與石材。這種能力，取決於藝術家對其思索事物之洞見，能展現出多少深度。有鑑於每項事物都根源自位於核心的自然，理所當然能夠展現在我們面前，去代表這個世界，所以每尊天才的作品都必須自詡為當下的獨裁者，由此去獨攬所有的注意力於一己身上。在那個當下，它將是唯一值得被點名去成為目光焦點的事物，不論它是一首十四行詩、是一齣歌劇、是一幅風景，一尊雕像、一篇慷慨陳詞、一間寺院的設計圖、一場戰役，還是一趟發現之旅。但不消多久，我們就會將注意力移往其他的事物，而這事物又會將自己四捨五入去代表整體，就像前一個事物那樣；比方說，一處美輪美奐的花園；你會除了打造它，對其他的事情都意興闌珊。若是我不熟悉空氣、水與土地，那我就會以為火是世界上最棒的東西，因為在屬於自己的瞬間站上世界巔峰，那是所有自然的物體，所有天縱的英才，乃至於任何一種原生的屬性，都擁有的權力與財產。一隻在樹幹與樹幹間跳來跳去，把整片樹林當成一大棵樹，任由牠在當中玩耍的松鼠，在人的眼裡的分量不會輸給一頭雄獅，牠美麗、自負，並在其時其地成為了自然的代表。一首美好的歌謠在我聆聽時吸引了我的耳朵與心靈，一如我曾醉心於某首史詩。一條牽在主人手中的狗兒，或是一窩豬仔，都可以令人感到滿足，也都是一點也不遜於米開朗基羅之浮雕的一禎真實。從這一系列出色的物體中，我們終究體會到了這個世界的遼闊，也體會到了人性的豐富，豐富到可以從四面八方奔向無窮無盡。但我也體會到了在第一個作品中讓我驚異與讚歎的東西，也會在第二個作品中讓我驚歎；那種令人讚歎的傑出之處，在所有事物中都是一樣的。

繪畫與雕刻的任務，看似只是表面，但最棒的繪畫可以不費吹灰之力地告訴我們它們最深沉的祕密。最棒的圖畫，是那些興之所至的粗獷速寫，當中不過是若干神蹟似的點、線、顏料，但組成的卻正是我們生活於其中，變化萬千的「參雜著人類身影的風景」。繪畫之於人的視覺，就好像舞蹈之於四肢。當人的骨架學會了自我控制、靈巧、優雅之後，舞蹈老師的舞步就該被忘記；同樣地，繪畫教會了我色彩的瑰麗，還有形式的表達，而在我見識了許多圖畫與藝術中的高超才華後，我看到的是鉛筆筆下無邊無際的豐富多元，我看到的是無拘無束，卓然自立的藝術家從各種可能性中挑選表現形態時，那種我行我素的不受羈絆。如果他什麼都可以畫，那又有什麼讓他非畫不可呢？然後就是我蒙蔽的眼睛被打開了，我看見了自然在街頭所作那永恆的圖畫，當中熙來攘往著成人與孩子，有乞丐，有披戴著紅綠藍灰的仕女；有人長髮披肩，有人鬢鬚灰白，有人一臉白皙，或黝黑，或滿布皺紋，當中有巨漢，有侏儒，有大胖子，有小精靈，全都存在於上有天堂，下有土地與海洋的範圍之內。

展場中琳瑯滿目的雕塑，用更為不加修飾的方式給我上了同樣的一課。如果說繪畫傳授的是色調，那雕塑所教的就是形體的解剖。在見識過一流的雕像後再走入大庭廣眾，我便深刻懂得了為什麼有人會說「讀過荷馬之後，我見著每個人都像巨神」。我還體會到繪畫與雕刻都是眼睛的體操，是在訓練眼睛掌握其本領之高超與奧妙。沒有一尊雕像比得過這個活生生的人，畢竟比起再怎麼盡善盡美的雕像，人無窮盡的優勢是永不停歇的變化。那是多麼令我歎為觀止的一間藝廊啊！再怎麼精於風格的藝術家，都雕不出如此儀態萬千的群體，或獨具巧思的個別作品，就像藝術家在他的石塊上時而肅穆，時而歡欣鼓舞地即興揮灑。一會兒有個靈感擊中了他，一會兒又是另外一個，他每個片刻都在調整著他陶土的整個氣場、態度與表情。少來那些關於油彩與畫架、大理石與鑿刀的廢話：你除非睜開雙眼，看見永恆藝術的奧祕，否則那些材料與工具盡皆是裝模作樣的垃圾。

所有創作最終都能回溯到某股原始的「力量」這點，解釋了何以在最高等級的藝術作品上會存在那些共同的特徵，它們能獲得普世的理解，能讓我們回復至為單純的心境，且具有宗教的屬性。由於那當中所顯露的技巧，即是原始心靈的再現，即是純粹光芒的噴流，因此它產生的印象應會與自然物體所給人的印象類似。在快樂的時刻，自然在我們看來會無異於藝術，會是臻於完美的藝術，就像是天才的傑作。而在個人身上，由於其單純的品味，與其對及於人類之偉大影響力所具有的感受性，兩者皆可壓過各種屬於意外的在地與特殊文化，因此他或她便成為了最好的藝術評論家。我們可以千山萬水地去找尋世間的美麗，但最終我們還是要能將之帶在身上，否則就等於沒有找到。最高的美，其魅力要更甚於表面的技巧或輪廓，也甚於藝術規則可以傳達的任何東西。換句話說，美是從藝術作品中輻射出的人類性格，是一種透過石材、畫布、樂音所美好表達出的、自然中那些最深沉，最單純，也因此最終會極易為具有同性質之靈魂所了解的特質。在希臘人的雕塑中，在羅馬人的石匠作品中，在托斯卡尼與威尼斯的巨匠繪畫中，那至高的魅力存於它們所操使的共通語言。它們共同呼吸著一種對道德本性、對純淨、對愛與希望的供述。那些我們帶入其中的東西，會被描繪得更清楚後被放回記憶中。前往梵諦岡一遊的人在一間間廳室中穿梭，經過雕像、花瓶、石棺與燭臺的展覽，盡從最昂貴的材料中裁切出來，美的各種形態。而這麼一來，他就會陷入一種危險，那就是忘卻了這些作品與美麗所起源的原則有多麼簡單，也忘記了這些作品的根源來自其胸廓中的思維與法則。他針對這些美不勝收的歷史遺物，鑽研它們的技術規範，卻忘卻了它們並非一直都如星羅棋布地被陳列於此地，而是不同時代與不同國家的貢獻與累積；他忘記了這每一個作品都是出自某間孤伶伶的工坊，都出自某位或許不知道其他雕塑存在的藝術家之手。這名藝術家一邊為了創造在操勞，一邊並沒有任何的模型可以參考，他唯一能觀照的只有生命、日常生活、人際關係的甜美與刺痛，只有心臟的跳動，只有眼神的交流，只有貧窮，與必須，與希望，與恐懼。這些點點滴滴都是他的靈感刺激，都是他直搗你心靈與意念深處的效應。藝術家的力量有多大，他在作品中為自身人格找到的出口就有多大。他必不能以任何方式被創作素材按掐或妨礙，反而是憑藉其自我表達的必要性，頑強的材料也會在他手中成為蠟一般的繞指柔，讓他得以透過充分的溝通，讓別人以正確的比例，從頭到腳不打折扣地看到他真實的自我。他不需要讓自己受到傳統本質與文化的拖磨，也毋須多問羅馬與巴黎的模式是什麼，因為那由貧窮和與生俱來之命運所打造，出落地如此既可憎又可親的住家、天候與生活方式，不論在新罕布夏某農場一角，未上漆的灰色小木屋裡，或在森林深處的一間圓木屋中，抑或是在他忍受過都市貧民那種施展不開手腳的狹隘住處中，都將毫不遜於其他外在條件地象徵著一種穿越一切，而不受到任何影響的思維湧現。

我記得年輕時的我一聽說義大利繪畫的絕妙，就遐想著那些名畫必然讓人倍感陌生。我以為那必然是某種色彩與形態的驚人組合，是充滿異國風情的奇景，是蠻夷的珍珠與黃金，是如民兵的短矛與旌旗會把學童的想像力弄得光怪陸離，兩眼看得目不暇給。我以為會見識並吸收到一些無以名狀的東西。但等我終於去到了羅馬，親眼見識了那些畫作後，我才發現天才把那些花俏與華麗與誇張的東西留給了新手，自身則直射簡單與真實；才發現那一切是如何的熟悉與誠摯；才發現那是我已在許多形式中見識過、也生活在其中的往事與永恆；我才發現那是我瞭若指掌——我和它們在家鄉交談過多少回——平凡的你跟我。在拿坡里的教堂中，同樣的體驗我早已經有過。我在那兒看到唯一的改變，就只有地點，於是我對自己說：「你這蠢孩子，你飄洋過海，橫渡四千英里的鹹水來到這裡，就只為了看一眼你在家鄉時便已無可挑剔了的東西嗎？」同樣的事實，我又在拿坡里的美術學院中見，在一間間雕刻室內見到，在我去羅馬時見到，在拉斐爾、米開朗基羅、薩齊[2]、提香、達文西的畫作前見到了。「天啊，老鼴鼠，你鑽地也未免鑽得太快了吧？」它始終伴我同行：我以為自己在波士頓拋下的東西，出現在了梵諦岡這裡，然後又出現在米蘭、巴黎，誇張到就像它在跑老鼠用的滾輪。我現在對所有的畫作都只要求這一點，那就是它們不用讓我讚歎，而要讓我感覺有家的親切感。畫作切不可太過如畫。最能讓人驚歎的，莫過於常識與平凡的手法。所有偉大的行動都很簡單，所有偉大的繪畫亦然。

拉斐爾所繪製的《基督顯聖》（*Transfiguration*），就是這種獨特優點的突出典範。一種寧靜而慈祥的美感閃耀在整幅畫上，直往人心裡去，簡直就像它在呼喚你的姓名。耶穌那張恬靜與超凡入聖的臉龐，讓人歎為觀止，但對於期待著華麗畫風的人而言，那畫有多令人失落啊！這種熟悉、簡單、淳樸的容貌，讓人簡直有他鄉遇故知之感。畫商的知識自然有其價值，但一旦你的內心獲得天才的觸動，他們對畫作的品頭

2 Andrea Sacchi, 1599-1661，巴洛克盛期古典主義義大利畫家。

論足就不需要聽了。那畫不是為了他們，而是為了你所畫，是為了畫中的素樸與高尚情緒能感動其雙眼之人所畫。

惟在對藝術作品美言完之後，我們最終也得坦白承認我們所認知的藝術，不過是一種起頭。我們高度讚揚的不是它們取得的實際成果，而只是它們的目標與許諾。誰相信創作的黃金時代已成明日黃花，誰就是低估了人的才華。《伊利亞德》或是《基督顯聖》的真正價值，在於其象徵著力量，就像是趨勢流淌中的漣漪或翻浪；在於其標誌著永無止境的創作，須知作品的狀態不論再怎麼不堪，都能顯露出靈魂。藝術要達到成熟的境地，就必須先讓自身與世上最強大的影響力並駕齊驅，就必須務實而具有道德性，就必須與良心產生聯繫，就必須讓窮人與粗人感覺到藝術用崇高的歡聲在呼喚其名。藝術更高尚的使命不在於作品。作品是萌生於不完美或低劣直覺的死物。藝術則是內心想要創作的需求；但懷著廣大而普世的本質，它無法容忍在工作的時候一跛一跛或綁手綁腳，也無法容忍創作出一堆殘廢或怪物，一如所有的繪畫與雕像。藝術所追求的不外乎是人與自然的再造。人理應在其中找到自身全副能量的出口。只要能力所及，人就該盡量去畫、盡量去雕。藝術理應帶給人歡欣，理應向四面八方推倒現實的高牆，並在過程中喚醒觀賞者心中那作品喚醒在藝術家心中，同樣的普世關係與力量。至於其至高的效果，則是催生出新的藝術家。

歷史之悠久，已足以見證特定藝術的衰老與消亡。雕刻的藝術早在許久以前，就已經衰敗到不具備任何的實效。雕刻原本是一種實用藝術、一種書寫模式、一種蠻人對內心之感激或投入所做成的紀錄。然後在某支對形態感受格外敏銳的部族中，這種蠻人的幼稚刻畫開始昇華而至於璀璨。但那仍不脫是粗野年輕民族的娛樂活動，而並非睿智且從事精神追求之國民的成熟勞動。在枝繁葉茂、結實纍纍的橡樹下，頂著滿布永恆之眼的天空，我挺立在一條幹道上；但在我們多變藝術的作品中，尤其是在雕刻中，創作已經被逼到了牆角。我無法自欺欺人，假裝沒有看見雕刻的外表有種如同玩具一般的蒼白，或是有種宛若劇院般的廉價矯飾。自然高於我們一切的思想模式，並藏有尚且不為我們所知的奧祕。然而藝廊卻被我們的情緒控制於股掌之間，以至它終有淪入輕佻胡鬧的一天。我無法想像注意力習慣聚集在行星與恆星軌道上的牛頓，會去納悶潘布羅克伯爵覺得那些「石娃娃」有什麼可觀之處。雕刻或可把形態的奧祕之深傳授給學生，也能讓學生知道精神可以多麼純粹地把自身的意圖譯入那流暢的方言。但在那必須滾動穿越萬物，並無法容忍贗品與槁木死灰之物的嶄新活動面前，雕像就會顯得冰冷而虛假。繪畫與雕像是形態的節慶，但真正的藝術永不凝固，而會保持流動。最甜美的音樂不在神劇[3]中，而在用朝氣蓬勃的語調訴說著溫柔、真理或勇氣的人聲之中。神劇已經喪失了其與黎明、太陽跟地球的關係，但充滿說服力的人聲卻能與這三者同調。任何藝術作品都不該是孤立的存在，而應該要是一種當下的即席演出。偉人的每個態度跟一舉一動，都宛若一尊新的雕像。美女是一幅任誰看見都會發乎狂而止乎禮的圖畫。生命既可以是歌詞或史詩，也可以是詩韻或羅曼史。

若某個被認定有此資格的人，真正宣告了創造的法則，那他就會藉此將藝術拔擢到自然的王國中，並摧毀其孤立且與四周格格不入的存在。現代社會中的發明與美麗之泉，已然幾近乾涸。一本風行的小說，一間戲院，或是一家舞廳，都會讓人覺得世間若有間救濟院，那我們就是當中的乞丐，沒有尊嚴、沒有一技之長，也不求上進。藝術也同等地貧賤。古老而悲劇般的「必然性」，甚至對骨董上的維納斯跟丘比特們都皺起了眉頭，並為這些可疑人物的擅闖自然，以一己之力修飾著致歉的話語，亦即

3 Oratorio，神劇類似歌劇，但有敘事者，通常由管弦樂團、聲樂家及合唱團合力演出。

這些作品是無可避免的，藝術家沉醉於對形態的激情中而無法自拔，所以只好將這種熱情發洩在精美的花俏作品裡，這種必然，已無法再讓鑿刀與鉛筆引以為榮。但藝術家與鑑賞家，如今要麼想透過藝術展現他們的才華，要麼想在藝術中逃避生活中的諸惡。人不甚滿意他們在想像中所創造出的形體，於是便逃往了藝術，並透過神劇、雕像或繪畫傳達了他們更好的見解。藝術所嘗試的努力，跟人的感官一致；都是為了讓美感從實用性中脫離出來，去把作品捧著不可避免之物，但結果還是差強人意，於是便任其淪為一種消遣。這些自我安慰與補償，這種將美感從實用中分離出來的做法，是不被自然法則允許的。美一被搜尋出來，且不是出於宗教信仰或愛，而是為了享受，它就會去貶低將它搜尋出來之人。崇高的美麗再不能由這人在畫布、在石材、在聲音、在抒情的創作中被企及；在那當中能夠形成的一切，將只是一種陰柔、拘謹、病態，而已經不能算是美的美；因為手能完成的事情，其境界將永遠無法超越人格所能啟發之物。

如此進行拆散的藝術所首先拆散的，就是它自己。藝術絕不可能是一種膚淺的才華，其起源絕對能上溯到許久前的人類。惟如今的人類已不以自然為美，反而自己跑去製造一尊他們自以為美的雕像。他們痛恨人類的沒有品味、乏味而且無可救藥，並藉著顏料袋與一塊塊石材來自我安慰。他們排斥單調的生命，並自行創造了一種他們稱之為帶有詩意的死亡。他們將日常的瑣務三兩下打發，然後飛向肉慾的遐想。他們只知吃喝，並想著日後再去將理想實踐。但這麼一來，藝術就遭到了醜化；人一聽到藝術二字，心靈想到的成了次等而劣質的詮釋；其立於想像中，就像是一種與自然相反的東西，並一出現便與死亡聯想在一起。比較好的做法，難道不是取法乎上，在吃喝之中、在呼吸時，也在生活的種種運作中去服務理想嗎？美麗必然得回歸實用的藝術，抽象與實用藝術的區別必須遭到遺忘。歷史若能真實還原，生命若能不被虛擲，則這兩種藝術將不再那麼容易，或甚至根本無法區別。在自然裡，一切都是有用的，也一切都是美麗的。自然之所以美，美在它有生命、有動靜、能繁衍；至於它所以有用，是有用在它形式對稱且賞心悅目。美，不是立法會可以召之即來，也不會在英國或美國重複它在希臘的歷史。美，不會大張旗鼓，而會按慣例來得悄無聲息，從勇敢認真的人類腳間躍起。我們想讓天才重演古代藝術中的奇蹟，將只是枉然；天才的本能就是會在嶄新而必要的現實中，在田野與路邊，也在商店與磨坊間，去尋找美與聖。從一顆宗教之心出發，天才會把鐵道、保險公司、合股企業、我們的法律、我們的重要集會、我們的商業、伽凡尼電池[4]、電瓶、稜鏡與化學家用的曲頸玻璃瓶等我們如今只作為經濟之用的東西，都提升到一種神聖的用途上。我們偉大的機具——磨坊、鐵道、機械——的那些自私甚至殘酷的面向，不都是它們服膺著傭兵衝動在行事的結果嗎？由此若其執行的任務既高貴又恰如其分，比方一艘橫貫大西洋的蒸汽船以行星運行般的準時連接起新舊英格蘭，那人類便朝著與自然的和諧跨出了一步。聖彼得堡的船隻靠地磁指南在勒拿河[5]上航行，則其毋須錦上添花便已崇高無比。科學若在愛中習得，且其力量也由愛來操持，則這些力量就會儼然是具象造物的補充與延伸。

4　Galvanic cell，由路易吉・阿洛伊西奧・伽凡尼（Luigi Aloisio Galvani, 1737-1798）所發明的電池。

5　Lena，流入北冰洋的三大西伯利亞河流之一，全長四千四百公里，排名世界第十一。

# 論圓

# CIRCLES

自然集合到球體之中
而她驕傲的短命蜉蝣
卻急於來到球面以外
對著天際的輪廓瀏覽
若他們知曉天頂意涵
新的創生於圓內存在

眼睛是第一道圓；其看見並形成視覺的地平線是第二道圓，而這幅初始的畫面，就這樣永無止境地重複在整個自然界。那是這世界之謎中至高的符碼。聖奧古斯丁形容上帝的本質，是一個圓心無所不在、圓周無處可尋的圓。我們終生都在解讀的，便是這種最初形式的豐富涵義。在思量過人類每個行動中那周而復始或做為某種補償的性格後，我們已經推得某種啟發。而如今我們要尋訪的，是圓的另外一層寓意，那就是沒有不能被超越的行動。人活於世就是要習得這麼一項真理，亦即圍繞每一個圓，我們都可以再畫出一個圓；亦即自然裡沒有終點，因為每個終點都是一個起點；亦即正午時分總有另外一個黎明升起，每個深處底下都還有更深處在等著開啟。

這一點象徵著一項道德事實，而那項道德事實所關乎的，是我們「無法企及」之物，是人類無法以雙手環抱，且身兼各種成功之啟發者與詛咒者，飛翔於空中的那種「完美」。而由此觀之，這一點或可很方便地為我們所用，替我們將分處於各部門的許多人類力量連結起來

自然中沒有固定不動的事物。宇宙具有流動性與揮發性。永恆只是一種用來表達「程度」的字眼。我們的地球在上帝的眼裡，是一部透明的法則，而不是一大團事實。這法則消解了事實，保留了其液態。我們的文化，等同於一種觀念的霸權，而稱霸的這種觀念，背後拖著一長串的城市與制度。且讓我們升上另外一種觀念；這些城市與制度是會消失的。希臘雕刻已悉數消解，就像它們原本是冰雕一樣：孤作或破片也許會東一個西一個地遺留下來，就像六七月時冷谷或山隙間留下的點點殘雪，只因為創作這些東西的天才，如今跑去進行別的創作了。希臘字母苟延了多一會兒，但如今也已陷入同一種下場，無可避免地摔進了新思想為所有舊事物所挖好的坑。新大陸是從舊星球的廢墟中建成；新種族是從腐朽的舊種族中獲得養分。新的藝術摧毀了舊的。

看那投資建成的水道橋，在水利建設出現後就無用武之地了；要塞栽在火藥手上；道路與運河不敵鐵路；帆船被蒸汽船取代，蒸汽又被電力取代。

你拜倒在這花崗岩塔下，因為它撐過了長久的歲月摧殘。但建起這巨大塔牆的，是揮動的小手，而建塔的小手要比被建成的巨塔更勝一籌。建城的手要把塔弄塌，比誰都快得多。而比起建城之手，更優秀也更靈活的是貫穿那隻手中，肉眼看不見的思維；由此在粗糙的「果」背後，永遠有一則細緻的「因」，而若你仔細去看，那因其實也是一個果，它前頭另有一更細之因。每件事情在其祕密曝光之前，看起來都永恆不變。華麗的莊園在女人與孩子的面前，看起來堅若磐石而可以恆常久遠；在商賈面前，則不過是個唾手可得的材料，輕易便可建成或失去。果園、良田、沃土，在普通市民的眼裡，就跟金礦或河川一樣是固定的風景，但對於擁地千畝的富豪農家而言，田地就跟作物一樣來來去去，談不上什麼固定。表面上，自然穩定而不朽到像在挑釁，但其實它就跟萬物一樣都有其因，而一旦我破解了這個因，這些田野還會不動如山地綿延不盡嗎？這些樹葉還會一片片煞有介事地懸在那裡嗎？永恆是一個說明「程度」的字眼，只是一個相對而非絕對的概念。每件事都處於某種「中間」。衛星並不是精神力的邊界，在這一點上它跟一顆棒球並無差別。

每個人的關鍵都在於他的思想。某人的外表看來或許堅毅叛逆，但他內心其實有著船舵在供他遵循，而那個舵就是被當成標準，用來將所有事實進行分類的觀念。要想改革他，惟有一個辦法，那就是給他介紹一個能指揮得動他舊有觀念的新觀念。人的生命是一個自我演化的圓圈，這圓圈從一個小到無法察覺的小環開始，向四面八方衝向嶄新的大圓圈，沒有終點。這種圓圈的不斷產生，導致輪外有輪的過程，會進展到什麼程度，端視個別靈魂的力量強弱與真實程度。因為一種思想在將自己組建成圈狀波浪來代表某種局勢，好比一個帝國、一款藝術規則、一種地方習俗，或是一個宗教儀式之後，就是靠著其波浪的慣性努力將自身抬高到波脊上，然後在那兒將生命鞏固並圍住。但如果那靈魂足夠敏捷強勁，那它就會朝各個方向突破那波脊的障礙，在那廣大的深海上拓展出另一圈軌道。屆時那海洋會又衝上一新的高波，並再次嘗試停下腳步將圓圈綁縛住。但人的一顆心不會甘於束手就擒而淪為階下囚；早在其最小也最細微的脈動中，它就已經打算好要向外全力以赴，就此進行天寬地闊且永無止境的擴充。

每項終極的事實，都只是一個新系列的開始。每一條通用的法則，都只是在某種呼之欲出且更加通用的新規則裡的一個特例而已。對我們而言，「外面」不存在，向內包圍的牆垣不存在，圓周也不存在。某人完成了他的故事，那故事多麼圓滿！多麼蓋棺論定！那故事是如何讓萬物都煥然一新！他填滿了天際。看吶，另外一頭也崛起了另一個人，而他在我們才剛宣布了球狀輪廓的圈圈外，又畫了個圓圈。然後我們的第一講者頭銜就已經不屬於人，而落入某個半路殺出的第一講者手裡了。此人唯一的救贖，就是趕緊地在他的對手外頭再畫上一個圓。人類就自顧自這麼做了。而今日的結果，糾纏著心靈而無從逃避的那些後果，將會立刻被濃縮成一個字眼，而那似乎可用來解釋自然的原則，將自身也收錄為某個更大膽之歸納裡的一個實例。在明日的思想中存在著一種力量，可以高舉起你的全數信條、所有的信條、世界各國的文學，然後領著你行進到尚未有史詩夢想描述過的天堂。說人是世上的一名工人，不如說他是「他應該是什麼」的一種暗示。人走在世上，就宛若下一個時代的預言家。

一步步我們攀在這道謎樣的爬梯上；每一步都代表一次行動，而賦予我們行動力的，是往上的嶄新視野。每幾個結果，就有一個會受到後續者的威脅與批判。每一個結果，都似乎會遭到新結果的駁斥；其唯一的限制就是新結果。新的陳述照例都會遭到舊說法的憎恨，而對於那些以舊說法為家的人而言，新說法就像是懷疑主義的深淵。但眼睛很快就會習慣了，畢竟眼睛與新結果是系出同一個「因」的不同結果；接著，新結果的純真與好處就會浮現出來，然後很快地，它所有的能量就會耗竭，並黯然失色地消沉在嶄新時刻的昭示面前。

不用害怕那嶄新的歸納。你擔心的是那看來粗糙而物質性的事實，對你的精神理論是一種威脅嗎？不用去抗拒；那事實對你的精神理論是多大的威脅，它對你的物質理論就是多大的精鍊與提升。

只要訴諸於意識，那人也就沒有什麼是一成不變的了。每個人都認為自己是無法被完全理解的；而只要他內心存有一絲真實，只要他最終皈依在神聖的靈魂上，那我就會覺得他當然是無法被理解的。那最後一個房間、最後一個櫥櫃，他必定覺得不曾被開啟過；那兒永遠有某種不為人所知，也無法分析的殘遺。也就是說，人人都相信自己有更大的可能性。

我們的不同情緒並不彼此相信。今天的我充滿了各種靈感，想寫什麼都可以信手拈來。我沒有理由懷疑自己明天就不會同樣地文思泉湧。我所寫的東西在我寫作的過程中，感覺就像是再自然也沒有的事情：但昨天的我在同一個思考方向上，看到的卻是沉悶淒涼的空虛，不像如今我看到如此豐富的風景；而我完全不懷疑自己在一個月後，會納悶能寫出這麼些長篇大論的人到底是誰。可歎啊，這種容易動搖的信念，這種不夠堅實的意志，這種狂潮之後的猛然退潮！我是自然中的神；我也是牆角的雜草。

不斷想讓自己超越自己，想讓自己唱出比前一次更高音的努力，會在我們的人際關係中挑撥矛盾。我們渴望肯定，卻不能原諒肯定者。自然裡有著甜蜜滋味的，是愛，但身處於友情中，卻會讓我因著自身的不完美而深受折磨。對我的愛會讓愛我的人成為被鎖定的目標。若他所處的高度足以小看我，那麼我就可以愛他，然後藉由我對他的愛而爬升到新的高度。一個人的成長，可見於他朋友接力的合唱。因為他每為了真理而放棄一個朋友，就能再得到一個更好的新朋友。走在林中為友人之事陷入長考，我納悶起自己為何要跟他們玩這場偶像崇拜的遊戲？若非刻意視而不見，否則我深知且清楚地看到那些德高望重之人有著一目了然的極限。非富即貴的偉人之所以享有盛譽，是因為我們的人云亦云，但那只是掩蓋了可悲的實情。喔，蒙福的聖靈啊，我為了這些人而捨棄了您，但他們跟您完全沒得比！每當我們容許自己對人有所顧慮，都會讓我們的神聖的狀態上有所失落。我們出賣了天使的聖座，只換得短暫而狂亂的享受。

我們需要多少次這樣的教訓，才能學乖呢？只要讓我們發現了他們的極限，人就引不起我們的興趣了。極限，是唯一的罪孽。你一發現某人的極限，跟他的關係也就徹底完結。他有才華嗎？他事業有成嗎？他學富五車嗎？就算有，這些東西都無濟於事。昨天的他於你還魅力十足，令你無比嚮往，就像可以讓你縱身於當中徜徉的汪洋；今日的你上了他的岸，發現他不過是個池塘，從此天各一方你也不放在心上。

我們在思想裡新踏出的每一個步伐，就像某部法律的條文一樣，都可以調和二十宗看似存在矛盾的的事實。亞里斯多德與柏拉圖被認為是兩個學派的代表人物。但智者就能看出亞里斯多德的柏拉圖化。只要往思想深處多走一步，不諧和的意見就能獲得調解，為此我們只消把將這意見視為同一個原則的兩個極端，而只要我們願意，我們永遠可以不斷地往思想深處去，永遠可以不斷登高而獲得新的視野。

偉大的上帝一在這星球上釋放出新的思想家，我們就要注意了。因為屆時所有的事物都會陷入危險。那就像繁華的城市中燃起了熊熊大火，沒有人知道哪裡安全，也沒有人知道火燒到哪裡才會停歇。沒有一門科學，可以免疫於明日就被從旁推倒的風險；沒有哪種文學盛譽，包括傳為永垂不朽的名望，可以自外於有朝一日可能的修正與責難。人類的希望、人心的想法、各國的宗教信仰，還有寰宇的風俗民情，都有賴於歸納結果的不斷創新。歸納永遠都在為心靈注入神性的新血，由此才會有伴之而來的悸動。

勇氣的內涵，就是自我回復的能力，所以說人不用擔心被從旁推倒，也不用害怕在歸納的進程上被人超越，你隨便把他往哪兒一放，他都能重新站起。但要能如此，其前提必須是他把真理放在自身對真理曾有的理解之前；必須是他要能從善如流而不因人廢言；必須是他能大無畏地堅信他的自我法則、他與社會的關係、他的基督徒信仰、他的世界，都可能在任何一瞬間被覆蓋而消滅。

唯心主義是循序漸進，有程度之分的。我們一開始是寓教於樂地接觸它，就像磁鐵原本被當成玩具。然後我們會在如詩的青春正盛時發現它可能為真，可能在浮光掠影與斷簡殘篇中為真。然後其正襟危坐換上一臉肅穆莊嚴，我們才看出其必然為真。此時的它會顯露出自身合乎倫理與實用的一面。我們會得知上帝存在；祂存在我體內，且萬事萬物皆為祂的投影。柏克萊的唯心主義[1]只是耶穌之唯心主義的粗略簡述，而耶穌的唯心主義又簡述了一項事實，那就是全自然皆是善在自我執行與自我組織時的湍流奔放。更顯而易見的是在任何一個時間點上的歷史與世局，都直接由當時存在於人心中的理性分類所決定。當時特定事物受到人的鍾愛，皆是由於從他們心智地平線上浮現出來，如樹結出蘋果一樣導致當下事物秩序的特定觀念。此時只要有唯心程度更甚以往的文化出現，人類欲求的體系就會立即出現全面性的革命。

對話是一場圓圈的遊戲。在對話裡，我們拔起了四面八方要求著一致沉默的界標。參與對話的各方都不會因為在這五旬節[2]聖靈降臨時所參與或表達的精神而受到批判。明日他們就將從這高水位上退潮。明天你就將發現他們在老馱鞍下被壓得直不

1　George Berkeley，英國十八世紀神職者，其哲學主張為極端的主觀唯心主義。

2　Pentecost。使徒行傳第二章第四節：「他們就都被聖靈充滿，按著聖靈所賜的口才說起別國的話來。」五旬節紀念的是復活節後的第五十日，聖靈降臨至使徒中間並賜予口才。

起腰。但此刻就先讓我們享受那閃耀在我們的牆上，分叉的火舌吧。每當有新的講者點燃新的光芒，讓我們從前一名講者手中獲得解放，並壓迫我們以其自身思想的偉大與排他，最後又將我們轉讓給另一名救贖者時，我們便似乎光復了我們的權利，再世為人。喔，只有那些在古往今來與所有天體中都深刻而可行的真理，能在每一項真理的宣布裡都獲得推定！在尋常的日子裡，社會像尊雕像似地冷冷坐著。我們全都滿懷空虛地在那兒站立，等著那些心知對我們而言並非象徵，而只是普通平凡玩具的各種偉大象徵包圍下，我們或有變得充實的潛力。此時神一降臨，便將這些雕像變成了火人。火人眼睛一眨，就燒毀了籠罩萬物的面紗，讓杯盤、座椅、時鐘、華蓋，世間每樣陳設的意義都彰顯了出來。昨日在雲裡霧裡看似龐然大物的各項事實——財產、氣候、教養、美貌等，都令人費解的改變了其比例。所有我們認為已塵埃落定的東西，都晃動作響起來；文學、城市、天氣、宗教，則拋下了各自的基業，開始手舞足蹈在我們眼前。而此處再次可見的是各點迅捷的圓外接[3]！交流誠可貴，默契價更高，後者硬是讓前者矮了一截。交流的長度，反映的正是講者與聽者之間的距離。這雙方哪

3 Circumscripton，外接，即將平面上各點連接成圓的做法。

怕在任何一方面能彼此心領神會，他們就不需要多餘的字眼。若在各個方面都能宛若一體，那語言就能夠完全省略。

文學是我們今日之圓外面的一個點，而通過這個點，我們可以畫出一個新圓。文學的用途，是提供我們一個能藉此俯瞰當前生活的平臺，同時它也是一種讓我們得以去搬動當前生活的起重機臺。我們飽讀古代的知識，卯盡全力將自已安置在希臘、迦太基與羅馬之家裡，為的莫過於是讓我們可以更明智地理解法國、英國與美國之家裡的生活模式。同理，我們想觀察文學，最好的立足點就是狂野的自然間，就是俗務的深淵，就是宗教的制高點。身在平野中，我們便無法看清平野。天文學者必須先掌握地球軌道的直徑，才能以此為基準去算出任一顆恆星的視差。

這便是何以我們珍視詩人。論點與智慧並不盡在百科全書裡、形而上的論文裡，或是神學典籍裡，而在於十四行詩與戲劇之中。在日常工作裡，我傾向於重覆舊有的步履，而不相信矯正之力，不相信改變與改革的力量。但某個叫做彼特拉克或阿里奧斯托[4]的傢伙幾杯想像力的新酒下肚，給我寫了篇頌歌或暢快的冒險故事，裡頭滿是

4 Arioso，十六世紀義大利作家。

大膽的想法與行動。他們用尖銳的語氣予我以撞擊跟刺激，打破了我的習慣之鏈，讓我對自身的可能性睜開了雙眼。他們朝著扎實笨重的舊世界各隅拍動翅膀，讓我再次能在理論與實務中選擇一條筆直的道路。

我們同樣需要去考察世上的宗教。我們永遠無法從教義問答中去看清基督信仰：從青青草原、從池塘上的小船、從林禽的吟唱中，倒是有可能。經過原始光線與風勢的滌淨，浸淫在田野呈現在我們眼前，那美麗的形體之海裡，我們或可一個不小心，便找到了正確的角度回望世間的傳記。基督信仰受到人上人的景仰，這點非常合理，但話說回來，從沒有哪個青年才俊的哲學家自小在教堂裡接受薰陶，最終卻沒有格外推崇使徒保羅那美麗的經文：「萬物既服了他，那時子也要自己服那叫萬物服他的，叫神在萬物之上，為萬物之主。」[5]無論人們的雄心與美德變得多麼偉大、多有人望，人類的本能都會積極地朝著非關個人與無邊無際的方向進逼，並開心樂意地拿書中這些恢弘的字句當作武器，藉以抗衡偏執者的教條主義。

自然世界可以被想成是一個同心圓的體系，而我們時不時會在自然界中觀察到些

5 《哥林多前書》第十五章第二十八節。

許的偏移，而這便告知了我們：這個我們立於其上的表面其實並不固定，而是有著滑移。這各式各樣頑強的特質，這些化學與植物，這些金屬與動物，看似頂天立地而不為誰服務，但其實他們的存在都不過是工具與手段，都是上帝說出的字句，並且跟其他字句一樣短暫易逝。博物學家與化學家如果探索出了原子的重力與電子的親和力，但尚未辨識那當中更深層的法則，這法則概略而不全地說，就是同性相吸，就是屬於你的事物自然會受你的重力吸引，無須苦苦追尋。這樣他們還能算是學有所成嗎？但其實這樣的法則也只是近似的說法，而非拍板定案。一款層次更高的狀態，叫做無所不在。不用通過隱晦的地下隧道，朋友與事實也可以物以類聚，惟正確的想法應該是：這些事物都系出同門地來自靈魂源源不止的創作。因與果，其實是同一真相的一體兩面。

事物的行伍永世向前邁進，是一種法則，而這種法則在適用一切我們稱為美德之物的同時，也會在發現青出於藍之美德時，將舊者一一汰換。偉人的謹小慎微可能不同於一般人所想；他的謹慎幾乎都於演繹自他的偉大。惟有件事人人都該知曉，那就是每當謹慎成為祭品，它是為了哪一尊神犧牲；如果謹慎是被獻祭給安逸與歡愉，那他還是保持謹慎為宜；如果謹慎是獻祭給某種偉大的信任，那他大可留下步步為營的騾子與馱籃，勇敢地把他的飛翼馬車搬出來用。傑佛瑞套上了他的靴子來穿越林區，以免蛇牙會往他的腳上咬去；艾倫則想都沒想過要如此以身涉險。許多年過去，兩人都毫髮無傷而未出任何意外。但我總覺得人為了免受這種邪惡所傷而小心翼翼，就等於陷自己於邪惡的影響力半徑。所以，謹慎的意識拉得愈高，其格局也就愈低。這樣從我們軌道的邊緣衝向圓心，會不會太突然了呢？想想我們有多少次必須先陷入這種可憐兮兮的算計，才能把剩餘的精力用於偉大的情操，或是讓今日的邊境成為嶄新的中心？此外，你再怎麼勇敢的情操，也不會讓至為低賤者感到陌生。貧窮與底層之人自有一套辦法去表達哲學最終的道理，一點也不會遜於你。「平安是福」與「禍福相倚」，就是庶民表達超越主義思想的兩例。

一個人的正義，可能是另一個人的不義；一個人的美麗，可能在另一人的眼中醜不啦嘰；一個人的智慧，是另一人眼中的愚昧；你若從制高點上綜觀世事，會發現這些天差地別的評價，其實都是同一件事情。第一個人會覺得欠債還錢天經地義，並對讓債主等到天荒地老的賴帳之人恨之入骨，但第二個人則會有不同的見解，他會捫心自問：我該先還哪一筆債，是先還有錢人的債，還是窮苦人的債？是先還金錢的債？還是當還諸人類的思想之債，當還諸自然的天賦之債？對你而言，喔，你這掮客，你眼裡除了數字以外沒有別的原則。但對我而言，我並不把將本求利的商業放在心上；愛、信仰、人格的真摯與為人之大志，這些才是稱得上崇高的理想；同時我也無法像你那樣，將各種責任一碼歸一碼，然後專心致志地成為一臺償債的機器。讓我繼續往下生活，你便會發現我動作慢歸慢，但終將我會在性格的督促下，按步就班地結清所有債務，但也同時不辜負那些崇高的追求。反之若某人只專心看著借條還錢，不也是一種不義之舉嗎？難道他除了錢以外，就不欠其他債了嗎？難道其他非錢財的債主，就活該被排在房東或銀行家的順序之後嗎？

沒有哪種美德是結論；一切的美德都是一種起頭。社會的種種美德恰好是聖者眼中的罪惡。改革的可怖之處，就在於令人發現我們必須將我們的美德，或是那些我們當成是美德在尊敬的東西，通通扔進那同一個淵藪裡，使其隨我們更大的其他罪惡一起遭吞噬殆盡。

忘卻他犯下的罪，一如忘卻他的德行，
那些算不上大的過錯，半數將皈依為正義。[6]

神聖瞬間的至高力量，讓它們也得以喊停我們的痛悔。日復一日我為了懶散與一事無成而自責，但當上帝的這些波浪流進我心田，我便不再心有罣礙於那些失去的時間。我不再斃腳地數算剩下的月月年年還夠我達成多少的成就，因為這些神聖瞬間賦予了人一種全在與全能，其對餘命沒有任何要求，而只要求心靈的能量可以與需要完成的工作等量齊觀，時間的考量則被排除在外。

而所以，喔，循環論證的哲學家啊，我聽到某位讀者驚呼，你已經導出了某精美的皮浪主義懷疑論[7]，已經掌握了一種對一切行動都一視同仁的漠不關心，且樂於傳授我們一個道理，那就是只要我們保持真誠，那自然而然，我們的罪行就可有如生氣

6　引用自英國詩人艾德華·楊恩（Edward Young）之《夜思》（*Night Thoughts*）。

7　皮浪（Pyrrho）是西元前三世紀的希臘哲學家，他創立的懷疑論學派認為真理為人所無法企及，所以人應該要一律對外在環境無動於衷。

勃勃的石材，用以將真神的廟宇建造起來。

我並不是處心積慮地想為自身開脫。我承認我樂見和顏悅色的原則在植物性的自然界中稱霸，但我也沒少樂於看到在道德體系裡，善的原則完全不受阻攔地漫入了由自私留下的每一個缺口與漏洞，沒錯，就是流入了自私與罪惡的本體中；純粹的邪惡並不存在，甚至地獄本身都不是純粹的惡。但為免我的剛愎自用或胡思亂想誤導了誰，且讓我提醒各位，我充其量是個實驗者。別擅自認為我做的事情就有價值，我不去做的事情就是壞事，因為我並沒有僭越地要去確立任何事情的真偽。我反而是要推翻所有的定論。世事於我無所謂神聖，也無所謂褻瀆；我只是單純地做著實驗，就像個沒有過往需要背負，永無止境的追尋者。

惟這種持續不斷，且由萬物共同參與的運動與行進，原本是無法為人所察覺或明白的，除非我們用靈魂中的某種固定或穩定的原則去與之對比。隨著圓的永續創生持續進行，永恆的創生者也繼續留在原地。那位於圓心的生命要比造物略勝一籌，也要比知識跟思想略勝一籌，並包含了所有的圓圈。它無時無刻不在辛勤地創造一種質與量都不輸給自身的生命與思想；卻歸於徒勞，只因為都是那些已經被造出之物，在指點下一個該如何造得更好。

由此，生命不眠不休、不遺餘力，讓萬事萬物不斷地更新、萌芽、湧現。我們為什麼要把破爛之物與殘跡輸入新的時分裡呢？自然視老舊為眼中釘，老年就像是唯一的弊病：是概括其他所有疾病的集合體。我們口中的它有各式各樣的汙名——狂熱、放縱、瘋狂、愚蠢與犯罪：這些全都是老年的各種變形；它們的本體是靜止、是保守、是挪用、是惰性，而不是新穎，不是前進之路徑。我們一天天白了雙鬢，但我認為事情不必如此。只要上友高於我們的存在，並與之交談，我們就不但不會愈活愈老，反而會愈活愈年輕。襁褓中、青春時，我們懂得接受、懂得志在千里，並用虔誠的眼神向上望去，不把自己當回事，而虛懷若谷地放下自我，接受來自各方的指導。但年屆七旬的男女會自以為無所不知；他們會拋開希望，棄絕志向，接受現實有其必要，並對年輕人說起話來倚老賣老。就讓他們擔任聖靈的喉舌吧；讓他們陷入愛河，看見真相吧；屆時他們的眼皮就會抬起，皺紋就會被抹平，身上就會再次散發著希望與力量的香氣。這種衰老不應悄悄爬上人類的心靈。在自然中，每一個瞬間都是新的瞬間，過往則不斷被吞沒與遺忘；神聖的惟有來者，無庸置疑的只有生命、徙變與奮發向上的精神。沒有哪種愛可以因為誓言與契約的約束而自絕於一種更高的愛；沒有哪種真理崇高到不會因為明日某種更加燦爛的新思潮，而淪為無關緊要。人都想求個安穩確定，但其實只有在不安穩跟不確定裡，我們才可能有所希冀。

生命就是一系列的驚奇。今朝的我們猜不到明日的心境、歡愉與能力，因為我們正持續讓自己的生命建立。在較低的層次上，在那些例行性與感官的事物上，我們多少可以察覺一些端倪，但上帝的諸多傑作，靈魂的全數增長與普世運動，則被祂藏了起來；這些生長運動是人無法估算的。我可以知曉真理是神聖的，且於我有裨益，但真理究竟能怎麼令我受益，卻令我不知從何猜起，因為如此存在，就是如此知曉的唯一途徑。進取之人的新立場裡存有舊立場的所有力量，但舊立場已經全數更新完畢。新立場的懷中有過往的一切能量，但本身卻是晨間呼出的新息。我在這新的瞬間，丟棄了所有囤積的舊知識，因為那些東西空洞而虛榮。於是生平頭一次，我似乎對萬事萬物有了正確的認識。那些簡單到不能再簡單的字，我們都只能在愛與嚮往的同時才知道它們真正的意思。

才華與人格之間的差異，在於前者是種讓陳舊與被踐踏之物保持完整的卓越能力，而後者則是開闢新路通往更新更好目標的力量與勇氣。人格可以創造出一種壓倒性的強大「當下」，一種歡欣鼓舞而充滿決心的時刻，而這種氣氛將能凝聚全體的士氣，讓所有人看清許多原本不曾想到過的事情，其實都是可能的，都是優越的。人格可以淡化個別事件給人的印象。看著一名征服者，我們想到的不會是特定的某場戰役或勝利多了不起，我們看到的會是我們過去誇大了他所歷經之事的難度。那對他很容易。偉人不是輕易就能驚嚇或折磨的。他的分量大到事件從他身上掠過，留下的印象卻不會太多。人有時候會說：「看我的豐功偉業，看我多麼興高采烈，看我是如何徹底地取勝於這些慘烈的事件。」但要是這些大人物還會讓我勾起那些痛苦的回憶，那他們就還沒有真正征服那些慘事。當個鮮豔華麗的墓碑，或是像個半瘋狂的寡婦笑得歇斯底里，能算是一種征服嗎？真正的征服是讓黑色的事件慢慢消退不見，就像那是一段不斷推進的廣袤歷史中，早期無足輕重的一片雲朵。

我們以難以滿足的慾望在不斷追尋的一件事情，就是原諒我們自己，就是在驚訝中忘了循規蹈矩，就是失去我們永恆的記憶，然後去在既不知道為何也不知道如何的狀況下去做一件事情；簡單說，就是去畫一個新圓。沒有熱忱，就成不了大業。人生可以是一條妙絕的路徑，前提是你敢於縱情拋棄。歷史的偉大片刻就像天才的作品與宗教一樣，都是供人在其中演出觀念之力量的專用道具。「人，」奧利佛・克倫威爾[8]說，「爬得最高的時候，就是他不知道自己在往哪裡去的時候。」做夢與醉酒，鴉片與酒精的濫用，都是這種晦澀天才的仿品與贗品，所以這兩種東西才會對人有致命的吸引力。出於同樣的原因，人會求助於博奕與戰爭中那種狂野的熱情，會以某種方式去對這種內心的火熱與滿溢柬施效顰。

8　Oliver Cromwell, 1599-1658，十七世紀英國資產階級革命領袖。

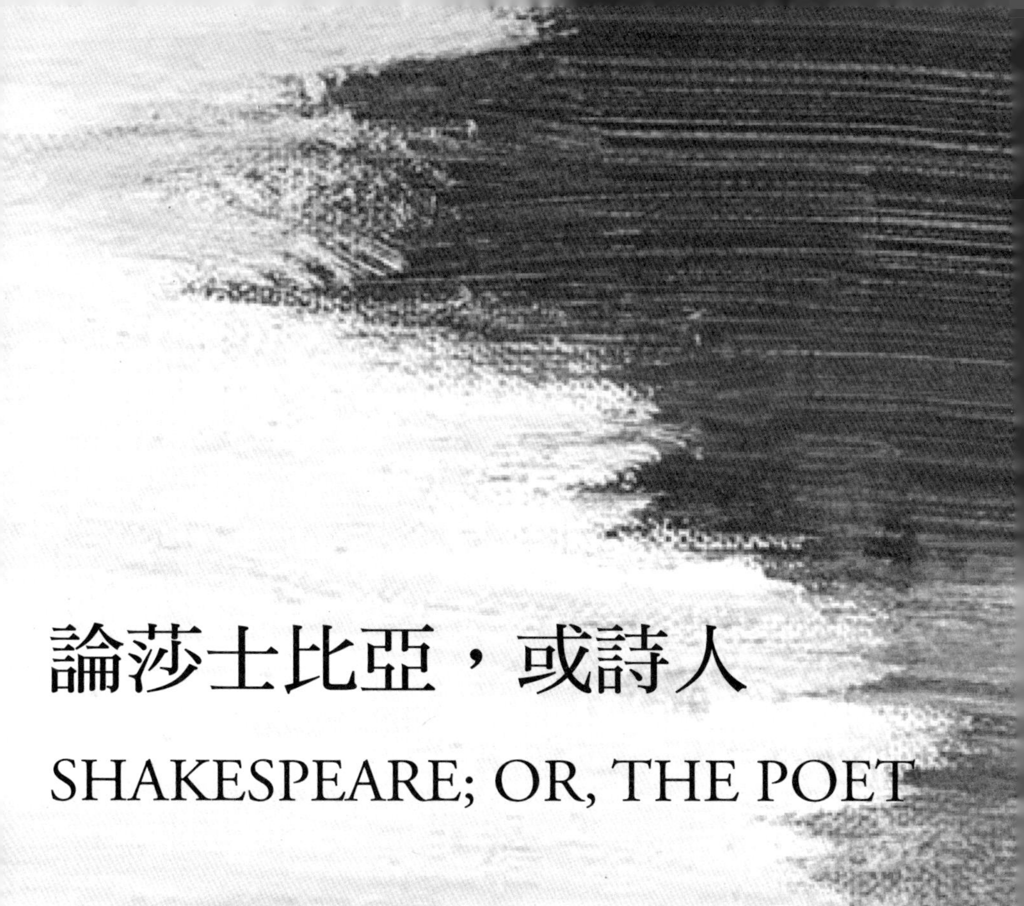

# 論莎士比亞，或詩人

# SHAKESPEARE; OR, THE POET

偉人之所以出類拔萃，主要在其涉獵之幅員遼闊，原創性並非重中之重。若我們要求的原創，是要像蜘蛛那樣從自身腹中吐絲結網，是要人自己去挖陶土、燒磚、蓋屋才算數，那世間便無一偉人算得上原創。珍貴的原創性也不在於與眾不同。英雄身處在一群騎士中，也身處在危機的中心，重點是他會在此時看出、體會眾人的欲求，然後適時提供眾人所需的遠見與臂長，去到必須到達的地點。最偉大的天才，也往往是被最多人欠一份情之人。詩人不是個想到什麼說什麼的草包，也不是只因為他說得夠多，就一定會亂槍打鳥打到什麼好東西；詩人必須懷著一顆與其時代與國家能產生共鳴之心。詩人的作品中沒有什麼異想天開或奇思妙想之物，那當中有的只是甜美與悲傷的誠心，當中滿載著至為沉重的信念，而其中的重點也都是同時代的任何人物或階級都不會不知道，最義無反顧的目標。

§

我們生命的守護神對個人都懷著一份嫉妒，所以祂不會讓任何個人變得偉大，除非是用隨機的方式。天才不是人可以選的東西。沒有誰會在某個燦爛的早晨醒來說道：「我充滿生命力了，我要去海邊，去找到一片南極大陸；今天的我會把圓變成方的；會把植物學翻箱倒櫃，為人類找到新的食物來源；我腦中有一款新的建築結構；我遇見了一種新的機械力量！」不，但他會發現自己身處思緒與事件的河流中央，被同代人的觀念與需要推著往前。他所站的地方，就是人類每一雙眼睛在注視的地方，也是每一隻手指著要他前往的方向。教會在儀式與盛典中將他扶養長大，而他則執行著教會音樂所給予他的指示，與建著她的禱念與行伍所需要的教堂。他發現有場戰爭正在如火如荼地進行：那戰爭用號角教育著在兵營中的他，而他的表現比接收到的指示更勝一籌。他發現有敵對的兩個郡縣在偷偷摸摸，要把煤炭、或麵粉、或漁獲，從產地送到消費地，於是他便襲擊了連結兩地的鐵道。他所有的長官都收集到了所需的軍資，而他的力量除了源自他對子民的同情，也來自他對於所帶進的物資之愛。這樣的力量是多麼經濟！也是對生命苦短多麼好的一種補償！一切都完成在他的手中。世界一路推著他往前走。人類一族在前方為他開路，陷落了山丘、填平了凹洞、架橋於河流。人、國家、詩人、工匠、女性，全都會助他一臂之力，而他也會為了他們效力。從趨勢線上，或是從民族感情或歷史中任選一樣事情，他都會將其一肩挑起：他的力量會被花費在初始的準備工作中。天生的偉大力量，你幾乎可以說，反而來自於你不能有任何原創性，來自於你要徹底扮演接受者，來自於你要讓世界主導一切，也來自於你要讓時代精神從你的心靈中，毫無阻礙地通過。

§

莎士比亞的青春歲月，坐落在一個英國人死纏爛打都要獲得戲劇娛樂的時代。當時的朝廷動輒就會對政治上的影射興師問罪，一心想要壓迫不同的意見。清教徒作為一支茁壯中且活力十足的黨派，也作為在英國國教聖公會中信仰最堅定的一群，也會壓迫這些指桑罵槐的東西。但平民百姓要的就是這些戲劇。客棧的庭院、露天的房舍，還有鄉村市集中臨時起意圈出的場地，都是四處為家之演員可以說上就上的劇場。民眾所品嘗到的，是一種新鮮的樂趣；而就像今天的我們不可能奢望去壓抑報紙的傳播——不，再強大的黨派也對此無能為力——當時英國不論是國王、天主教教長，或是清教徒，不論是獨自或聯手，也都不可能去壓抑這種集歌謠、史詩、報紙、黨團、演說、潘趣木偶戲[1]與圖書館於一身的民意傳聲筒。也或許是國王、教長與清教徒，都在其中找到了可做為己用的價值。不論出於何種心眼，戲劇都成了一種全民的消遣，它完全搬不上檯面，所以不會有哪個有頭有臉的學者想到要將之納入英國歷史中探討，但也一點也不會只因為它如麵包店一樣便宜或低賤，就不值一哂。其生命力最好的證據，就是突然間闖入這個領域的整群劇作家；基德（Thomas Kyd）、馬洛（Christopher Marlowe）、葛林（Robert Greene）、強森（Benjamin Jonson）、查普曼（George Chapman）、戴克（Thomas Dekker）、韋伯斯特（John Webster）、海伍德（Thomas Heywood）、密德頓（Thomas Middleton）、皮勒（George Peele）、福特（John Ford）、馬辛格（Philip Massinger）、波蒙與弗萊徹。

§

在舞臺上牢牢抓住民心，是為此勞心勞力的詩人最重要的考量。他會用盡一切時

1 潘趣原址木偶戲的主角，後來被借喻為偶戲的代稱。

間去大肆實驗，反正在場就有現成的觀眾與期待，尤其期待莎士比亞的觀眾又特別多。在他離開史特拉福前往倫敦的時候[2]，大量出自不同日期與作者手筆的舞臺劇本已經存有手稿，並輪著被搬上了舞臺。這當中有特洛伊的故事，是觀眾每週都難免會聽到一部分；有凱撒之死，還有有取材自普魯塔克的其他故事，讓人百看不厭；書架上擺滿了英國的歷史，從布魯特王[3]與亞瑟王的編年史，一路到皇室的亨利諸王[4]，都讓觀眾欲罷不能；還有一連串傷懷的悲劇、歡樂的義大利傳奇[5]與西班牙航海故事，全都讓倫敦的學徒們耳熟能詳。所有的材料都已經被運用過，沒被任何一名劇作家遺漏，不論其書寫技巧純不純熟，而提詞者手上的稿本則已經被翻得又髒又破。此時我們已經很難判定某個題材是誰第一個寫出來。這些劇本已經長期都是劇場的財產，前仆後繼的人才已經將故事再三延展或修改，這裡插進一段演講，那裡另加一整幕，或是讓角色多唱首歌，以至於已無人能對這為數眾多的作品主張著作權。所幸也

2 大約在西元一五八五年。
3 傳奇性的不列顛國王。
4 莎士比亞作品中的主角有亨利四世、亨利五世、亨利六世、亨利八世。
5 《十日談》是義大利文藝復興時期作家喬萬尼・薄伽丘所著的一本寫實主義短篇小說集。

沒人想這麼做，這些劇本還沒有搶手到那種程度。我們多的是觀眾與聽眾，讀者則寥寥無幾。他們最好就保持這樣不要亂動。

莎士比亞跟他的同志們一樣，都很重視這一大批舊劇本，因為這些無人聞問的庫存可供他們自由嘗試各種實驗。要是那些廢劇本也像某當代悲劇一樣，外頭圍著一圈聲譽卓著的圍籬，那這些就都免談了。活生生之英國那粗獷的熱血，在這些劇本裡循環，就跟街上的民謠一般，並把莎士比亞想要的軀體賦予了他那空靈而宏偉的遐想。詩人需要以民間傳統作為創作的基礎，而這基礎又可反過來限縮他的作品在應有的節制內。這傳統讓他不會與庶民脫節，提供地基給他的鉅著，並在為他手中作品提供許多修飾的同時，讓他得以騰出手來去全力挑戰各種艱鉅的想像。簡單講，雕刻欠廟宇什麼樣的一份情，詩人就欠傳奇故事怎樣的一份情。雕刻在埃及、在希臘，都是依托著建築成長。雕刻本質上是廟宇牆面上的飾品：一開始是粗糙的浮雕被雕在山牆上，然後那些浮雕愈變愈大膽，頭與手開始從牆面上冒出，但一群群雕塑仍是以建築為基準在布局，就像建築是畫框一樣在將人物包住；到最後，雕刻的風格與處理達到了最高的自由，但建築中的那居於上風的天才仍對雕像施加著某種鎮靜與約制的效果。當雕像的發動終於脫離了建築而獨立，不再以廟宇或宮殿作為基準時，這門藝術就開始走下坡了：詭奇、誇飾、豪放，取代了固有的內斂。這種雕刻家發現在建築中，用來保持平衡的擺輪[6]，一如發現在眾人熟習的戲本史料中，詩才那種一觸即發的危險，有著一種再如何天縱英才的神人[7]，也無法獨力完成的卓越。

事實似乎顯示莎士比亞的確四處借貸，而且還找到什麼就用什麼；他債臺高築的程度，可以從馬龍[8]竭盡心力針對《亨利六世》三部曲進行的統計看出，當中「一共六千零四十三行文字中，有一千七百七十一行是莎士比亞之前的某位作者所寫；兩千三百七十三行是莎士比亞根據諸位前輩打下的基礎改寫，剩下一千八百九十九行才徹底是莎士比亞的心血。」而接續的調查顯示，幾乎沒有一部作品是莎士比亞的原創。馬龍的這道「宣判」，可以說是外顯歷史中很重要的一段。在《亨利八世》裡，我想我清清楚楚看到了原石的露頭，而莎士比亞只是在上頭添了一層薄薄的岩層。初版

6 手錶中的零件，其作用如同老爺鐘的鐘擺，其作用在於讓鐘錶維持固定的頻率。

7 某些評論家認為歸於古希臘詩人荷馬名下的作品並非一人所為，而是由好幾位作者累積而成。

8 Edmond Malone, 1741-1812，愛爾蘭評論家與學者，以編輯過莎士比亞劇本著稱。

《亨利八世》的作者，是個才華過人、思緒縝密，而且耳朵極刁之人。我可以標出原作者的文筆是哪幾行，然後一眼看出當中的韻律。譬如沃爾西的獨白[9]，還有後續關於克倫威爾的那一幕[10]，當中，你看到的不是莎士比亞那種其奧妙在於思想會建構出音韻，所以讀懂意思才能徹底帶出節奏的格律，你會看到的是一行行字句被搭建在預設的音律上，甚至你會聽出一絲在祭壇佈道的口若懸河。但話說回來，這齣劇從頭到尾，確實無庸置疑地蘊含著莎士比亞手筆之痕跡，如某些關於加冕的敘述段落[11]，根本像是莎士比亞的親簽。怪的是劇中對伊莉莎白女王的恭維[12]，當中的音律不太對。

莎士比亞知道任何創作出來的寓言，都比不上傳統所為。若說他在原創的功勞上失去了一些，那他也在劇本的豐富性上做了補全；而等到那一天，我們對於原創性也就不會那麼恣意強求了。數百萬年來，都不曾有過文學這種東西。普世的讀物與廉價的報刊，一度是聞所未聞。在文盲時代誕生之偉大詩人，會把每一道在輻射的光線通

9 Thomas Wolsey, 1471-1530，沃爾西樞機主教是亨利八世治下英格蘭的首相。

10 Thomas Cromwell, 1485-1540，英格蘭鐵匠之子，在亨利八世治下升至高位，但後來觸怒龍顏遭以叛國罪處決。

11 《亨利八世》第四幕第一景。

12 《亨利八世》第五幕第五景。

通吸收到以他為中心的球體範圍內。每顆智識的珠寶、每朵感情的花卉，都得麻煩他負責傳達給民眾；由此他會珍視自身的記憶，不輸他珍視自己的創意。他只要自己得出了想法，就不會再苦苦追尋了；不論那想法是源自於外來的翻譯、傳統的沿襲、遙遠的異國之旅、心有靈犀，還是任何一種來歷，他葷腥不忌的觀眾都來者不拒。不，他借貸的對象其實很近。其他人也能說出不輸給他的睿智言語，只是他們也同時說了很多蠢話，以至於他們分不清自己何時說了句金言玉語。他知道真實寶石的璀璨，並將不論從何處找尋到的它們置放於高位。這樣舒適的位置屬於荷馬，或許屬於喬叟，也屬於薩迪[13]。他們都感覺世上的智慧就是他們的智慧。他們除了是詩人，也是圖書館員跟史料編者。每個說故事的人，都是世間上百個故事的繼承人兼傳播者：

> 謹呈底比斯國王與珀羅普斯的臺詞
> 還有莊嚴神聖的特洛伊故事。[14]

13 Saadi，十三世紀波斯詩人。

14 此詩出自米爾頓的《沉思者》（*Penseroso*）米爾頓在此舉出了希臘悲劇中最風行的三個故事，其中底比斯國王指喬叟的影響，顯見於我們所有早期的文學，而較近期則不單是波普與德萊頓曾見教於他，而是在包含整個英國作家的廣大文壇中，都還有眾多無名債務可以輕易找到線索。你會讚歎於有多豐富的資料餵養了那許多受雇的寫手。但喬叟絕對是大盜中的大盜。喬叟似乎持續透過萊德蓋特[15]與卡克斯頓[16]的翻譯取材自科隆納的圭多[17]，而圭多筆下以拉丁文寫成的特洛伊戰爭故事，又是編纂自達雷斯・普里鳩斯[18]、奧維德[19]，與斯塔提烏斯[20]。其他被喬叟搜刮過的還有彼特拉克[21]、薄伽丘、南法普羅旺斯的吟遊詩人，乃至於贊助他作品的諸多恩人：他的寓言詩《玫瑰傳奇》（*Romaunt*

的是弒父的伊底帕斯，珀羅普斯（Pelops）是希臘神話中，伯羅奔尼撒半島西邊的比薩王國國王，為宙斯之孫。

15 John Lydgate, 1370-1451，英格蘭僧侶兼詩人。

16 William Caxton, 1422-91，英格蘭作家，也是首位以出版者自居的英格蘭人。

17 Guido di Colonna，十三世紀義大利法官兼作家。

18 Dares Phrygius，根據荷馬的記載，他是將特洛伊城毀滅記錄下來的祭司。

19 Ovid, 43-17 B.C.，古羅馬詩人。

20 Statius, 45-96，古羅馬詩人。

21 Petrarch, 十四世紀義大利詩人。

*of the Rose*），不過是把洛里斯的威廉[22]跟默恩的約翰[23]這兩人的東西拿來意譯；他的《特伊勒斯與克莉賽緹》（*Troilus and Creseide*）是源自烏爾比諾的洛里厄斯[24]；他的《公雞與狐狸》（*The Cock and the Fox*）是出自瑪麗的小詩（Lais of Marie）；他的《聲譽之屋》（*House of Fame*），源自法國或義大利的影響；還有可憐的高爾[25]被喬叟當成磚窯或採石場來大肆挖掘，為的是蓋起自己的房屋。他不但偷，還說得出理由，他說那些贓物原本一文不值，被他利用過後反而不可一世。他的這種行徑，慢慢在文壇形成一種不成文的慣例，那就是誰只要證明過自己有能力進行原創的書寫後，就有資格去任意盜用他人的著作。思想不是誰創的歸誰，而是誰能欣賞便歸誰、誰能善用便歸誰。借來的思想，多少用起來會有點不稱手，但熟能生巧後，一切也就有如己出了。

所以說，所有的原創都是相對而言。每一名思想家都曾回望幾眼。立法機構裡的博學之士，不論在倫敦的西敏寺，還是在華府的國會，都代表著數千人發言。通過那

22　William of Lorris, 1200-1240，法國學者與詩人。

23　John of Meung, 1240-1305，法國詩人。

24　Lollius of Urbino，西元一三九一－一四一二年間的羅馬不列顛總督。

25　John Gower, 1330-1408，與喬叟同時期的英國詩人，也是喬叟的朋友。

些如今已然隱形，參議員們獲知選民希冀的渠道，一群不吝實作的有識之士會經由通信或口語，餵食議員各種證據、軼事與估計。這溝通的渠道，就叫做選區，而只要看一眼選區，議員們在據理力爭時的英姿颯爽就會少了幾分風采。若說勞勃・皮爾爵士[26]與韋伯斯特先生[27]是代表數以千計的人投票，那洛克與盧梭就是代表數以千計的人思考，而荷馬、摩奴[28]、薩迪，或米爾頓更會有各種基礎圍繞著他們，供他們汲取資料；這些基礎是他們的友人、愛人、書本、傳統、俗諺，它們都早已消亡，但如果這些東西今日仍然可見，那它們全都會減損了這些古人的神奇光輝。吟遊詩人說起話來有權威可言嗎？他會感覺自己被誰給壓過去了嗎？這些訴求對應的是寫作者的意識。他胸中終於有了一座德爾菲城[29]，駐有先知可以回答他、為他證實各種思想與事物的真實性了嗎？是或否？他終於可以獲得答案而且心裡踏實了嗎？這人與其他智慧打下的所有借貸契約，都永遠不會擾動他對於原創性的意識：因為對於書本或是其他

26 Sir Robert Peel, 1788-1850，英國政治家。
27 Daniel Webster, 1782-1852，美國政治家。
28 Manu，印度神話中的人類始祖，有摩奴法典傳世。
29 Delphi，希臘城市名，以作為阿波羅神諭的所在地著稱。

心智的低聲下氣，對於他所對話的超私密現實而言，都只不過是一陣塵煙。

我們不難看出舉世最傑出的天才之作，都不是某一人所為，而是廣大社會的勞動，是一千人在同一股衝力地推進下，動起來像一個人的成果。我們的欽定版聖經譯本，是英文之力道與音律的美妙樣本，但它並非一人一時之作，而是歷經了數世紀與許多教會才臻於完美。任何時候，聖經都存在某種譯本。因其能量與感染力而受人景仰的天主教禮儀集各時代與各國儀典之大成，也是天主教會之禱告與儀式之譯文，這樣一份天主教禮儀，同樣是在漫長的歲月中，積累自全球每一位聖者與神聖作家之禱詞與靜思。雨果・格勞秀士[30]也針對主禱文做過類似的發言，他說構成主禱文的個別子句，都早在耶穌基督的時代，就以猶太拉比所使用的形式為人所用。但耶穌基督從中挑出了黃金顆粒。普通法[31]的精煉行文，那我們在法庭上所使用的卓越文體，那流露於法律定義中的精準與忠實，都得感謝居住在這些法律所統治的國度裡，所有眼光銳利且心智強大的人才之貢獻。普魯塔克的歷史譯文能夠如此登峰造極，靠的是翻譯

30 Hugo Grotius，十七世紀荷蘭法學家、政治家與神學家跟詩人。

31 Common law，英美法系的法律體制。

之上的翻譯。歷史上任何一個時期，普魯塔克的翻譯接力都沒有裂隙。當中所有俚語的用法與具有民族色彩的文句，都在翻譯中被保存了下來，其餘沒用的東西則一代帶被挑出來扔掉。同樣的過程，很久很久以前在這些書籍的原本中進行過。這世界會自由地去處理世界級的書籍。《吠陀經》、《伊索寓言》、《皮爾佩》[32]、《一千零一夜》、《騎士熙德之歌》[33]、《伊利亞德》、《羅賓漢》、《蘇格蘭邊界的民歌》（*Scottish Minstrelsy*），都不是一個人的作品。在這類作品的構成中，時間在思考、市場在思考、石匠、木匠、商賈、農夫、愚人也全都在幫忙我們思考。每一本書都為了一個好的用字而貢獻了一己的時間；每一部在地的法律、每一筆交易、每一天的愚行，還有那些為了自身的創意而向至高的創意開口，但並不以為懼或為恥的普通天主教天才，都會與下一個時代站在一起，作為自身所屬時代的記錄者與具體化身。

我們必須感謝古物收藏家與莎士比亞協會[34]為我們確立了英國戲劇發展的步伐，

32 *Pilpay*，由同名印度賢者寫成的寓言書。
33 *The Romances o the Cid*，西班牙民族英雄的故事。
34 Shakespeare Society，一八四一年成立，一八五三年解散，一八七四年新莎士比亞協會成立。

從由神職者在教會裡舉辦的神祕劇，到戲劇最終脫離教會，還有世俗戲劇的完成，包括從《菲芮克斯與波芮克斯》[35]，到《葛根婆婆的繡花針》[36]，直到舞臺落入莎士比亞的手中，開始演出由他修改、重塑、最終歸他所有的劇作。欣喜於這樣的成功，並受到對這問題愈來愈多興趣的刺激，這些人興致勃勃地找遍了每一個書攤、打開了閣樓上的每一個箱子、翻閱了在潮溼與蛀蟲中腐朽的每一個發黃的舊檔案，就為了釐清少年莎士比亞有沒有如傳言去偷獵鹿，確認他有沒有在戲院門口當過顧馬的馬伕，有沒有辦學，還有他為什麼在遺囑中只留了他第二好的床給安・海瑟薇，他的遺孀。

§

有種瘋狂會讓我們深深感動。藉著這種瘋狂，逝去的歲月誤選了一樣玩意兒去讓燭光照耀，讓一雙雙眼睛聚焦，讓人藉著這東西去仔仔細細注意到那些原本微不足

35 *Ferrex and Porrex*，第一齣常態性的英國悲劇，印行於一五六五年。

36 *Gammer Gurtor's Needle*，英國最早喜劇之一，印行於一五七五年。

道，關係到伊莉莎白女王[37]、英王詹姆斯六世[38]與埃塞克斯伯爵父子、萊斯特伯爵、伯利男爵與白金漢公爵的種種枝微末節，但又同時對另一個王朝的創建者連一個正眼都不給，但其實另外一個朝代的開國之君，就足以讓都鐸王朝青史留名。莎士比亞用滋養他的靈感，描繪著他心中的薩克遜民族，而許久以來，世上的菁英都是以他的思想做為養分，許多心靈都只接受了他一個人的成見。他是個廣受歡迎的戲子，沒有人注意到他其實是人族中的詩人，而這祕密也被謹守著不被詩人與知識分子知道，就像朝臣與閒雜人也不會知道。培根在盤點過他所屬時代對人類的理解時，一次也沒有提到他的名字。至於班・強生，我們過濾了他對莎士比亞的賞識與讚頌，雖然那些好話為數不多，但他並不懷疑自己剛接觸到其震動，莎士比亞那充滿彈性的名氣。班・強生顯然覺得自己授予莎士比亞的讚美非常大方，並無庸置疑地自認自己是兩個詩人中略勝一籌的一方。

如果真如諺語所說，只有智者才能與智者惺惺相惜，那莎士比亞的時代應該很有

37 Queen Elizabeth，在位期間為一五五八到一六〇三年。在她統治期間，英國戲劇崛起並達到了高峰。

38 King James，伊莉莎白女王的繼承人，統治英格蘭期間為一六〇三到一六二五。

體悟。亨利・沃頓爵士比莎士比亞早生四年，又比他多活了二十三年；而我發現在他通信的對象與結識的友朋間，有以下這些人員：希奧多・貝札、埃薩克・卡索邦、菲利浦・悉德尼爵士、埃塞克斯伯爵、大法官培根、華特・拉雷爵士、約翰・米爾頓、亨利・凡恩爵士、埃薩克・華頓、鄧恩博士、亞伯拉罕・考利、貝拉明、查爾斯・卡頓、約翰・皮姆、約翰・黑爾斯、克卜勒、韋達、阿爾貝利柯・真地利、保羅・薩爾皮、阿米尼烏斯；與上述所有人，亨利・沃頓爵士都多少留下了一些交流的痕跡，但他無疑也打過照面的其他人物，爵士則沒有一一列舉——莎士比亞、斯賓塞、強生、波蒙、馬辛格、兩名赫伯特、馬洛、查普曼等人。自從伯里克利的時代，那有如熠熠繁星的希臘聖賢以來，這是世間再一次有此等菁英薈萃，但這些人的天賦聰慧，卻仍未能避免他們對宇宙中最棒的一顆腦袋視而不見。我們這位詩人的面具是如此難以穿越，即便那後頭就是座山，你也看不見。就這樣過了一百年，才有人起了疑心；兩百年過去了，他早已作古了，才有我們覺得比較像樣的評論問世。書寫莎士比亞的歷史，是如今才做得到的事情；畢竟他是德國文學之父：直到莎士比亞由萊辛[39]引入德

39　Gotthold Ephraim Lessing，十八世紀德國詩人。

國，加上維蘭德[40]與施萊格爾[41]進行了翻譯，德國文學真正開始突飛猛進。此外要到十九世紀，只因為當時的推測精神頗有哈姆雷特再世之感，這齣悲劇才得以尋獲了為數驚人的讀者群。如今文學、哲學、思想，全都已經莎士比亞化。他的心智就像是地平線一樣，我們看不到再過去的風景。我們的耳朵，接受的是其作品韻律中的音樂教育。柯律芝與歌德是僅有兩名還算能忠實地表達出我們想法的文評，但在所有知書達禮的心靈中，都默默存有一種對其推測力量與美感的欣賞，而這一點，也跟基督信仰一樣，定義了那個時期。

§

莎士比亞協會四處打聽，宣傳了所有事實的缺漏，還提供了賞金來徵求可以促成證據發現的情報，結果呢？除了我注意到部分關於英國舞臺史的重要描述以外，他們還找到了一些關於財產，以及莎士比亞進行財產交易的史實。資料似乎顯示著年復一

40 Christopher Martin Wieland，與萊辛同時代，將莎士比亞的戲劇譯成德文的散文。

41 August Wilhelm von Schlegel，德國詩人，將莎士比亞的若干劇本翻譯成了古典德文。

年，黑修士戲院[42]裡屬於他的地盤愈來愈大；其衣櫃與各種附屬物都在他的名下；另外他還用作家與股東的收入，在出生的村子裡置了產，由此他在史特拉福住的是最好的房子，並且受其鄰居交託了他們在倫敦從事放貸所賺得的抽佣，請莎士比亞代他們投資，當時有不少諸如此類的事情；另外他也是貨真價實的農夫。大抵在撰寫《馬克白》之際，他把菲利浦・羅傑斯告上了史特拉福的鎮法院，為的是他分次送交的玉米貨款共計三十五先令又十便士；由此從各方面看來，他都似乎是個老老實實，行事不太出格的良家農人。他是那種個性溫和之人，在劇場裡是演員兼股東，與其他演員與經營者也沒有什麼天大的不同。我承認這些資料很重要。辛苦取得這些資料，是值得的。

惟不論這些調查可以為我們找回多少關於他當時狀況的零碎資訊，針對當中藏有他對我們那股磁性魅力的無盡創作，我們都無法從資料裡看出任何端倪。我們書寫起歷史總是笨手笨腳。我們像流水帳似地訴說其人的家族源流、他的出生、出生地、教育、同窗、收入、婚姻、著作的出版、成名與死去；但直至這些花絮的終點，這些東

42 Blackfriar's Theater，知名倫敦戲院，伊莉莎白時代幾乎所有的大戲都在這裡上演。

西與這位女神所生之人究竟有何關聯，那道曙光仍無法出現；甚至有種感覺是即便我們從「現代普魯塔克讀本」中隨意挑選某人的生平，跟莎翁的詩作都可以放在一起而不令人起疑。真正從無形之中躍然而出，拋棄了過往也將一切歷史阻卻於門外的，是其詩作的本質，就像那神奇女神的彩虹女兒。馬龍、沃爾伯頓、戴斯與柯利爾[43]都白費了他們的燈油。那知名的一家家劇場，柯芬園、德魯里巷、公園劇場與特雷蒙[44]，也全都徒勞地想助其一臂之力。貝特頓、蓋瑞克、坎伯、基恩與麥克雷迪[45]，都投注了生命在這位天才詩人上；這些莎劇演員給莎翁加了冕，闡釋了他的劇作、聽從他的吩咐，表達他所想表達的。但這天才並不認識他們。朗誦開始；一個黃金的字眼，不朽地從這粉飾出的博學假象中跳出，甜蜜地折磨著我們，邀請著我們前往其無從達到的故里。我記得我有回去看某名演員表演哈姆雷特，那是英國劇場的驕傲，但從我當時那悲劇演員身上所聽到的一切，還有我如今記得的一切，都是與那悲劇演員無關的

43 這幾位均為在十八到十九世紀編輯過莎士比亞作品的學者。
44 這些是十八到十九世紀首屈一指的倫敦戲院。
45 這幾位是以演出莎士比亞筆下角色而出名的英國演員。

東西：很單純，哈姆雷特對鬼魂發出的問題：

這究竟是什麼意思，
你一具死屍，重新穿上整副盔甲
如此這般重返迷濛的月下？[46]

那樣的想像，將他進行書寫的斗室放大成世界的規格，使當中擠滿了修辭與譬喻的大軍，又同一時間將現實縮小到迷濛的月光中。這些充滿了莎翁魔力的手法，寵溺著我們，讓我們見識到了來自綠色房間[47]的幻象。普通的傳記有辦法把光打在《仲夏夜之夢》帶我走進的場景中嗎？莎士比亞曾坦露心跡給史特拉福任何一名公證人或教區記錄員、或教堂司事，或遺囑檢驗法官，讓他們知曉這些精緻創作的誕生過程嗎？

---

46 《哈姆雷特》第一幕第四景。

47 Green-room，戲院後臺，演員準備上臺處的綠色房間。

亞頓的森林[48]、斯康宮的敏感氣氛[49]、波西亞別苑的月光[50]、奧塞羅被關押的那「巨大岩窟[51]與荒涼沙漠」，何處有遠房親戚、或是姪孫、祕書的紀錄，或者私人信件，保存了那些高深的祕密，哪怕是隻字片語？簡言之，在這些戲劇中，一如在所有偉大的藝術作品中，在埃及與印度那些獨眼巨人級別的建築中；在菲迪亞斯的雕塑中；在哥德式的中世紀大教堂中；在義大利的繪畫，在西班牙與蘇格蘭的歌謠中，天才會把他身後的梯子拉上來，收起來，然後等創意的時代上到天堂，並交棒給新時代後，後人便只能看著留下的作品，不知誰能分享一下這些東西的來歷。

§

唯一幫莎士比亞作傳者，就是莎士比亞本人；但即便是他自己也傳達不了什麼。

48 出自《皆大歡喜》（*As You Like It*）。
49 出自《馬克白》第一幕第六景。
50 出自《威尼斯商人》第五幕第一景。
51 出自《奧賽羅》第一幕第三景。

他頂多能跟我們內心的莎士比亞對話，亦即跟我們內心最能理解他，也最能與他產生共感的片刻對話。他無法從他的三腳凳上下來，用小故事告訴我們他是如何獲得靈感的啟發。去閱讀由戴斯與柯利爾兢兢業業所揀選、分析與比較過的骨董文本，再讀一讀某個天外飛來一筆——宛若隕石——從天堂落下來的句子。那些句子所言，或許是你本人沒有的經驗，但你胸壘間的那人會接受那些字句講述的是人類的命運；兩邊都讀過之後，請你告訴我它們是否相符；告訴我前者是否以某種方式表達出了後者；也告訴我哪一邊更能讓我上友莎翁這名古人。

由此，雖然我們外顯的史料是如此貧瘠，但因為有莎士比亞取代奧伯瑞[52]與洛伊[53]負責提供傳記，因此我們其實掌握了具體的訊息。這些訊息勾勒了他的人格與際遇，也是若我們隨即要與他見面並與他打交道的話，會最想知道的事情。關於那些每顆心都在怦怦跳著想知道答案的問題，我們有他白紙黑字的筆錄。那些問題關乎的是生與死、是愛、是貧與富；是生命有哪些美好，我們可以如何得到；是關於人的個

52 John Aubrey，十七世紀英國古物收集者。

53 Nicholas Rowe，十七世紀英國作者，著有莎士比亞傳記。

性，關於是哪些玄之又玄或攤在陽光下的影響力會左右他們的命運；是哪些有如惡魔的神祕力量會違抗我們的科學，但又將他們的惡意與稟賦交織在我們最光亮的生命時刻裡。誰不曾讀了一冊冊的十四行詩，然後發現那詩人從對智者算不上是面具的面具背後，透露了友誼與愛的傳說，透露了最讓人有同感的情迷意亂，也同時透露了怎樣是最睿智的人種？他在自身的戲劇中，隱藏了哪些他私人的特質？我們可以從他對身世與國王的充裕描寫中，辨識出他喜歡什麼樣的外形與人性；並看出他喜歡在一大群朋友包圍下，享受盛大的歡迎與欣然的給予。就讓泰門、讓沃里克[54]、讓威尼斯商人安東尼奧去回答問題，去證明莎士比亞有顆寬大之心。所以我們對莎士比亞根本不是一無所知，反倒綜觀現代歷史，他是唯一一個我們認識的人。不論是道德、禮數、經濟、哲學、宗教、匹為、生活方式，他有哪一點沒交代清楚嗎？關於哪一個謎團，他可不是一一說明自己所知是多或少？關於工作的職稱、任務與地區，他哪一樣沒有憶

54　Warwick，十五世紀英國政治家與軍事將領，有「造王者」之稱，曾在莎士比亞的《亨利四世》、《亨利五世》、《亨利六世》中登場。

起？哪一位君王沒有讓他指點過國家大政，一如泰爾瑪[55]指點過拿破崙？哪位閨女不曾覺得他比纖細的自己的更加敏銳？哪位戀人愛得比他更轟轟烈烈？哪名賢哲看得比他更遠？哪位紳士不曾被他指正過粗魯的行為？

有些文評界的能人志士覺得對莎士比亞的評論要有價值，就必須專注探討他戲本的優勢；這些人認為莎士比亞的詩人與哲學家身分，是誤判的結果。我對莎士比亞戲劇才華的評價，就跟這些評論者一樣高，但我仍覺得他的戲劇才情再高，都屬於次要。他做為一個完整的人，喜歡說話，有著顆會呼出思緒與畫面的大腦，而當這些思緒與畫面需要一個出口時，它們發現的是戲劇就在手邊。假若他並非完整之人，則我們早就必須去思考他有沒有被放對位子，是不是一個好的劇作家，他可是全世界最好的劇作家。惟事實證明，他話中內容的分量，適足以讓我們稍將注意力移開那內容的載體；他就像是一種聖人，那種其生平值得被譯成各國之通行語，改成詩韻與散文等不同文體，成為圖畫與歌曲，然後再切割成諺語，而這麼做的目的，就在於讓聖人的內涵被賦予對話、禱詞、法條等形體的那些場合，可以相對於那內涵與其普世應用的

55　François Joseph Talma，拿破崙青睞的法國悲劇演員。

重如泰山，變得輕如鴻毛，然後我們方可隨著睿智的莎士比亞跟他的生涯著作一同旅行。他為我們所有的現代音樂，寫下了旋律；他寫出了現代生活的文本，裡頭躍然充滿了各種樣態；他勾繪出了英格蘭與歐洲的人物，而那些人正是美洲大陸的父祖；他除了勾繪人物，還描述了日常的生活，眾人一整天究竟都幹了些什麼；他閱讀男男女女的心靈，包括他們的廉潔正直、他們的遲疑猶豫、他們的詭計多端，包括用心良善的詭計多端，還有美德與罪惡是如何經由某種機轉，溜到了相反的彼端；他可以當著孩子的面，區分開母親的地位與父親的角色扮演，或是在自由意志與宿命之間劃出微妙的邊界；他知道在自然中擔任警察工作的諸多壓抑法則，而人類命運中所有的甜美與恐怖坐落在他的心靈中，是如此真切，但也如此溫馴，就像映入眼簾的風景。而這些人生智慧的重要性，將戲劇或史詩之類的形式，都沉入到沒有人注意的境地。去關注那些形式，就像眼前放著一張國王手諭，而你不關心王命，卻對那張紙提出了問題。

莎士比亞不屬偉大作家之列，一如他不入庶民之肆。其他人也有智慧，但我們可以理解，而莎士比亞的智慧超出了我們的理解範圍。一名好的讀者，多少可以在柏拉圖的腦子裡落腳，然後以之為根據地去進行思考，但你面對莎士比亞，這招卻是死路一條，因為門在哪裡還有待我們尋找。不論是執行力或是創意，莎士比亞都屬於奇葩。沒有人的想像力能勝過他。若論能與個體自身相容的微妙性，他已登峰造極，作者裡最講究細節的，是他，站在可能性極限上的作者，還是他。伴隨這種生命智慧的，是等量的想像與抒情稟賦。他用形態與感情，為他傳奇故事中的生物披上外衣，就像他們與莎士比亞在一個屋頂下同居；即便在真人之間，也少有個體能夠比這些虛構之人更加使人感覺有血有肉。並且他們說起話來，那談吐既符合身分又不失甜美。惟他從未因才華的誘使而在收放的拿捏上失去了分寸，更不曾一天到晚老調重彈。某種無所不在的人性調度著他的各式能力。拿一個故事去讓有才之人訴說，他的偏好就會隨即展現出來。他身負的那些特定的觀察、意見、主題，會不時如意外般被凸顯出來，或是會被他用各種角色去表現出來。他會塞滿其中某個角色，然後讓另外一個角色挨餓，但他這麼做的考量不是合不合宜，而只是他喜不喜歡跟擅不擅長。惟莎士比亞不會這樣。莎士比亞沒有個人癖好，沒有執拗強求的主題；他給出的都是應當給的，沒有特殊或怪誕的風格：他不好畫牛，不愛賞鳥，更不是鍾愛某種調調的矯作之人；他沒有你能看得出破綻的自我：尊大的他就說尊大；卑下的、該矮一截就矮一截。他有智慧卻不強調或愛出風頭；他的強大，是有如自然的那種強大，就像自然固然能把土地隆起成為山稜，看起來卻不費吹灰之力，也像自然能將泡泡浮在空氣中，而且並沒有喜歡從事其中一種行為勝過另外一種。由此他不論寫起鬧劇、悲劇、平鋪直敘或是抒情歌曲，力量都相當平均；這種優點是如此持續，以至於每一種類型讀者都難以置信於其他讀者的反應。

這種表達的能力，或是這種將萬物的至理轉換成音樂與詩詞的能力，讓莎士比亞成為了一種詩人的新典範，也為形上學增添了一個新的問題。也正因為如此，他被拋進了自然歷史，成為了地球的重要產物，也像是宣布了新時代與新進步的降臨。事物從他的詩作中鏡射出來，不會耗損也不會模糊；他畫細物有如精雕細琢，畫巨物像有內建的羅盤；他對悲劇與喜劇不會有差別待遇，不會有任何扭曲或偏心。他將他強大的執行力帶進了微妙的細節中，直到人的髮尖；他修飾人的睫毛或酒窩，一如他在筆下為山脈寫生一樣充滿把握；而這一切，就像自然中的實物一樣，經得起太陽顯微鏡的仔細檢查。

簡言之，他是一個很好的例子，可以用來證明產量的多或少、畫作的多或少，並不是重點所在。總之他就是有能力畫出一幅作品。達蓋爾[56]想出了辦法去讓一朵花把自身的形象，蝕刻在含碘的版面上，然後他便能好整以暇地去蝕刻一百萬張。

世上過往一直有無盡多的物體；但從沒有過徹底的再現。如今完美的再現終於出現了，就讓全世界的物體都坐等自己的完美肖像吧。想要複製出一個莎士比亞，我們拿不出食譜；倒是他展現了將事物譯為詩歌的可能性。

他的抒情能力，正是他作品中的天才所在。一首首十四行詩，雖然它們的優越被戲劇的璀璨光芒所掩蓋，但卻也跟戲劇一樣難以模仿，而且那些十四行詩的好，並不在於個別詩句的好，而在一整首詩的好；就像是某個出類拔萃之人的聲音語調，這些十四行詩也是某個詩仙發出的聲響，任何一個子句都如同詩的整體一樣難得。

雖然劇作中的演說，就跟其個別的句子一樣，都擁有一種讓人的聽覺流連忘返，想要好好對其中有如尤弗伊斯之華美修辭賞析一番的美感，但那些句子中卻又滿載著意義，多與前後內容相互連結呼應，以至於愛好邏輯者也無法挑剔。他的手法，就跟

56 Louis Jacques Daguerre，法國畫家，銀版攝影法（daguerreotype）的發明者，可透過光線引發的化學反應將影像固定在金屬板上。

其目的一樣令人讚歎不已；每個被他用來連結看似無法相容的對立物，那些次要的發明，都毫無疑問地仍是一首詩。他不會被逼著只能下馬步行，因為他的馬兒會帶著他朝著遙遠的方向馳騁而去；他永遠是一名騎士。

最好的詩句，一定都出自某種實際的體驗；惟畢竟是經驗出身，所以當中的思緒必然在入詩前經歷某種轉型與處理。知書達禮之人往往具備書寫詩賦的一定能力，但你並不難在詩中讀出他們的個人歷史；任何人若是熟知他們的交遊，都可以認出當中的人物：這是安德魯，而那是芮秋。所以這種作品讀起來，就會感覺庸俗無趣。那只是長了翅膀的毛毛蟲，還算不上是蝴蝶。在真正詩人的心中，原本的事實已經昇華而新生為一種思想元素，蛻去了所有的外皮。這種器量就存在於莎士比亞身上。我們可以說，從他所描繪人生百景的逼真程度上，他是熟知那些故事背後的來龍去脈的，但你卻絲毫察覺不到那當中的自我糾結。

作為詩人，莎士比亞還有一個受之無愧的優點。我指的是他的樂天，畢竟一個人如果不能開開心心，那他就當不成詩人，須知他所追求的是美。他熱愛美德，但不是出於一種義務，而是因為美德的優雅讓他熱愛；讓他樂在其中是這個世界，是男人女人，也是這些人身上閃爍的可愛光芒。美麗，作為一種代表喜悅與歡樂的精神，會經他之手灑向整個宇宙。伊比鳩魯[57]有言：詩有著這樣的魅力，可以讓戀人拋下他的情婦投身其中。而真正的吟遊詩人最知名的，就是他們堅穩而活潑的脾氣。荷馬徜徉在陽光下；喬叟歡樂而挺立；至於薩迪則說：「海外傳言我是個悔罪之人，但我跟懺悔有何瓜葛？」在獨立而歡快上毫無不及，倒是有過於之的，是莎士比亞的語氣。他的名號在人的心中，暗示的就是喜悅與解放。他若身處於人類的靈魂之間，誰會不加入他的行軍行列？他觸碰到什麼，什麼就會從他歡樂的風格中借得健康與長壽。

而如今，我們會如何評價這名詩人跟恩人呢？我是說獨處之際，當我們閉上耳朵不去傾聽他的大名鼎鼎之時，我們會如何去持平地評論他呢？獨處能教給我們嚴肅的教訓；獨處能教會我們去不去追捧英雄與詩人；而它也秤了莎士比亞的斤兩，並發現他的半吊子與不完滿也跟凡人一樣。

莎士比亞、荷馬、但丁與喬叟都看到了展現在可見世界上的璀璨意涵；都知道樹不只能用來結出蘋果，玉米不只能用來果腹，地球不只能用來墾田與修路：這些事物

57 Epicurus，341-270 B.C.，希臘哲學家，享樂主義者，認為人生旨在追求歡愉，而至高的歡愉就是自由。

都有第二層更精細的收穫，等著心靈去收割來作為思想的象徵，也都能透過其一路以來的自然歷史，對人類生命傳達一種評析。莎士比亞把這些東西找來，當它們是顏料來作畫。他安居在它們的美麗中，從來沒踏出那想要達到此等天才，看似不可或缺的步伐，也就是去探索身處於這些象徵中，散發出這種力量的美德，它們按其本心在訴說的是什麼？他把這些等著他下令的元素轉換成各種娛樂。他是人類歡愉的大師。這不就像是有如透過科學的莊嚴之力，在手中被塞進了彗星，或是行星與其他衛星的他，會趁著假日晚間把它們從軌道中上擷取下來，辦一場煙火秀，並在四周城鎮大打廣告說：「今晚有不得了的煙火！」嗎？難道自然的代理物，還有理解這些代理物的能力，就只值街邊的小夜曲，或是吸一口雪茄嗎？你會不禁憶起《可蘭經》裡提到那用號角宣布末世降臨的文句：「看著天堂與地面，還有夾在當中的一切，你會不會覺得我們創造了這些，其實只是為了取樂？」若這問題所問的是天才與心智能力，那世人也拿不出跟莎士比亞同等級的人去追問。但如果這個問題所問的是生命、生命的材料，還有生命的輔助品，那他如何能使我受裨益呢？他給我的裨益又代表著什麼呢？難道他能給的就是一本《第十二夜》，或《仲夏夜之夢》，或《冬天的故事》，或多多少少象徵著另外一幅圖畫的故事嗎？這讓我想到吉普賽人透過占卜，給予莎士比亞協會的評價，亦即他是個歡樂的演員與經理人。我做不到讓這項事實與他的詩詞結為連理，其他可敬之人也曾多少按照自己的意思，我行所素地度日，但莎士比亞與他們大異其趣，因此必須另當別論。若他的才華稍減一些，要是他只達到一般偉大作者，如培根、米爾頓、塔索[58]、賽萬提斯的造詣，那我們許可睜隻眼閉隻眼地留這事實留在人類命運的灰暗暮光中，對其不置可否；但他可是人中之人，可是賦予心智科學一空前浩大嶄新主題之人，也是讓人性標準朝向前插旗兩浪[59]，更加接近混沌之人，他不該獨善其身，如此頂尖的詩人竟自甘隱姓埋名而褻瀆神意地度過了一生，只用他的天才去娛樂大眾，這事必須在世界歷史中記上一筆。

是說，其他人，包括神父與先知、以色列人[60]、德國人[61]與瑞典人[62]，也都目睹

58 Tasso，十六世義大利詩人。

59 Furlong，使用於英國、英國殖民地和大英國協國家的長度單位，約當六百六十英尺或公制的兩百公尺。

60 如先知以賽亞與耶利米。

61 如宗教改革者馬丁・路德。

62 如十八世紀神祕學者史威登堡。

了同樣的物體，也都看透了物體的內涵。但那有什麼用呢？那當中的美麗稍縱即逝；他們讀到十誡，那蔑視一切、泰山壓頂的職責；一份義務、一種哀傷，就像疊起的山脈壓在他們身上，由此生命變得陰森可怖，變得落落寡歡，就像是一場朝聖者的苦行，也像一段緩刑，周遭包圍著哀愁的歷史，當中有亞當的墮落，外加詛咒在我們身後；末日與煉獄的火刑在我們前頭；任人都會因為目睹與耳聞，一顆心便與之一同下沉。

我不諱言這只是半數人的片面之言。這世界仍渴望有一名詩人兼神父，一名居中和解者可以一方面不只跟莎士比亞這名演員胡鬧，一方面也不只跟史威登堡這名弔唁者在墓地裡鬼混，而能從兩方面獲得同等的啟發，並由此去看見、去言說、去行動。須知知識可以讓陽光更明亮，正義比私人的感情更加美麗，而愛，則可以相容於普世的智慧。

**國家圖書館出版品預行編目資料**

人但有追求，世界亦會指路：愛默生散文精選集/ 拉爾夫・沃爾多・愛默生（Ralph Waldo Emerson）著；鄭煥昇譯. -- 初版. -- 臺北市：商周, 城邦文化出版：英屬蓋曼群島商家庭傳媒股份有限公司城邦分公司發行, 2021.06
面；　公分. --（Discourse；102）

譯自：Selected Essays by Ralph Waldo Emerson
ISBN 978-986-0734-31-7（平裝）

874.6　　110006805

# 人但有追求，世界亦會指路：愛默生散文精選集

**原著書名**／Selected Essays by Ralph Waldo Emerson
**作　　者**／拉爾夫・沃爾多・愛默生（Ralph Waldo Emerson）
**譯　　者**／鄭煥昇
**企畫選書**／梁燕樵
**責任編輯**／梁燕樵
**版　　權**／黃淑敏、劉鎔慈

**行銷業務**／周佑潔、周丹蘋、賴晏汝
**總 編 輯**／楊如玉
**事業群總經理**／黃淑貞
**發 行 人**／何飛鵬
**法律顧問**／台英國際商務法律事務所 羅明通律師
**出　　版**／商周出版
台北市104民生東路二段141號4樓
電話：(02) 25007008　傳眞：(02)25007759
E-mail：bwp.service@cite.com.tw
Blog：http://bwp25007008.pixnet.net/blog
**發　　行**／英屬蓋曼群島商家庭傳媒股份有限公司城邦分公司
台北市中山區民生東路二段141號2樓
書虫客服服務專線：(02)25007718；(02)25007719
服務時間：週一至週五上午09:30-12:00；下午13:30-17:00
24小時傳眞專線：(02)25001990；(02)25001991
劃撥帳號：19863813；戶名：書虫股份有限公司
讀者服務信箱：service@readingclub.com.tw
城邦讀書花園：www.cite.com.tw
**香港發行所**／城邦（香港）出版集團有限公司
香港灣仔駱克道193號東超商業中心1樓
E-mail：hkcite@biznetvigator.com
電話：(852) 25086231　傳眞：(852) 25789337
**馬新發行所**／城邦（馬新）出版集團【Cite (M) Sdn. Bhd.】
41, Jalan Radin Anum, Bandar Baru Sri Petaling,
57000 Kuala Lumpur, Malaysia.
Tel: (603) 90578822　Fax: (603) 90576622
Email: cite@cite.com.my

**封面設計**／兒日
**排　　版**／艾許莉
**印　　刷**／韋懋實業有限公司

**經 銷 商**／聯合發行股份有限公司
電話：(02)2917-8022　傳眞：(02)2911-0053
地址：新北市231新店區寶橋路235巷6弄6號2樓

■2021年6月初版一刷　　Printed in Taiwan
**定價400元**

**城邦**讀書花園
www.cite.com.tw
 ISBN 978-986-0734-31-7

| 廣 | 告 | 回 |
| --- | --- | --- |
| 北區郵政管理登記 | | |
| 台北廣字第000791 | | |
| 郵資已付，免貼郵 | | |

104台北市民生東路二段141號2樓

**英屬蓋曼群島商家庭傳媒股份有限公司　城邦分公司**

請沿虛線對摺，謝謝！

**書號：**BK7102　**書名：**人但有追求，世界亦會指路：愛默生散文精選集　**編碼：**

請於此處用膠水黏貼

# 讀者回函卡

不定期好禮相贈！
立即加入：商周出版
Facebook 粉絲團

感謝您購買我們出版的書籍！請費心填寫此回函卡，我們將不定期寄上城邦集團最新的出版訊息。

姓名：＿＿＿＿＿＿＿＿＿＿　性別：□男　□女

生日：西元＿＿＿＿年＿＿＿＿月＿＿＿＿日

地址：＿＿＿＿＿＿＿＿＿＿

聯絡電話：＿＿＿＿＿＿＿＿　傳真：＿＿＿＿＿＿＿＿

E-mail ：

學歷：□ 1. 小學 □ 2. 國中 □ 3. 高中 □ 4. 大學 □ 5. 研究所以上

職業：□ 1. 學生 □ 2. 軍公教 □ 3. 服務 □ 4. 金融 □ 5. 製造 □ 6. 資訊
□ 7. 傳播 □ 8. 自由業 □ 9. 農漁牧 □ 10. 家管 □ 11. 退休
□ 12. 其他＿＿＿＿＿＿＿＿

您從何種方式得知本書消息？

□ 1. 書店 □ 2. 網路 □ 3. 報紙 □ 4. 雜誌 □ 5. 廣播 □ 6. 電視
□ 7. 親友推薦 □ 8. 其他＿＿＿＿＿＿＿＿

您通常以何種方式購書？

□ 1. 書店 □ 2. 網路 □ 3. 傳真訂購 □ 4. 郵局劃撥 □ 5. 其他＿＿＿＿

您喜歡閱讀那些類別的書籍？

□ 1. 財經商業 □ 2. 自然科學 □ 3. 歷史 □ 4. 法律 □ 5. 文學
□ 6. 休閒旅遊 □ 7. 小說 □ 8. 人物傳記 □ 9. 生活、勵志 □ 10. 其他

對我們的建議：＿＿＿＿＿＿＿＿＿＿

＿＿＿＿＿＿＿＿＿＿

＿＿＿＿＿＿＿＿＿＿

【為提供訂購、行銷、客戶管理或其他合於營業登記項目或章程所定業務之目的，城邦出版人集團（即英屬蓋曼群島商家庭傳媒（股）公司城邦分公司、城邦文化事業（股）公司），於本集團之營運期間及地區內，將以電郵、傳真、電話、簡訊、郵寄或其他公告方式利用您提供之資料（資料類別：C001、C002、C003、C011 等）。利用對象除本集團外，亦可能包括相關服務的協力機構。如您有依個資法第三條或其他需服務之處，得致電本公司客服中心電話 02-25007718 請求協助。相關資料如為非必要項目，不提供亦不影響您的權益。】

1.C001 辨識個人者：如消費者之姓名、地址、電話、電子郵件等資訊。
2.C002 辨識財務者：如信用卡或轉帳帳戶資訊。
3.C003 政府資料中之辨識者：如身分證字號或護照號碼（外國人）。
4.C011 個人描述：如性別、國籍、出生年月日。

請於此處用膠水黏貼